노고단老姑壇

❷

노고단 老姑壇 ❷

발행일	2021년 8월 20일		

지은이	권혁태		
펴낸이	손형국		
펴낸곳	(주)북랩		
편집인	선일영	편집	정두철, 배진용, 김현아, 박준, 장하영
디자인	이현수, 한수희, 김윤주, 허지혜	제작	박기성, 황동현, 구성우, 권태련
마케팅	김회란, 박진관		
출판등록	2004. 12. 1(제2012-000051호)		
주소	서울특별시 금천구 가산디지털 1로 168, 우림라이온스밸리 B동 B113~114호, C동 B101호		
홈페이지	www.book.co.kr		
전화번호	(02)2026-5777	팩스	(02)2026-5747

ISBN	979-11-6539-927-6 04810 (종이책)	979-11-6539-928-3 05810 (전자책)
	979-11-6539-924-5 04810 (세트)	

(주)북랩 성공출판의 파트너

북랩 홈페이지와 패밀리 사이트에서 다양한 출판 솔루션을 만나 보세요!

홈페이지 book.co.kr • **블로그** blog.naver.com/essaybook • **출판문의** book@book.co.kr

작가 연락처 문의 ▸ ask.book.co.kr

작가 연락처는 개인정보이므로 북랩에서 알려드릴 수 없습니다.

권혁태
대하소설

2

노고단
老姑壇

차 / 례

II

달맞이

"아부지! 연 만들어 주셔요!"

"아부지는 바쁘니까 느그 성들에게 만들어 달라고 해라."

인호가 아버지에게 연을 만들어 달라고 조르자, 이대길이 마루로 나와 사랑채를 향해 김 서방을 부른다.

"김 서방!"

김 서방이 대답이 없자, 인수를 부른다.

"인수야!"

인수가 방문 앞으로 온다.

"아버지! 저 부르셨어요?"

"그래! 인호에게 연 좀 만들어 줘라. 그리고 동생들 데리고 연날리기도 좀 하고."

"예, 알겠습니다."

아버지의 분부에 인호를 데리고 사랑채로 향한다. 사랑채에 이르자 김 서방이 일을 하다가 멈추고 이들을 반긴다.

"연 만들어 달라고? 쬐끔만 기다려 봐라. 대나무를 쪼개야 하니까."

뒷간으로 가서 마른 대나무를 가져온다. 우선 대나무를 칼로 쪼갠다. 칼로 밀어 가늘고 길게 연살을 만들어 간다. 인호는 형들과 연을 만드느라 분주하다. 인수가 연을 만들다 말고, 인석이를 찾느라 집 안 곳곳을 둘러본다. 집 안 어디에도 인석이가 보이지 않는다.

인석이 뒷동산에 올라 먼 산을 바라보고 있다. 큰집에 들어온 후로 동산에 올라와 먼 산을 바라보는 습관이 생겼다. 당몰마을 외가가 가물가물 보이는 곳이다. 외갓집 식구들은 잘 지내고 있을까? 그분들이 보고 싶을 때면 동산에 올라와 외갓집을 바라보는 것으로 위안을 삼는다. 단숨에 뛰어가면 다다를 수 있는 거리다. 큰집에 온 후 수년 동안 외갓집에 가 보질 못했다. 외갓집에 가면 외삼촌과 외숙모가 반겨 주기는 하겠지만, 인석에게는 신나는 외갓집이 아니다. 외갓집에서도 늘 혼자였는데, 큰집에 들어와서도 늘 외톨이가 되어 가고 있다. 세월이 지날수록 외갓집을 잊을 만도 하건만, 외갓집을 생각에서 지울 수가 없다. 인석이 나이 세 살 때, 아버지의 죽음으로, 어머니와 외갓집에 들어가서 살았다. 청상과부로 살아갈 어머니가 외갓집 어른들의 강요로 재혼하는 바람에 인석이를 외갓집에 남겨 두었다. 인석은 어머니에 대한 그리움에도 이력이 나 있다. 큰집에 들어와서도 큰어머니와 형수가 잘 챙겨 준다고 해도 그때뿐이다. 마음 한구석에 늘 도사리고 있는 허허로움을 채울 수가 없다. 외갓집에서도, 큰집에서도 인석은 이방인처럼 겉돌고 있다. 어딜 가나 이방인이라고 생각했다. 주위에서 아무리 잘해 줘도 시큰둥했다. 주위에서 함께 하자고 해도, 모든 일에 흥미를 느끼지 못한다. 큰집에 들어와서는 나이가 점점 들어 가니까, 밥값은 해야지 하는 다짐을 한다. 그런 다짐이 마음 한구석에 남아 있어서, 몸을 사리지 않고 더 많은 일을 해내려고 힘을 쏟는다. 집안에서 짐이 되기는 싫다. 집안사람들에게 눈치 보이기는 싫어서, 말없이 몇 곱절로 일을 해치운다. 다행히도 눈썰미가 있어서인지 남이 하는 일은 보기만 해도 척척 해낼 줄 안다. 주위에서 칭찬을 해 줘도, 그저 그런 소리로만 들린다. 남에게 싫은 소리를 듣는다는 것이 본인 스스로 용납할 수 없어서 하는 일이다. 나이가 들어 갈수록 이유 없는 반항이 꿈틀거리고 있다. 부모의 정이 그리워서인가? 이방인의 한계 때문인가?

고개를 돌려 먼 산을 바라본다. 산등성이가 구불구불 하늘과 맞닿아 있는 우주의 섭리가 오묘하기만 하다. 저 산을 오르고 싶다. 저 산 너머에는 무엇이 있는지 궁금하다. 태어난 후 바깥세상을 전혀 구경하지 못한 인석에게는 동경의 대상이었다.

인수가 두리번거린다. 마당 사랑채 앞에서는 민정이와 점말이가 널뛰기를 하고 있다.

쿵 쿵 쿵….

널빤지 위에서 몸이 하늘로 솟구친다. 한복을 곱게 차려입은 민정이가 하늘로 솟구친다. 댕기를 길게 땋아 내린 머리가 유난히 예쁘다. 민정은 언제 보아도 귀엽기만 하다. 민정이도 어느새 훌쩍 커 버렸다. 인수가 민정이를 바라보며 웃음을 짓는다. 집안 여자들도 함께 모여 널뛰기를 한다. 그곳에도 인석이는 보이지 않는다. 인석은 어디로 갔을까? 마당을 지나 뒷동산으로 향한다. 청년이 다 된 인석의 모습이 눈에 들어온다.

"인석이 여기 있었구나!"

인수가 다가와 말을 붙이자, 인석은 고개를 돌려 먼 산을 바라본다. 인수도 인석의 고독한 모습을 여러 번 봐 왔는지라, 그러려니 하고 가까이 다가간다.

"인석아! 뭘 그렇게 생각하는 거야?"

"그냥…."

인석도 이제 훌쩍 커서, 목소리까지 굵어졌다.

"또, 외갓집 생각하는구나?"

인석이 고개를 끄덕인다.

"…."

"우리 인석이는 늘 혼자 있는 시간이 많구나!"

인석은 대답이 없다.

"…."

인수도 말이 통 없는 인석의 외로움을 조금은 이해하려고 애쓴다. 인석이 큰집에 들어와서 함께 생활하는 게 쉬운 일은 아니라는 걸 안다. 부모도 없는 마당에, 큰집 식구들이 아무리 잘해 줘도, 외로울 것이라 짐작한다. 모두가 바쁘게 지내다 보니, 인석을 온전히 챙겨 주지 못할 때가 많다는 것을 알고 있다. 인석도 외로움을 없애려고, 큰집 사람들로부터 인정받을 요량으로, 말없이 농사일에 솔선해 나가고 있다. 누가 시키지 않아도 일꾼들과 함께 지게를 짊어지고 농사일에 힘을 쏟고 있다.

"인석아! 우리 함께 연이나 만들어서 연 날리러 안 갈래?"

"그럽시다."

인수의 제안에 인석도 흔쾌히 응한다. 인수가 인석의 손을 잡고 함께 자리를 일어선다. 인영이와 인호가 연을 만들고 있다. 인수와 인석도 어느새 연 만드는 자리에 함께한다.

"왜 대나무를 깎아요?"

인호는 연 만드는 과정이 궁금하다.

"연살을 만들려면 재질이 가벼운 대나무로 연살을 만들어야 되는 거란다. 그래야, 바람을 견딜 수 있는 거야. 연이 낭창낭창해져 거센 바람도 이겨 낼 수 있거든."

인호가 고개를 끄덕인다. 김 서방이 대나무를 쪼개 낫질을 한다. 낫으로 밀면 밀수록 대나무 살은 가늘어진다. 가늘게 깎은 연살을 한지에 풀칠을 해 고정시켜 사각 장방형의 방패연을 만든다. 연 중앙에 구멍이 뚫린 방패연이 완성된다.

"자, 잘 만들었지. 여기에 실만 단단히 묶으면 돼."

"나는 가오리연이 좋은데?"

"그래! 인호는 가오리연으로 만들어 줄게. 방패연은 너무 커서 날리기가 힘들 거야. 자, 가오리연을 만든다. 잘 봐 두었다가 다음에는 인호 네가 직접 만들어."

"야호!"

인호는 신이 났다. 마음은 벌써 들판으로 내달릴 기세다.

"얼른 챙겨라."

각자 연을 챙겨 나설 채비를 한다. 인호가 형들을 따라 집을 나선다. 동네를 벗어나자 차가운 바람이 얼굴을 때린다. 매서운 추위다. 산에는 하얗게 잔설이 남아 있다. 사방을 빙빙 둘러보아도 온통 산이다. 북풍한설이 휘몰아친다. 설을 쇤 후 보름까지는 액막이연을 날리느라 들판은 연을 날리는 사람들 차지다. 신년 소원 성취를 빌기 위해 서시천 둑방에도 아이들이 삼삼오오 모여 연을 날리고 있다.

"어디로 갈 건데?"

"형! 서시천 뚝방으로 가자."

"그래, 서시천으로 간다."

벌써, 연이 하늘 높이 올라가고 있다. 서시천 하늘에는 연이 넘실댄다. 연이 하늘 높은 줄 모르고 올라간다. 더 높이, 더 높이… 연이 아득히 높아질수록, 인간의 욕망은 하늘로, 하늘로 향한다. 연이 높이 날면 날수록 사기가 충천된다.

연을 날리기 위해 자갈밭과 백사장, 그리고 둑방은 온통 동네 아이들로 법석인다. 겨울이 되면 서시천 둑방이나 들판의 보리밭을 밟으면서 연을 날리기도 한다. 세찬 바람이 불어도, 수평을 잡아가며 연이 하늘 높이 날아오른다. 한지에 태극 문양을 넣기도 하고, 글씨를 새겨 넣어 방패연의 맵시를 한껏 뽐낸다. 연의 형태가 마름모꼴을 갖춘 가오리연은 구멍은 없지만 꼬리를 길게 한다. 바람이 꼬리를 타고 중심을 잡는다. 가오리연의 꼬리에 형형색색 오색 종이가 붙어 있다. 또 다른 가오리연에는 지푸라기로 끈을 길게 매달았다.

옛날부터 전해 내려오는 연날리기는 전쟁터에서 통신 수단으로 사용되기도 하였고, 사기를 북돋우기 위한 방편으로도 이용되었다. 땅의 기운을 연에 담아 하늘로 올려 보내 풍년을 기원하기도 하는가 하면, 액운을 하늘로 날려 보내는 액막이 구실도 한다.

인수, 인석, 인영, 인호 형제가 모두 나섰다. 줄줄이 동생들을 데리고 연날리기에 한창이다. 바람이 불고, 코끝이 제법 쌀쌀한 날씨인데도 연을 하늘로 띄운다. 자세(얼레)에 실타래를 풀고 감기를 반복하는 모습이 예사롭지가 않다. 제법 연을 날려 본 솜씨다.

드디어 연싸움이 시작되었다. 서로 연줄을 걸면 하늘 높이 떠 있던 연이 얼굴을 맞댄다. 한참을 맞댄 얼굴을 비비는가 싶더니 얼레를 잡아당기는 힘으로 바람과 함께 한쪽으로 기울어진다. 그리고 어느 순간에 연줄을 끊는다. 갑자기 팽팽한 얼굴을 하고 늠름한 모습으로 하늘에 떠 있던 연이 뱅글뱅글 돌면서 중심을 잃고 멀리멀리 날아간다. 액운도 함께 날아가 버린다.

"야호!"

인호는 형들의 연싸움에 신이 났다.

"연아, 액운일랑 네가 모두 가져가거라. 이왕이면 인가에 떨어지지 말고 들판 나무에 걸려라. 나뭇가지에 걸려 비바람이 세차게 몰아칠 때, 액운이 없어져 버려라."

연이 점점 희미하게 시야에서 멀어져 간다. 연싸움에서 진 연이 날아가 버리자 그 연을 잡으러 아이들이 달려간다.

정월 대보름 이른 아침이다. 인호가 눈을 비비고 일어나자마자 이웃집에 살고 있는 아이들을 부르기 시작한다.

"순돌아! 강석아!"

이웃집 담 넘어 들려오는 소리에 졸린 눈을 비비며 눈곱을 떼어 낸다. 잠이 덜 깬 상태다.

"응! 왜?"

대답하기가 무섭게,

"니 더위 내 더위 말 더위! 내 더위 사려!"

순식간에 소리를 치고 달아난다. 여름에 더위를 먹지 않기 위해 서로에게 더위를 팔러 다니는 풍습이다. 보름날 아침 더위를 판 아이들은 신이 난다. 졸지에 더위를 산 순돌이와 강석이는 시무룩하여 씩씩거리다, 더위 팔 사람을 찾지 못하고 애꿎은 마루 밑에 누워 있는 강아지에게 더위를 팔아야 하는 신세가 되었다. 아직 잠이 덜 깬 소리로 강아지에게 말한다.

"니 더위 내 더위 말 더위! 내 더위 사려!"

절골댁이 부엌으로 들어온다.

"이번 보름에 먹을 오곡밥은 나수(넉넉히) 해라. 그래야 아쉬운 데 없이 골고루 나누어 먹을 성싶다. 마른 나물도 넉넉히 담갔다가 삶아라!"

"예, 어머니."

경자가 멍하니 서 있자, 난동댁이 다가와 귀띔한다.

"이 집은 나중에 보면 알겠지만, 오곡밥 얻으러 오는 사람들이 워낙 많거든…."

"그래요?"

절골댁의 분부에 경자와 난동댁이 바쁘게 움직인다. 보름날이라 물에 불린 찹쌀, 보리, 콩, 기장, 조를 섞어 시루에 찐다. 나물은 지난해 말려 두었던 묵은 나물을 물에 불려서 삶아 건져 내어 요리를 한다. 보름에는 오곡밥과 말린 애호박고지, 박고지, 가지, 토란대 줄기와 고사리, 시래기나물을 먹는다. 또 하나의 즐거움은 오곡밥을 얻으러 다니는 풍습이다. 집집마다 돌아다니며 바가지에 오곡밥을 얻어서 아이들은 아이들대로, 청년들은 청년들대로 모여 귀밝이술 한 잔 걸치고 신나게 어울린다.

경자는 해가 뜰 때부터 해가 질 때까지 오곡밥을 얻으러 오는 사람들에게 오곡밥을 듬뿍듬뿍 나누어 준다. 대부분의 집들은 오곡밥도 못 해 먹는 집들이 많아서, 보름날만큼은 많은 양의 오곡밥을 준비하여 나누어 주는 것이다. 처녀 총각들은 얻어 온 오곡밥과 나물로 이웃 동네 아가씨들과 어울려 귀밝이술 잔을 주고받다가, 눈이 맞아 야반도주하는 남녀도 생긴다. 처녀 총각들에게는 보름날이 무척이나 기다려지는 풍습이기도 하다. 농악 소리가 들려온다.

쾌갱맹맹치키치키, 쾌갱맹맹치키치키, 쾌갱맹맹치키치키….

동각 마당에 한바탕 굿판이 벌어졌다. 요란한 꽹과리 소리와 징 소리가 온 마을을 울린다. 장구 소리는 들뜬 기분을 더더욱 경쾌하게 한다. 꽹과리 소리에 사람들은 신이 났다. 올 한 해 무사 안녕하기를 빌며 당산제를 지내는 날이다. 양조장 옆 수백 년 묵은 당산나무 아래 음식을 차렸다. 동네 사람들과 굿 치는 사람들이 함께 먹을 음식이다. 온 마을 사람들이 모여 당산나무에 절을 올린다.

"비나이다. 비나이다. 비나이다…"

각자의 소원은 다르지만 마을 수호신인 당산 신에게 이 마을을 지켜 달라고 고사를 지내고, 무사 안녕하기를 빈다. 모두가 한마음으로 공동체를 확인하는 고사다. 고사를 지낸 후 고사 음식으로 음복을 한다. 술잔을 서로 권하며 오곡밥과 나물을 안주 삼아 나눠 먹는다. 음식을 나눈 후 농악을 다시 시작한다.

삘리릴리…

태평소 소리와 나팔을 불며 농악놀이의 시작을 알리면, 농악놀이를 이끄는 상쇠의 꽹과리 소리가 농악대를 이끌어 간다. '땅따다따 땅따다따' 꽹과리 소리가 점점 빨라진다. 징 소리가 큰 박자를 잡아준다. '징 징 징 징' 소리를 잡아 주면 장구는 경쾌한 발놀림에 가슴까지 뛰게 한다. 장구가 '탕탕 타다 타당 타다' 경쾌한 소리를 낸다. 북소리는 장구를 따라다니며 '퉁 퉁 퉁' 장구 소리를 뒷받침해 준다. 장구 소리와 북소리는 노루나 사슴이 들판을 가로지르는 듯 사뿐사뿐 뛰논다. 장구를 치는 장고잽이의 경쾌한 몸놀림이 구경꾼들까지 덩달아 뛰게 만든다. 그 주위에 소고를 쥔 상모 놀이꾼을 하늘로 높이 더 높이 날아오르게 만든다.

쾌괭맹맹치키치키, 쾌괭맹맹치키치키… 갱갱갱갱, 갱갱갱갱….

인석이 상모꾼이 되어 한 손에는 소고를 들었다. 인석이 고개를 돌리며 상모를 돌린다. 상모가 돌아가자 인석이 뛰기 시작한다. 상모가 하늘에 원을 크게 그린다. 하늘로 높이 날아 회전판을 만들어 낸다. 구경꾼들이 상모를 돌리는 인석에게 박수를 보낸다.

"와!"

함성과 박수 소리에 인석은 신이 났다. 발을 구르며 더 높이 하늘로 날아다닌다. 상모꾼을 따라 소고잽이들의 몸놀림이 경쾌해진다. 소고잽이들이 원을 그리며 농악대를 감싸고 돌면, 그 흥겨운 가락에 구경꾼들도 소고잽이들의 대열에 줄줄이 따라가면서 굿판에 합류한다. 농악대만의 흥겨운 놀이가 아닌, 마을 사람들 전체가 어울리는 굿판이 만들어지는 것이다. 읍내 농악대회에 나갔던 일원들이 모두 모였다. 제법 구색을 갖춘 농악대다. 굿판에서 위엄 있고 힘이 센 대포수의 우람한 몸짓은 남성적인 힘을 보여 준다. 갓을 쓰고, 허연 수염을 달고, 도포를 입고, 긴 장죽의 담뱃대를 문 대포수는 해학적인 탈을 쓰고, 양반의 우스꽝스러운 몸짓을 흉내 낸다. 그런 모습을 통해 서민들은 잠시나마 양반에게 가까이 다가갈 수 있다. 굿판은 상놈도 양반도 구분 짓지 않는 모두가 웃고 즐기는 평등한 무대다. 여장 남자의 각시가 요염한 자태를 보여 준다. 바랑을 멘 조리중은 민중 속으로 가까이 와 있음을 알 수 있다. 머리에 집채만 한 또아리를 틀어 올리고 한복을 곱게 입은 기생은 여장 남자다. 수줍은 행동을 하다가도, 갑자기 남성적인 행동을 함으로써 구경꾼들에게 남자인지 여자인지 헷갈리게 한다. 호기심을 유발하며 모두가 덩실덩실 추는 어깨춤에 신명 나는 놀이판이 되어 간다.

당산에서 한바탕 굿을 치면서 동각 마당과 몇몇 집을 돌아 지신밟기 굿을 친다. 농악 굿패들이 인철이네 마당에 들이닥쳤다.

쾌쾡맹맹치키치키 쾌쾡맹맹치키치키… 갱갱갱갱, 갱갱갱갱….

마당을 한 바퀴 돌며 굿을 치던 사람들이 부엌에서도 한바탕, 부엌을 지나 장독대에서도 한바탕 굿을 친다. 농악 굿을 한바탕 치자 거나한 술상이 나온다. 그 집의 액운을 씻어 주는 농악 굿의 답례인 셈이다. 무병장수를 위해 동네 공동 우물인 샘에 가서도 한바탕 농악 굿을 친다. 마을을 돌아서 면사무소 광장에 이르러 농악놀이는 절정에 이른다. 신명 나는 대보름날. 흥겨운 농악 소리에 어깨춤이 절로 나온다. 신이 난 농악대는 덕석말이 모양새를 갖춰 빙빙 안으로 돌다가 덕석풀기를 하면서 원을 그리며 밖으로 나온다. 참석한 모든 사람들과 어우러져 덩실덩실 춤을 춘다. 액막이 노래를 부르며 액막이굿을 하는 참이다. 오래전부터 구전되어 온 액막이 성주풀이가 울려 퍼진다.

머리빡이 애릴라면 벼름박이나 애리고
뒷꼭지가 애릴라거든 솥뚜방 꼭지가 애리고
앞꼭지가 애릴라믄 담백뱃꼭지가 애리고
눈꾸녁이 애릴라믄 전대꾸녁이 애리고

콧구녁이 애릴라믄 해치꾸녁이 애리고

귓구녁이 애릴라믄 고래구녁이 애리고

액막자 액막자 액막자 액막자

젖통이 애릴라거든 장구통 목이나 애리고

액막자 액막자 젖꼭지가 애릴라거든 솥뚜방 꼭지나 애리고

액막자 액막자 액막자 액막자 액막자

손꾸락이 애릴라거든 젓구락이나 애리고

액막자 액막자 액막자 액막자

백뚜둑이 애릴라거든 장구통이나 애리고 액막자 액막자

허벅지가 애릴라거든 주벅지나 애리고 액막자 액막자

장딴지가 애릴라거믄 소금단지나 애리고 액막자 액막자

액막자 액막자 액막자 액막자

발구락이 애릴라믄 숫구락이나 애리고 액막자 액막자

발바닥이 애릴라거든 정지바닥이 애린다 액막자 액막자

액막자 액막자 액막자 액막자

농악 소리와 노랫소리가 밤이 될 때까지 이어진다. 낮에는 연을 날리고 어스름해지면 쥐불놀이 불 깡통이 돌아간다.

"형, 내 깡통도 만들어줘."

"그래, 형들이 네 것도 만들어 줄 거야."

인호와 동네 아이들이 모여서 쥐불놀이 불 깡통을 만든다. 캔 깡통을 주워다가 깡통 둘레에 못질을 하여 구멍을 낸다. 공기구멍을

내야 불 깡통에 공기가 들어가 불이 활활 붙기 때문이다. 나무도 미리 자잘하게 쪼개 놓는다. 특히 불쏘시개로 소나무 관솔을 준비한다. 일반 나뭇가지보다 소나무 관솔에 붙어 있는 송진이 불도 잘 붙고, 화력도 좋기 때문이다. 그리고 인수, 인영은 친구들과 함께 달집을 만들기 위해 나무를 구하러 다닌다. 매년 그랬듯이 서시천 섶 다리 인근에 달집을 만들기 시작한다. 대나무가 있는 집에 가서 긴 대나무도 구해 오고, 야산에 가서 생솔가지도 구해오고, 볏짚단도 잔뜩 구해다 놓는다. 물자가 귀한 시절이지만, 달집을 태우는 데 쓸 물건이라면 아끼지 않고 내어준다. 집 안에 태울 만한 것들을 모조리 가지고 나와서 달집을 만든다. 해가 넘어가고 달이 떠오를 때쯤이면 동네 사람들이 모두 달집 앞으로 모여든다.

"불 깡통 돌리러 가자!"

"형! 나도 갈래!"

"그래!"

인호는 형들을 따라나선다.

설거지를 끝낸 경자와 난동댁, 점말, 민정이도 밖에 나갈 채비를 하느라 분주하다. 달집 태우는 불 구경을 간다는 설렘에 저녁밥을 먹자마자 서둘렀다.

"어머니! 달집 태운다는데, 난동댁과 다녀오겠습니다."

"그래 조심해서 갔다 오니라."

경자도 달집을 태운다니 기분이 들떠 있다. 아녀자들도 오랜만에 달집 불 구경을 나간다. 경자와 난동댁이 대문을 나서자마자 서시천 둑방에서 빙빙 도는 불빛이 눈에 들어온다. 성미 급한 아이들은 이미 저 멀리 곳곳에서 쥐불놀이를 시작하였다. 농악놀이가 다시 시작된다. 농악 소리에 동네 사람들이 모여들기 시작한다. 긴 대나무를 가운데 세운 달집이 집채만 한 크기로 높이 세워져 있다. 달집 주위에는 볏단으로 둘러져 있고, 울그락 불그락 형형색색의 천이 드리워져 바람에 휘날린다. 달집에는 사람들의 소원 문구가 다닥다닥 붙어 있다. 달집 앞에 상이 차려졌다. 한두 사람씩 술을 따르고 달집에 절을 한다. 절을 하고 농악 소리가 울리자 달집에 불붙일 준비를 한다. 액막이굿을 시작한다.

쾌괭맹맹치키치키 쾌괭맹맹치키치키… 갱갱갱갱 갱갱갱갱… 갱 갱 갱 갱 갱….

농악 소리가 나자 마을 사람들이 점점 늘어난다. 농악 소리는 구경으로만 그치지 않는다. 어깨춤과 함께 덩실덩실 어울림으로 변해 간다.

'농자천하지대본農子天下地大本.'

'설은 질어야 좋고 보름은 밝아야 좋단다.'

휘영청 보름달이 떠오르기 시작하자 달집에 불을 붙인다. 달과 함께 달집이 활활 타오기 시작한다. 모든 사람들이 환호성을 지르고 농악대는 더욱 신명을 낸다. 꽹과리의 소리가 점점 빨라진다. 소고를 치면서 상모를 돌리는 상모의 원이 점점 커진다. 상모 꾼이 폴짝폴짝 뛰면서 상모를 돌린다. 상모꾼은 인석이다.

"어머 저! 인석이 삼촌 아니라고?"

"맞아. 인석이 삼촌 맞다니까."

"와! 인석이 삼촌 잘한다!"

"인석 오빠!"

난동댁과 민정이 인석을 부르며 좋아라 한다. 상모 끈이 원형을 만들어 내며 그 원형이 달빛과 함께 어우러진다. 보름달과 함께 상모가 두둥실 떠오른다. 여러 개의 달이 뜬 셈이다. 달집 태우는 연기가 하늘 높이 치솟는다. 활활 타오르는 불 앞에서 사람들은 숙연해진다. 달집의 환한 불빛 위에 드높이 떠 있는 보름달. 모두가 하늘을 날아갈 것 같은 기분이다.

쾌괭맹맹치키치키 쾌괭맹맹치키치키….

신나게 울리던 농악 소리가 점점 잦아든다.

타닥 타닥 탁 탁 탁 탁….

달집은 하늘을 찌를 듯한 무서운 기세로 타오른다. 달집 타는 타닥타닥 소리가 '뻥뻥' 폭음으로 바뀐다. 불붙은 대나무 마디가 터지면서 내는 소리다. 대나무가 타면서 나는 '뻥뻥' 소리에 액운이 다 물러갈 기세다. 달집에 연기 기둥이 한껏 솟아오르는 모습을 보면서 올해 농사는 풍년일 거라는 기대를 점쳐 보기도 한다.

"올해는 어느 쪽으로 기울어야 풍년이당가?"

"왼쪽인가? 오른쪽인가?"

"그래, 아무렇게나 기울어라 그래."

"저렇게 연기 기둥이 피어오르니 올해는 풍년일 거야."

달집 연기의 방향을 점치면서 풍년을 기원한다. 그리고 활활 타오르는 달집 앞에서 달을 향하여 소원을 빈다.

'만수무강. 소원 성취. 무병장수. 국태민안.'

"잡귀야 물러가라."

아녀자들은 사람들 뒤에서 다소곳이 소원을 빌기도 한다. 경자도 멀찌감치서 두 손을 모아 간절한 소원을 빈다.

"비나이다. 비나이다. 아들 하나만 점지해 주십시오."

경자의 소원은 다른 사람들보다 더 진지하다. 활활 타오르는 달집과 하늘에 떠 있는 둥근 보름달을 경자의 몸속으로 받아들이는 정월 대보름 밤이다.

뒷동산으로 올라온 경자가 치성을 드린다. 보름이 가까워 올수록 몸과 마음을 맞추어 왔던 터다. 행여 아무 탈이 없기를 바라며 기다려 왔다. 휘영청 밝은 보름달이 경자를 내려다본다. 흡월정吸月精이다. 달의 정기를 흠뻑 받아 자궁 속으로 깊숙이 받아들여야 한다. 자궁 깊숙한 곳으로 제일 강한 놈의 정자가 들어와 착상할 수 있도록 달을 받아들여야만 한다. 삼라만상의 근원이요, 우주의 모태인 난자. 자궁 깊숙한 곳으로 달을 끌어들이는 일이다.

"비나이다 비나이다…"

경자는 계속 중얼거린다.

"부처님이시여… 하나님이시여… 산신령이시여… 조상님이시여… 삼신할매 신이시여… 부디 굽어 살피소서!"

온갖 신을 다 불러, 아들 하나만 점지하기를 바란다.

"떡두꺼비 같은 아들 하나만 점지하여 주십시오!"

달빛과 함께 경자의 얼굴에 빛이 난다.

"비나이다 비나이다. 달님이시여! 월광보살月光菩薩님이시여!"

달집을 태우고 나면 아이들은 서시천 자갈밭으로 달려가 쥐불놀이를 시작한다. 불 깡통을 돌리는 아이들로 서시천 일대는 온통 쥐불놀이 세상으로 변한다. 둑방에 올라와 보면 저 너머 용방마을 곳곳에서도 쥐불놀이 불빛이 달빛과 어우러져 원을 그린다. 도깨비불 빛이다. 지리산 아랫마을이 온통 도깨비불로 가득 차 있다.

"형, 우리도 불붙여야지."

"그래, 불붙이게 깡통 모두 여기다 모아 봐."

바닥에 가지런히 놓인 깡통에 불씨를 하나씩 넣고 그 위에 나무 조각을 채운다.

"자, 이제 불씨를 넣었으니 돌리면 불이 붙을 거야."

불 깡통을 하나씩 집어서 돌린다. 불씨가 점점 살아난다.

"야호!"

아이들이 환호성을 지르며 불 깡통을 돌린다.

"웬 놈의 도깨비불이 이렇게 많다냐?"

"그러게. 오늘 밤에는 지리산 도깨비들이 혼비백산하겠네. '아이고 무서워라, 이 지리산 구례골은 도깨비가 살 수 없는 동네구나!' 하고 도망치겠는 걸."

"아아, 도깨비로 한세상 재미나게 살아 보려고 했는데, 방망이나 잘 챙겨라, 어서 어서 이 동네를 떠나야 할란가 보다!' 하고, 도깨비들이 도망치고 있나 봐."

빙빙 도는 불 깡통과 함께 도깨비불의 천국이 되어 간다. 도깨비들이 도망가는 시간이다. 액운이 함께 물러가는 시간이다. 둥그런 원형을 그리면서 밤하늘을 수놓은 불 깡통이 보름달과 함께 한 폭의 그림을 그려 낸다. 달도 보름달이요, 불 깡통을 돌리는 불빛도 원형이다. 보름은 모든 것이 풍요롭고 원만하고 둥글둥글하게 돌아가는 날이다. 마지막으로 불 깡통을 하늘을 향해 날리면서 아이들도 소원을 빈다. 하늘로 날려 보낸 불 깡통은 수많은 별들과 어울려 보름달 속으로 사라진다.

달집을 태우고 장터 여수옥에서 동네 청년들의 술자리가 벌어졌다. 오랜만에 달집 구경도 하고 찰밥과 나물도 얻어다가 밝은 달밤에 처녀 총각들이 만나는 자리다. 농악놀이를 마친 인석은 상모를 벗어 던지고 술에 거나하게 취한 채 비틀거리며 모임에 합류한다. 왁자지껄 웃음소리가 넘친다. 처녀 총각들이 서로에게 잘 보이려고 말 한마디에도 웃음소리가 점점 더 커진다. 그들 자리에 쉽게 어울리지 못하고 한쪽에서 술로 인사불성이 된 인석, 그들이 인석을 힐끔힐끔 쳐다본다. 그들은 인석이 몸을 가누고 있는지 가누지 못하고 있는지 별로 관심이 없다.

"하하하하하…."

"야! 여기 술 더 가져와!"

인석이 술을 더 달라고 해도 청년들의 웃음소리에 묻혀 버린다. 아무리 불러도 응답이 없자 인석은 더 큰 소리로 버럭 소리를 지른다.

"야! 여기 술 더 가져오란 말이야!"

인상을 쓰며 고함을 지른다. 신나게 웃어 대던 청년들이 고함 소리에 순간 조용해진다. 술에 취해 비틀거리던 인석에게 눈길이 쏠린다.

"야! 내 말이 말 같지 않다 이거지? 술 더 가지고 오란 말이다."

"하이, 저 자식! 술이 떡이 됐구만. 야! 인석이 아까 농악놀이 끝내주던데…."

"그러게 말이야. 농악대 중에서 우리 인석이가 최고였어!"

"상모를 어쩌면 그렇게 잘 돌리냐? 아주 재주를 타고났다니까?"

"맞어. 인석이 아니면 누가 하겠어? 진짜 재주꾼이라니까!"

처녀 총각들이 이구동성 고개를 끄덕이며 맞장구를 쳐 준다. 인석은 동네 청년들의 칭찬이 귀에 들어오지 않는다.

"야! 술 더 가져와!"

인석은 비틀거리며 술을 더 요구한다.

"야, 인석이! 너 취했는데 술 고만 먹어야지…."

일행 중 한 청년이 인석에게 다가와 말을 받아 준다. 인석이 비틀거리며 일어선다.

"뭐야! 이 새끼. 날 놀리는 거야?"

다짜고짜 친구를 향해 주먹을 날린다.

퍽 퍽 퍽!

너무나 갑작스런 인석의 주먹질에 청년은 피투성이가 되어 쓰러진다. 처녀들은 피를 보자 소리를 지른다.

"아! 아!"

처녀들이 놀라 지르는 소리와 함께 여수옥이 시끄러워진다.

"어머머! 술을 너무 많이 먹었구나. 야! 인석이 좀 말려 봐."

"야! 이 새끼 봐라. 사람을 치네. 술을 처먹었으면 곱게 먹어야지 사람을 쳐!"

인석과 동네 청년이 주먹질을 해 댄다.

"야! 야! 야! 이거 친구들끼리 뭐 하는 짓이야?"

갑자기 일어난 일이지만 옆에 있던 친구들이 싸움을 말리려고 달려든다.

"너는 또 뭐야?"

말리는 친구를 향해 인석이 또 주먹을 날린다.

"악!"

인석에게 한 방 맞은 친구가 소리를 내며 쓰러진다. 한 방 얻어맞은 친구와 다른 친구들까지 합세하여 인석을 향해 달려든다.

"뭐 이 새끼야? 술 처먹은 놈이라고 좀 봐주려고 했는데…"

퍽 퍽 퍽 퍽 퍽….

주먹으로 서로를 가격한다. 소리를 지르는 처녀들과 싸움을 말리는 친구들이 뒤엉켜 아수라장이 되어 간다. 인석도 친구들에게 얻어맞아 피투성이가 된다. 인석이 바닥에 내팽개쳐진다. 누구 하나 달려들어 인석을 부축하려 하지 않는다. 인석이 먼저 시비를 걸어 온 싸움이다. 처녀들도 뒤를 흘끔흘끔 바라보며 인석을 피해 우르르 나가 버린다. 동네 처녀 총각들이 나간 한참 후에 인석이 몸을 일으킨다. 얼굴에 흐르는 피를 손으로 닦아 낸다. 피 묻은 손으로 머리를 만지작거리며, 대수롭지 않다는 듯 탁자에 앉는다.

"야! 술 더 가져와! 술 가져오란 말이야!"

인석의 목소리는 점점 더 커진다. 여수옥에는 인석만이 혼자 남아 있다. 날이 어두워지고 시장 골목은 인적도 쓸쓸하다. 인석이 술 가져오라는 고함 소리에 정미가 술병을 가지고 다가와 앉는다. 전에도 인석이 자주 들렀던 술집이라 정미와는 안면이 있는 사이다.

"누구야? 정미야?"

인석은 정미의 등장에 화색이 돈다.

"자, 오빠, 술 여기 있어요. 오빠, 오늘 보니까 술이 많이 취했는데… 딱 한 잔만 더 하는 거여요?"

정미도 이미 술이 약간 취한 상태다. 인석에게 아양을 떨며 두 개의 술잔에 술을 가득 채운다. 가득 채운 술잔을 인석에게 건넨다. 정미가 인석의 비위를 맞추며 한 잔만 더 하게 하고, 돌려보내려는 속셈이다.

"그래, 그래, 우리 건배해야지."

인석의 건배 요청에 정미가 마지못해 화답해 준다.

"짠!"

인석이 술잔을 부딪치자마자 벌컥벌컥 마셔 버린다. 술잔을 거칠게 탁자 위에 내려놓는다.

"한 잔 더 따라 봐!"

정미가 머뭇거리다 술을 따른다. 술잔이 채워지자마자 인석이 벌
컥벌컥 마셔 버린다. 술병에는 술이 없다. 정미가 인석을 빤히 쳐다
본다.

"오빠, 한 잔 더 하셨으니 이제 일어나시죠?"

정미가 인석을 돌려보내려고 달랜다. 그러나 인석은 막무가내로
우긴다.

"야! 술 더 가져와!"

정미가 인석을 제지하고 나선다.

"오빠! 술 많이 취했는데 오늘은 이만하시죠?"

"그래? 나 아직 술 안 취했어. 술 더 가져오란 말이야."

혀가 꼬부라진 소리로 인석이 술을 더 청한다.

"그래, 오빠. 알았어. 내가 술 더 가져다줄게."

술에 취한 인석을 정미가 달래며 주모를 부른다.

"언니! 여기 술 좀 더 가져다주세요."

주모가 술을 가져다 놓는다. 인상을 찡그리며 인석을 바라보다 고
개를 돌린다. 정미를 향해 눈을 흘긴다.

"야, 이것아 너도 술 많이 했어. 고만 마셔."

"알았어 언니. 내가 알아서 할게."

정미도 술에 취해 몸을 흐느적거린다. 정미가 술을 따른다. 인석
의 술잔에 술이 채워지자, 인석도 정미의 술잔에 술을 가득 따른다.
정미는 얼굴을 찡그린다.

"자! 마셔. 우리 다시 브라보 하는 거야. 알았어?"

"브라보고 나발이고 오빠나 마셔. 나도 더 마셨다가 오빠처럼 인사불성이 돼 버리면 어떡해? 자! 오빠나 실컷 더 마시라고."

정미의 반발에 인석은 심통이 난다.

"뭐야! 브라보 하지 않겠다는 거야? 뭐야?"

"그래. 오빠나 실컷 마시라고."

"뭐야! 정미 너도 나를 무시하는 거야?"

"내가 언제 오빠를 무시했다고, 그렇게 눈을 째려보고 그래?"

"너까지 나를 무시한다 이거지. 브라보 안 한다 이거지?"

"자, 내가 술 따라 준 거니까. 자, 쭉 들이키셔요. 자, 쭉."

정미가 술을 계속 권해도 인석은 정미에게 자꾸 트집을 잡고 늘어진다.

"너까지 나를 무시한다 이거지."

술에 취한 인석은 정미가 자신을 무시한다고 생각한다. 술을 마시지 않겠다고 하는 정미에게 계속 시비를 건다.

"우리 브라보 할 거야, 안 할 거야?"

"나는 이제 술 안 마신다니까. 왜 이래? 짜증 나게!"

정미는 인석의 계속되는 요구에 짜증이 나서 화를 버럭 낸다. 정미의 화난 목소리에 인석은 시비를 계속 이어 간다.

"뭐야? 너 방금 뭐라고 했어? 술 안 마신다고? 짜증 난다고? 술잔으로 브라보 한 번 더 하자는데 짜증 난다고? 너 나 무시하는 거야?"

"그래 무시했다 어쩔래. 니가 내 서방이야? 내 서방도 아닌 주제에 기분 나쁘게 이래라저래라 하는 거야? 기분 나쁘게."

정미의 목소리도 점점 더 날카로워진다.

"뭐야?"

인석이 벌떡 일어선다. 술잔을 들어서 정미의 얼굴에 쏟아 버린다.

"악!"

정미의 얼굴에 술이 갑자기 쏟아지자, 소리를 지르며 벌떡 자리에서 일어선다.

"뭐야? 이 새끼! 뭐 하는 짓거리야?"

철썩!

정미가 인석의 뺨을 후려친다. 뺨을 한 대 맞은 인석도 일어선다.

철썩!

정미의 뺨을 후려친다.

"악!"

정미가 소리를 지른다.

"니가 나를 무시한다 이거지. 아직도 니가 잘 나가는 기생인 줄 아나 보지? 똥갈보년 주제에…"

인석이 정미를 바라보며 계속 시비를 건다.

"아! 이 새끼가 사람 잡겠네. 똥갈보! 그래 나 똥갈보다. 이제 알았냐? 니가, 나 똥갈보 되는데 보태 준 거 있냐? 아악…. 크, 흐흐흐 흑…."

정미가 일어서서 인석에게 달려든다. 정미의 울음소리에 주모가 급하게 달려온다.

"그래 이놈아, 너 죽고 나 죽어 보자. 술집 갈보 인생도 서러운데,

너한테 맞아 가면서까지 이렇게 무시를 당하고. 니가 뭔데 나를 무시해! 이 새끼야!"

정미가 비틀거리는 인석의 멱살을 움켜쥔다.

"뭐야? 이년이 죽을라고 환장을 했구먼."

멱살을 잡힌 인석이 소리를 친다. 주모가 달려오다가 정미가 울면서 남자에게 달려드는 모습을 발견한다. 영문은 모르지만 무조건 정미 편에 선다. 주모도 정미와 함께 인석을 향해 달려든다.

"그래, 이놈아, 죽일 테면, 죽여 봐라! 이놈아!"

주모도 달려 오자마자 인석의 멱살을 움켜잡는다.

"뭐야? 이년은 또 누구야?"

"그래 이놈아! 어디 한번 죽여 봐라. 술을 처먹었으면 곱게 처먹어야지. 어디서 행패야? 우리가 가만히 당하고만 있을 성싶으냐?"

주모가 소리를 지르며 악을 쓰고 달려든다. 정미와 둘이서 인석의 멱살을 잡고 달려드니, 인석도 순간적으로 술이 확 깬다. 여자들과 싸워 봤자 별 볼 일 없다는 걸 순간적으로 알아차린다. 두 여자를 힘으로 패대기치고 싶지만 참아 낸다.

"저리 비켜!"

인석이 두 여자를 강하게 밀치며 밖으로 나와 버린다. 인석이 비틀거리며 나가 버리자 주모도 그만 싸움을 멈춘다.

"아! 악!"

정미가 억울하고 분하여, 땅을 치며 서러워서 운다. 울고 있는 정미를 주모가 다독인다. 술 취한 사람과 싸웠다가는 괜히 사람만 다

치는 걸 아는지? 인석을 쫓아가 결판을 내려 들지는 않는다.

인석이 여수옥에서 나와 비틀거린다. 시장 골목을 휘젓고 다니다가 바닥에 쓰러진다. 시간이 한참 지난 뒤 인석이 몸을 움직인다. 인석이 꾸물거리며 시장 바닥에 앉아 보름달을 쳐다본다. 둥그런 보름달이 유난히 밝게 빛나고 있다. 보름달 속에서 부모님을 떠올려 보려 하지만 아무도 나타나지 않는다. 하염없이 눈물을 흘린다. 얼굴도 모르는 아버지, 개가를 한 어머니를 떠올리다 원망으로 바뀐다. 달을 쳐다본다. 원망과 한숨이 저절로 나온다. 담배를 꺼내 불을 붙인다. 담배를 한 모금 길게 빨고 다시 내뿜는다. 큰집에서 매일 고된 노동으로 버티고 있지만, 일이 힘이 드는 것이 아니다. 어디에도 마음을 붙일 수가 없는 자신이 한심스러운 것이다. 마음 한구석은 늘 허전하고, 화가 잔뜩 도사리고 있다. 세상은 온통 불만투성이다. 아무도 내게 관심이 없다. 모두가 나를 조롱하는 듯하다. 그런 처량한 신세가 술기운과 함께 폭발한 것이다. 이런 처지를 생각하면 세상일이 무의미하기만 하다.

"아! 아악!"

소리를 지르며 악을 써 보지만 마음은 후련하지가 않다. 갑자기 눈물이 흐른다. 마음이 왜 이런지 종잡을 수가 없다. 울다가 지쳐 그대로 시장 바닥에 누워 하늘을 올려다본다. 보름달이 유난히 밝다. 그 보름달이 가물거려 온다. 술기운이 다시 몰려온다. 자신도 모르게 스르르 잠이 들어 버린다. 차가운 바람이 스친다. 차가운 밤기운이 온몸에 스며든다. 인석의 몸은 점점 더 차가워져 간다.

시장 바닥에 인석이 누워 있다는 기별이 왔다. 일찍 일어난 인영이 그 소리를 듣고, 후다닥 집을 나선다. 시장을 향하여 달린다. 시장 바닥에 누워 있는 인석을 발견한다. 인석이 형을 흔들어 깨운다. 주위로 사람들이 몰려든다.

"성! 인석이 성! 일어나 봐!"

인영이 인석을 흔들면서 소리를 쳐도 움직이지 않는다. 인석의 몸이 차갑다. 인영은 갑자기 불안해진다. 겁이 덜컥 난다.

"성! 인석이 성!"

인영의 소리가 다급해진다. 인성의 몸을 더 세차게 흔든다. 그러나 인석의 몸은 미동조차 않는다. 인영이 더 세게 몸을 흔들어 댄다.

"안 되겠어요. 제가 업을 테니까 좀 도와주세요."

주위 사람들에게 도움을 요청한다. 주위의 사람들이 웅성거리며 도와준다. 인영이 인석을 업고 빠르게 발걸음을 움직인다. 시장을 빠져나와 집으로 향한다. 집안사람들이 그 모습을 보고 놀라 모여든다. 축 늘어진 인석을 방 안에 눕힌다.

"아이고! 이게 무슨 일이당가? 이놈이 아직도 정신을 못 차리고 술을 퍼먹고, 한데서 잠을 자고… 뭔 이런 일이 있당가 잉!"

절골댁이 안절부절못하며 누워 있는 인석의 몸을 주무른다. 인석의 몸이 차갑다. 인석이 움직이질 않는다.

"아이고! 몸이… 얼음덩어리네. 큰일일시. 큰일이야!"

절골댁이 안절부절못한다. 인석의 몸을 계속 주무른다. 얼른 회복되기만을 바라는 맘이다. 경자는 따뜻한 물수건을 꾹 짜서 인석의 머리에 올려놓는다.

"아야! 어서 한약방에 기별해라. 이러다가 큰 사단이 나겄다."

"예, 어머니. 김 서방이 벌써 기별하러 갔습니다."

"아니. 술을 처먹어도 어지간히 처먹어야지. 시장 바닥에 누워서 잠이 들 정도로 처먹어서야 원, 쯧쯧쯧… 언제 철이 날는지…."

절골댁이 혼자 푸념을 한다. 이렇게 된 상황에 대해 화가 나기도 하고 가엽기도 하다. 경자가 절골댁과 함께 인석을 돌보느라 바쁘게 움직인다.

"어서 뜨거운 물을 더 가져오니라."

"예, 어머니."

경자가 급하게 방을 나간다. 이대길이 방 안 한쪽에 서성거린다. 인석을 한참 바라보다가 방문을 열고 밖으로 나온다. 사랑채와 대문 앞에서 초조하게 뒷짐을 지고 왔다 갔다 반복한다. 얼굴에 초조한 기색이 역력하다. 인석이 저놈이 저러다 큰일이라도 나면 어쩌나 하는 염려 때문이다. 인석의 술주정 때문에 여러 번 속 썩는 일이 있었지만, 이토록 위험한 상황까지 가지는 않았었다. 화가 나기도 하고, 다른 때 같으면 큰소리로 훈계라도 하고 싶지만, 그럴 수도 없는 상황이 아닌가? 한약방 황필수가 빨리 오기만을 기다린다. 기별을 받은 황필수가 대문 안으로 들어선다. 급한 대로 서로 묵례만 한다.

"어서 오시게. 얼른 들어가 보게."

"예, 올라오면서 얘기는 대충 들었습니다."

황필수가 급하게 이대길과 함께 방으로 들어간다.

"어서 오셔요."

사랑채로 급하게 들어오는 황필수에게 절골댁과 경자가 자리를 양보한다. 황필수가 고개를 숙이고 누워 있는 인석의 맥을 짚는다. 급하게 오면서 김 서방에게 자초지종을 들은 터였다. 고개를 갸우뚱한다. 몸을 몇 번 주무르고 다시 맥을 짚는다. 왼쪽을 계속해서 주무르면서 고개를 갸우뚱한다. 왼쪽 몸이 얼음덩어리처럼 차갑다. 주무르는 걸 멈추고 침을 놓는다. 침을 놓고 황필수가 이마에 흐른 땀을 닦으며 한숨을 돌린다. 한숨 돌린 황필수를 향해 절골댁이 급하게 말을 건넨다.

"우리 애는 좀 어떻습니까? 아직도 몸이 얼음덩어리일 텐데…"

황필수는 절골댁의 물음에도 계속해서 맥을 짚는다. 인석의 목숨은 황필수에게 달려 있는 듯하다. 황필수가 다시 침을 놓는다.

"조금만 더 늦었으면 큰일 날 뻔했습니다. 죽지 않은 것만도 다행입니다. 이런 추운 날씨면 몸은 냉골이 됐을 거고, 몸이 얼어서 사지가 굳어 버렸을 텐데… 살아날 팔자인가 봅니다. 오른쪽은 맥이 흐르는데… 왼쪽은 전혀 맥이 흐르지 않습니다. 천만다행입니다. 급하게 처방을 해 놨으니 점점 회복이 될 겁니다. 하지만… 한쪽은 회복되지 않을 수도 있습니다."

황필수가 말을 하면서도 고개를 갸우뚱한다. 한쪽이 회복되지 못할 것 같다는 소리에 이대길과 절골댁이 놀란다. 황필수가 인석을 다시 바라보면서 말을 이어 간다.

"그러나 회복이 되더라도… 후유증이 심할 것 같습니다. 따뜻하게 해 줘야 합니다."

"아, 그럼요. 그러고 말고요. 죽지 않는다니 다행입니다만. 아까는 얼마나 놀랬는지…. 온몸이 완전히 얼음덩어리인줄 알았다니까요. 저러다 죽는 줄 알고 얼마나 가슴이 철렁 내려앉았는지…. 아이고, 불쌍한 것."

절골댁이 훌쩍거리며 인석을 향해 얼굴을 찬찬히 쳐다본다.

"불쌍한 것. 지 혼자서 얼마나 마음이 허했을까?"

절골댁이 훌쩍인다. 황필수가 가져왔던 치료 도구들을 챙기며 일어선다. 절골댁도 훌쩍거리다 말고 일어선다.

"고상 많았습니다. 이 은혜를 어떻게 갚아야 할지…."

황필수에게 공손하게 인사를 한다. 황필수도 공손하게 인사를 건네고 방을 나선다. 이대길도 황필수와 함께 밖으로 나온다.

"고상 많았네. 죽은 목숨 자네가 살려 논 거나 마찬가지네. 자네가 아니였으면…."

이대길이 황필수를 배웅한다. 성년이 된 인석이 절골댁 눈에는 항상 어린애로만 보이는 것이다. 열세 살 앳돼 보이던 인석이가 큰집에 들어와 큰집 식구들과 함께 지내 왔던 일을 떠올린다. 배곯지 않게 아무리 챙긴다 해도, 저놈의 속마음을 통 모르겠다. 이렇다, 저렇다 는 얘기도 안 하고 통 말이 없다. 부모가 없으니 마음이 허해서 그러려니 하지만, 부모 대신 큰아버지, 큰어머니에게 속마음이라도 털어

놓으면 좋으련만, 인석은 말수가 적다. 눈앞에 안 보이면 잘 지내려니 하다가도, 술만 먹으면 인사불성이 되고 사고를 쳤다. 가끔 이대길이 참다 참다 화를 못 참고, 큰소리로 훈계를 해도 소용이 없다.

그놈의 사람 속은 알 수가 없는 일이다. 절골댁이 감싸 안아도, 집 밖으로만 돈다. 절골댁에게는 인석이 더더욱 애처롭고 짠하기만 하다. 인석은 큰집에 들어온 후, 일꾼 몫을 단단히 해내고 있다. 바쁜 모내기 철에는 써레질도 잘한다. 소를 몰고 쟁기질도 곧잘 해낸다. 큰집 형제들과 함께 기거하면서 겨울에는 덕석이며, 가마니며, 소쿠리며, 짚신까지 만들어 낸다. 짚으로 만든 각종 공예품까지, 인석은 손재주가 남달라 지푸라기로 만드는 일이라면 솜씨를 발휘한다. 인석이 그동안 만들어 놓은 물품이 집안 곳곳에 널려 있다. 이대길은 장가갈 때 한밑천 살림을 떼 줄 요량이지만, 인석은 허구한 날 뭐가 그리 불만이 많은지 술타령에, 싸움질에, 속을 썩이는 일이 잦기만 하다.

누워 있는 인석을 절골댁과 경자가 지극정성으로 간호를 한다. 경자가 풍로에 부채질을 하며 한약을 달이느라 정성을 쏟는다. 며칠째 못 일어나던 인석이 점점 의식을 찾았다. 한쪽 귀가 멍멍함을 느낀다. 왼쪽 어깨에 통증이 밀려온다. 인석이 혼자서 겨우 일어나 앉는다. 몸이 무겁고 왼쪽이 이상함을 느낀다. 살며시 왼쪽 팔을 들어 본다. 팔이 움직이지 않는다. 재차 팔을 올리려고 시도를 한다. 얼굴이 일그러질 정도의 통증이 밀려온다. 팔을 들어 올리려다 말고 다시 누워 버린다. 후회가 밀려오지만 이미 늦어 버린 일이다. 나는 왜 이럴까? 나는 왜 나 자신을 다스리지 못할까? 회한이 밀려온다. 그러지 말았어야 하는데…. 천장을 바라보며 후회를 해도 소용없다.

방문 앞에서 인기척이 난다. 절골댁과 경자가 문을 열고 들어온다. 절골댁이 방문을 열자마자, 인석이 일어나려고 안간힘을 쓰는 것이 보인다. 누워 있어야 할 인석이 일어나는 걸 보는 순간 절골댁이 다행이라고 여긴다. 들어오자마자 인석이 옆에 다가가 앉는다.

"그냥 누워 있거라."

인석이 얼굴을 찡그리며 겨우 일어나 앉아, 아픈 팔을 만지작거린다. 절골댁이 인석의 이마를 쓰다듬는다.

"아이고, 내 새끼. 어째 몸은 좀 괜찮냐?"

인석은 귀가 웅웅거려서 큰어머니의 말이 잘 들리지 않는다. 왼쪽 귀와 왼쪽 팔에 문제가 생긴 것이 분명하다. 인석은 큰어머니가 뭐라고 했는지 알아채지 못한다. 인석이 대답을 하지 않고 있자 절골댁이 인석을 향해 누워 있으라고 한다.

"아프면 그냥 누워 있어도 된다. 얼릉 나아야지…"

절골댁이 인석을 향해 누워 있으라 해도 묵묵부답이다. 큰어머니의 말이 웅웅거릴 뿐 무슨 소리인지 알아들을 수가 없다. 어렴풋이 들리긴 하지만 정신이 없다. 몸을 가누기조차 힘들다. 멍하니 앉아 있는 인석을 향해 경자가 누워 있으라고 다시 말한다.

"도련님, 아직 힘드실 텐데, 누워 계셔요."

인석이 왼쪽 팔의 통증을 참아 내며 누우려 하자 경자가 인석을 부축해 준다.

"도련님이 아직 많이 아픈가 봐요."

경자가 인석을 부축한다.

"도련님, 몸이 완쾌될 때까지는 그냥 누워 계셔도 됩니다."

인석이 눕자 경자의 말이 조금 더 뚜렷하게 들린다. 일어나 앉아 있을 때보다 훨씬 말이 잘 들리긴 하지만, 예전처럼 잘 들리지는 않는다.

"이놈아, 어디가 많이 아프면, 이 큰어매에게 말을 해야지… 아이고, 불쌍한 것."

절골댁은 울음을 터트릴 것처럼 인석의 모습이 안쓰럽기만 하다. 원래도 말수가 적은 아이가 아프면 말을 더 안 하니, 안타깝고 불쌍할 따름이다. 방문 밖에서 인기척 소리가 들린다. 방문을 열자 황필수가 서 있다. 황필수가 방 안으로 들어선다.

"약방 어른, 어서 오셔요."

"좀, 어떻습니까?"

"정신이 드는지, 일어나려고 안간힘을 쓰더니 도로 누워 버렸네요."

"그래요?"

황필수가 인석을 일으켜 세운다. 경자도 달려들어 거든다. 인석이 일어나 앉아 얼굴을 찡그린다. 황필수가 맥을 짚어 본다. 아픈 부위를 알아내려는지? 아니면 차도가 없어서인지? 고개를 갸우뚱거린다. 인석의 귀를 만져 본다. 인석의 왼쪽 부위를 계속 주물러 내려간다. 고개를 끄덕이며 인석을 자리에 눕힌다. 진맥을 다시 짚어 보고 침을 놓기 시작한다. 절골댁과 경자가 숨을 죽여 치료하는 모습을 바라본다.

"탕약을 꾸준히 먹어야 합니다. 그래야 빨리 치료됩니다."

"아, 그럼요. 그렇잖아도 우리 며느리가 시아재 생각한다고, 지극 정성으로 한약을 달여서 멕이고 있습니다."

"다행히, 차차 좋아지고 있습니다."

"그나이나, 고맙그만이라. 약방 어르신 아니었으면 큰일 날 뻔했습니다."

황필수가 몇 번 더 다녀가더니 인석이 몸이 점점 회복되었다. 절골댁과 경자가 인석이 누워 있는 방 안을 계속 들락거린다.

"인석아, 밥도 많이 묵어라. 그래야 빨리 회복된다."

인석 걱정에 절골댁이 음식까지 챙긴다.

"도련님 많이 드세요. 어깨와 귀는 조금 어떠세요?"

인석은 대답이 없다. 밥을 먹고 나자, 경자가 약 사발을 들어 인석에게 건넨다.

"도련님, 한약 드세요."

인석이 고개를 숙이며 한약 사발을 받아 들고 벌컥벌컥 마신다. 경자가 절골댁과 함께 방 안에 들어와 인석의 몸이 어떤지 수시로 살핀다. 큰어머니에게 고맙다는 인사를 건네야 하는데, 말이 입 밖으로 나오지 않는다. 밥상을 챙겨 나가려는 형수에게도 고맙다는 인사를 해야 미안한 마음이 덜 할 것만 같다. 인석이 누워 있는 동안 얼마나 지극정성으로 챙겨 줬는지를 알고 있다. 한약도 직접 달였다고 하지 않았던가.

"형수님, 고맙습니다."

인석이 용기를 내어 경자에게 고맙다는 인사를 한다.

"뭘요? 도련님도 참… 빨리 회복되셔서 천만다행입니다."

"정말 고맙습니다. 형수님 덕분입니다."

날이 지날수록 인석은 돌아다닐 정도로 좋아졌다. 인석이 누워 있는 동안 집안 식구들에게 걱정을 끼쳤던 일을 생각하면 미안하기 이를 데 없다. 큰아버지와 큰어머니께는 고개를 들지 못할 정도다. 어른들께 걱정을 끼쳐서는 안 된다는 각오를 다짐하고, 또 다짐한다. 큰어머니도 큰어머니지만, 형수님에게 더 미안하다. 몸이 조금 불편해졌지만 일을 하는 데는 큰 지장이 없다. 잘 들리지도 않던 왼쪽 귀도 많이 좋아졌다. 한쪽 손이 불편해지고, 한쪽 귀가 제대로 들리지 않지만 인석은 일을 제법 잘 해낸다.

09

신사참배

神社參拜

"와!"

아이들의 함성이 교회 밖에까지 들린다. 아이들이 예배당 안에 꽉 찼다. 광의교회 야학은 학생 수가 수용하기 힘들 만큼 많아졌다. 인철이 몸이 아파 누워 버리는 바람에 만식이 대신하여 광의교회 야학에 손을 거들었다. 만식이 일요일에 교회학교 어린이들을 가르쳤던 경험을 계기로 야학 선생으로 발탁된 것이다. 만식이 아이들 앞에서 열정을 다해 아이들을 가르친다.

"내일부터 교회 야학을 금지합니다. 알겠습니까?"

주재소에 불려온 한명호 목사는 후지하라의 갑작스런 불호령에 본인의 귀를 의심한다. 당장 교회 야학을 금지하라니 아닌 밤중에 무슨 날벼락이란 말인가?

"소장님, 그게 무슨 소리당가요?"

"상부의 지시가 내려왔습니다."

"상부의 지시라니요?"

"아, 잔말 말고 내일부터 당장 교회에서 아이들 가르치는 일을 그만두라는 얘기요. 알겠소?"

만식이 대전교회 야학에서 아이들을 가르친 지 얼마 되지도 않아 야학이 문을 닫았다. 광의면에서는 호양학교에 이어 대전교회 야학마저 문을 닫게 되었다. 각 면에 세운 보통학교를 제외하고 구례 곳곳에 세워진 모든 야학이 문을 닫았다. 일제가 강제로 모든 사학을 폐쇄시킨 것이다. 일제의 민족 말살 정책은 수단과 방법을 가리지 않는다. 통치 수단을 강화하기 위한 조치의 일환이다. 사립학교나 야학에서 행하던 민족교육을 원천 봉쇄할 속셈인 것이다. 간간이 이어져 오던 한글 교육도 없어져 버렸다. 학교에서는 조선말을 쓰다가 발각이라도 되면 엄한 벌로 다스리고 있다. 민족 말살을 위한 사상 교육을 점점 강화해 나가겠다는 조치다. 공립학교에서는 전교생에게 창씨개명을 강요하고, 창씨개명을 하지 않으면 학교를 계속 다닐 수 없게 하였다. 학교에서는 일본 말만 쓰게 한다. 그나마 교회 야학에서 가르치던 한글도 가르칠 수가 없게 되었다. 한글은 어디에서도 가르치지도 않는다. 학교 인근에 신사까지 지어 학생들은 신사를 참배하게 하는 일이 빈번해지고 있다.

주민들에게 창씨개명을 하라, 신사神社를 참배하라고 강요하지만 어른들은 학생들처럼 쉽게 따르지 않는다. 조상 대대로 내려온 우리 민족의 고유한 명명 방식을 바꾸고자 하는 창씨개명은 어불성설이다. 아이들은 학교에서 단체로 신사를 참배하라고 하니까 명령에 따를 뿐이지만, 어른들은 다르다. 마을마다 단체로 하는 신사참배에 불참하면, 황국식민皇國植民이 아니라고 하여 사상이 불손한 사람으로 낙인을 찍기도 하지만, 의식이 있는 사람들은 끝까지 신사참배를 하지 않는다. 조상님이 있는데 신사에 가서 절을 하라는 것은 말도 안 되는 소리라고 이구동성으로 수군거린다. 특히 교회를 다니는 사람들은 신사참배는 기를 쓰고 반대를 한다. 신사참배로 인하여 일본 경찰들과의 사이가 점점 더 나빠져 간다. 신사참배 문제로 워낙 강하게 대립하다 보니 미운털이 박힌 것이다. 만식도 교회를 다니다 보니 사상이 불순한 사람으로 낙인이 찍혀 있다.

신사神社 주변은 대나무가 빽빽하니 감싸고 있다. 학교 옆에 위치한 울창한 대나무 숲을 베어 내고 개간하여 신사가 들어섰다. 신사 입구에 다가가기만 해도 스산함이 느껴진다. 바람이라도 부는 날에는 대나무끼리 부딪히면서 나는 소리로 인해 으스스한 기분마져 든다. 학교 몰랑(언덕)이라 하여 연파마을과 공북마을에서 접근하려면 언덕을 한참 올라와야 다다를 수 있는 곳이다. 연파마을 쪽에서 보면 대나무 숲에 가려 잘 보이질 않지만, 학교 쪽으로 난 길을 통해 접근이 가능한 곳이다. 공북마을 쪽에서는 당산나무를 지나, 오솔길을 따라 숲길을 헤치고 올라와야 하는 곳에 신사가 자리 잡고 있다. 그런 곳에 신사를 지어 놓고 주민들이나 학생들에게 신사참배를 강요하는 일이 부쩍 늘었다. 마을 사람들이 단체로 줄을 지어 신사로 들어가 고개를 숙이고 묵념을 한다. 신사를 중심으로 일본 천황을 신격화하여 단결을 꾀한다. 조선 사람들의 민족정신을 유린하고 내선일체內鮮一體를 강조한다. 대동아전쟁을 일으켜 조선 사람들을 전쟁터에 동원하고, 대륙을 병참기지화하여 일본 제국의 신민으로 만들려는 속셈이다. 날이 갈수록 신사참배는 강요되고 있다. 어른 들도 단체로 신사에 동원되어 동방요배東方遙拜를 강요받는다. 동방요 배에 이어 황국신민서사를 외우게 한다.

우리는 황국신민이다. 충성으로써 군국君國에 보답하련다.

학생들은 학교에 등교하는 날이면 수시로 줄지어 신사참배를 하 러 간다. 신사참배를 하는 날이다. 학생들이 운동장에 모여, 오와 열을 맞추고 서 있다. 군복을 입은 후지무라藤村 교장이 구령대에 올 라 훈시를 한다. 훈시가 끝나자, 신사로 가기 위해 줄을 맞춰 이동한 다. 신사로 참배를 가는 날이라 제복을 단정하게 입었다. 미야카와 선생이 아이들 앞줄에서 신사참배 가는 길을 안내한다. 신사에서는 장난치지 말고, 조용히 하라고 당부를 하지만 아이들은 돌아서면 그만이다. 신사 앞에 학년별로 학급별로 순서를 기다리는 줄이 길 게 이어진다. 인호가 친구와 함께 몸을 밀치며 장난을 친다. 친구를 잡으러 앞에서 뒤로, 뒤에서 앞으로 뛰어다닌다. 친구가 미야카와 선생을 발견하자마자 멈추고 시치미를 뗀 채 대열 속으로 들어가 움 직이지 않는다. 인호는 미야카와 선생을 미처 발견하지 못하고 친구 가 뒤쫓아 오는 줄 알고 계속 뛰어다닌다. 뒤를 돌아보니 친구는 보 이지 않는다. 인호가 뒤늦게 군복을 입고 칼을 허리에 찬 미야카와 선생을 발견한다. 인호가 순간적으로 멈추고 대열 속으로 들어간다.

미야카와가 매서운 눈빛으로 인호가 있는 곳으로 발걸음을 움직인다. 그 모습을 본 아이들도 대열에서 긴장을 한다. 미야카와 선생으로부터 어떤 불호령이 떨어질지 모른다. 인호는 숨을 죽이고 부동자세를 취한다. 미야카와가 인호 곁으로 점점 다가온다. 군화 발자국 소리가 가까워질수록 인호의 가슴은 쿵쾅거린다.

저벅 저벅 저벅….

군홧발 소리가 가까이 들려올수록 인호의 심장은 쿵쾅거린다. 미야카와 선생이 발걸음을 멈춘다. 모두가 잔뜩 겁에 질린 얼굴이다.

쿵쾅 쿵쾅 쿵쾅….

인호는 겁에 질려 심장이 터질 것만 같다.

"이인호! 이리 나와!"

미야카와 선생의 고함 소리에 인호가 움찔한다. 고개를 숙인 채 미야카와 앞으로 한 걸음씩 천천히 다가간다. 가슴이 쿵쿵거린다. 겁이 나지만 숨을 한 번 크게 들이킨다. 인호가 미야카와의 눈치를 살핀다. 그 순간 미야카와 손이 순식간에 올라간다.

철썩 철썩 철썩.

미야카와가 인호의 뺨을 후려친다. 뺨을 맞은 인호는 몸을 휘청거린다. 아픈 뺨을 만지작거릴 새도 없이 인호는 정신을 가다듬고 다시 부동자세를 취한다. 엄살을 부리면 미야카와가 인정사정없이 계속 때리기 때문이다. 아파도 참고 정신을 차리는 것이다.

"신사 앞에서는 장난치지 말라 했지!"

미야카와의 언성이 높아진다.

"신사는 신성한 곳이란 거, 들었어? 못 들었어?"

미야카와의 고함 소리에 인호가 겁에 질려 기어들어 가는 소리로
대답한다.

"들었습니다."

"그래! 알 만한 놈이 신성한 신사 앞에서 장난을 쳐! 앞으로 장난
을 칠 거야, 안 칠 거야?"

인호가 겁에 질려 있지만, 다시 정신을 가다듬고 큰소리로 대답을
한다.

"안 치겠습니다."

아직 화가 풀리지 않은 미야카와는 이 기회에 학생들의 군기를 확
실히 잡겠다는 심산이다. 신사에 들어가기 전에 학생들을 긴장시켜
놓는다. 이건 학생들이 아니라 군인들을 대하는 분위기다. 인호가
미야카와에게 뺨을 맞은 모습을 본 다른 학생들은 쥐 죽은 듯이 조
용하다. 얼굴에는 굳은 표정이 역력하다. 학생들에게 미야카와는 공
포의 대상이다. 다시 대열을 정비한 후, 미야카와의 감시 속에 학생
들은 흐트러짐 없이 줄을 서서 신사로 들어간다. 이제 미야카와 선
생의 명령에 따라 일사분란하게 움직여야 한다. 장난을 쳐서도 안
된다. 숨소리까지 멎을 만큼 긴장된 순간이다. 천황이 있는 곳을 향
하여 일시에 허리를 굽히고 고개를 숙여 동방요배를 한다. 기미가요
를 제창한다.

기미가요와君が代は

치요니 야치요니千代に八千代に

사자레 이시노さざれ石の

이와오토 나리테いわおとなりて

코케노 무스마데苔のむすまで

군주의 치세는

천 대부터 팔천 대까지

작은 조약돌이

큰 바위가 되어

이끼가 낄 때까지

기미가요 제창에 이어서 황국신민서사를 외운다.

우리는 대일본 제국의 신민입니다. 우리들은 마음을 합하여 천황 폐하
에게 충의를 다합니다….

"대전교회에서는 왜 예배를 드리기 전에 황국신민서사를 하지 않
는가? 당신은 대일본 제국의 천황 폐하를 욕되게 하고 있는 걸 모
르나?"

한명호 목사가 손이 뒤로 묶인 채 주재소 취조실에 앉아 있다. 후
지하라가 허리에 긴 칼을 차고 한 목사 주위를 왔다갔다 한다. 한
목사에게 위압을 가하고 있다.

"황국신민서사는 종교 의식이 아닌 국가 의식이다. 몇 번을 말해
야 알아듣겠나?"

후지하라의 앙칼진 목소리에 한 목사는 아무 대답이 없다.

"알겠나?"

재차 후지하라의 목소리가 커진다. 한 목사는 아무 대꾸도 없다. 고개를 숙이지도 않고 취조실의 벽만 뚫어져라 바라보고 있다. 벽을 뚫을 기세다. 후지하라가 가까이 와도 눈을 마주치지 않는다. 눈을 마주치지도 않고, 아무런 대꾸도 하지 않는 한 목사를 보자 후지하라는 점점 화가 난다. 황국신민서사를 거역한 마당에 주재소에 불려와 굽신거리며 매달려도 시원찮을 판이다. 후지하라가 그의 자리로 돌아가 앉더니, 창 쪽으로 눈을 돌린다. 잠시 후 자리를 박차고 일어나며 버럭 소리를 지른다. 화가 단단히 난 모양이다. 씩씩거리며 숨을 가쁘게 몰아쉰다.

"대답을 안 한다 이거지! 그래? 당신 이렇게 계속 말을 안 들으면 신상에 해롭다는 걸 명심해라!"

후지하라가 한 목사 쪽으로 가까이 다가선다.

"내 이번 한 번만! 딱, 한 번만 기회를 주겠다! 다음에도 말을 안 들으면 그에 응당하는 대가를 톡톡히 치른다는 걸 명심해라. 알겠나?"

긴 칼을 찬 후지하라가 한 손에 채찍을 들고서 소리를 지른다.

"…"

후지하라의 고함 소리에 한 목사는 두 눈을 감는다. 후지하라의 고함 소리에도 여전히 아무런 대꾸도 하지 않는다. 대꾸해 봐야 말이 안 통한다는 걸 알고 있기 때문이다. 어디 한두 번 겪은 수모인가. 한 목사는 교인들에게 황국신민서사와 신사에 참배하는 것은 우상을 숭배하는 일이라고 설교하였다. 그런 연유로 일본에 대한 불경죄와 치안유지법 위반이라는 죄목을 뒤집어썼다. 3·1 만세운동 후

감옥을 여러 번 다녀온 경력이 있는 한 목사에게는 두려울 게 없다. 만세운동에서도 앞장서서 만세를 불렀다. 감옥에 잡혀가서도 당당하게 일본 경찰들과 맞섰다. 신사참배를 적극적으로 반대하는 순천의 선교사들과 내통하였다고, 선교사들에게 비밀 연락처 노릇을 했다고, 노고단에 들락거리는 선교사들과 같은 부류로 취급하여 한목사를 더욱더 괴롭혔다. 내 나라에서 종교의 자유를 압박당하고 있는 일이란, 얼마나 가당찮은 일인가. 우리 조선 땅에서 지놈들이 이래라저래라 하는 것도 마땅찮은 판국에, 일본 천황을 신격화하고 신사참배까지 강요하고, 황국신민서사까지 읊으라고 하니 참으로 가당찮은 일이다. 신사에 가서 참배하는 것은 우상숭배가 아닌가. 말도 안 되는 소리다.

한 목사는 골치 아픈 존재다. 후지하라는 한 목사를 취조할 때마다 고분고분하지 않기 때문에 언성부터 높인다.

"예배당에서 부를 찬송가도 많을 텐데, 부르지 말라는 찬송가는 왜 계속 부르는 건가?"

"삼천리 반도 금수강산 하나님 주신 동산, 그 찬송이 뭐가 어쨌다는 겁니까?"

후지하라의 억지에, 한 목사도 한 치의 양보가 없다.

"상부의 지시로 금지곡이라 알려 줬는데도 말을 안 듣겠다는 건가?"

"그렇소! 그 지시는 말도 안 되는 억지입니다. 그 찬송가 금지 명령을 철회해 주십시오!"

한 목사의 대꾸에 후지하라의 인상이 일그러진다. 찬송가를 부르지 말라는 지시를 거부하는 소리가 후지하라의 화를 계속 돋우고 있다.

"당신이 순천의 선교사들과 내통을 하고 있다는데 그게 사실인가?"

"그렇소! 선교사들은 대전교회와 구례읍교회를 지어 줬습니다. 그 선교사님들이야말로 순천에 병원까지 지어서 환자들을 무료로 치료해 주고, 매산학교를 세워 아이들을 가르치고 있습니다. 나라에서도 못 하는 일을 선교사들이 하고 있습니다. 대전교회 야학도 선교사님들의 도움으로 운영되고 있습니다. 가난한 아이들에게 무료로 글을 가르치고, 물심양면으로 도와주면서 얼마나 좋은 일을 해 오고 있습니까? 매년 여름성경학교 기간에 아이들에게 학용품을 가져다 주고, 이 지역의 아픈 사람들을 하나님의 사랑으로 무료로 치료를 해 주고 있습니다. 선교사님들에게 엎드려 절을 해도 미안할 일입니다. 노고단 선교사 휴양소를 들락거리는 선교사님들과 오랜 기간 동안 만나오고 있는데 그게 뭐가 잘못됐다는 겁니까?"

한 목사가 선교사들과 만나는 일을 숨기기 급급할 줄 알았는데, 만나는 것을 당당히 내세운다. 후지하라가 잠시 멈칫한다. 그러는 한 목사에 대하여 부아가 치밀어 오른다.

"뭐라고? 몰라서 그래? 선교사들과 내통하여 신사참배 반대를 모의한 걸 우리가 모를 줄 알어?"

"선교사들이 종교의 자유를 외치는 건 당연한 거 아닙니까? 당신네들이 우리 민족에게 무리한 요구를 하니까 선교사들도 보다보다 못해 그러는 게 아닙니까! 교회 안에서까지 황국신민서사라니, 말이

나 되는 소리입니까?"

"뭐라고?"

한 목사의 대꾸에 후지하라는 더욱 화가 치민다. 다리를 꼬고 의자에 앉아 있던 후지하라가 의자를 박차고 일어선다.

"뭐야? 이 건방진 놈!"

후지하라가 화를 참지 못하고 얼굴이 벌개진다.

"야! 저놈 데리고 가! 혼쭐을 내 주라고!"

"하이!"

후지하라가 고함을 지르며 명령을 내리자, 순사들이 달려들어 한 목사를 데리고 나간다.

한 목사가 거꾸로 매달려 있다. 후지하라가 한 목사를 채찍으로 내려친다.

쫙 쫙 쫙!

계속되는 후지하라의 채찍에 한 목사가 몸을 뒤튼다. 채찍을 맞은 몸에서는 피가 터진다.

"아! 아! 아악!"

후지하라의 채찍질에 한 목사의 고통스런 몸부림과 신음 소리가 커진다.

"뭐야! 이 건방진 놈! 이게 간뎅이가 부었구만! 보자 보자 하니까 못 하는 말이 없어! 시키면 시키는 대로 할 것이지 뭔 말이 많아? 다시 한번 말한다. 시키는 대로 할 건가?"

"…"

후지하라의 고함에 한 목사는 묵묵부답이다. 채찍질에 고통스러워 정신이 없지만, 오기로 대답을 하지 않고 버티는 것이다. 여기서 일본 놈들에게 물러설 수는 없다. 어떠한 고문도 버텨 낼 각오가 되어 있다. 대답하지 않자 후지하라는 더 열을 받는다.

"왜 대답이 없는 거야. 내 말이 말 같지 않다 이거지."

쫙 쫙 쫙!

"아악! 아!"

후지하라의 분노의 채찍질에 한 목사가 더 고통스런 소리를 낸다.

"이봐! 저놈을 더 후려치고, 사지를 비틀어 버려!"

"하이!"

후지하라의 명령이 떨어지기 무섭게 부하들이 달려들어 더 세게 채찍질을 가한다.

"아! 아! 아! 아! 악!"

온몸에 피를 흘리며 만신창이가 된 한 목사를 전기 고문 틀에 묶어 앉힌다. 전기 고문 스위치를 올린다. 고통이 극에 달한 한 목사가 비명을 더 크게 지른다.

"아! 아! 악!"

고통을 견디다 못해 머리가 헝클어진 채 축 늘어져 버린다.

"지독한 놈!"

"…"

"이봐! 저놈을 감옥으로 당장 보내 버려!"

"하이!"

한 목사가 훈방 조치로 풀려났다. 고문 후유증으로 온몸이 상처투성이인 채, 교회에서 무릎을 꿇고 기도를 한다. 고개를 숙이며 흐느끼기 시작한다. 그 울음이 한참 동안 계속된다. 이 고난을 비켜 나갈 수만 있다면, 이쯤 고통이야 얼마든지 받아들여야 한다. 일본 놈들에게 나라를 빼앗긴 서글픈 민족이지만, 믿음의 지조志操까지 저버릴 수는 없는 일이다. 일본 놈들의 신사참배는 점점 거세게 압박해 들어온다. 신사참배를 반대하는 수많은 목사들이 고문에 못 이겨 감옥에서 죽어 나가고 있다는 소식이 들려온다. 소문에 의하면, 평양노회 총회장에서는 긴 칼을 찬 경찰들의 강압적인 분위기에 신사참배를 만장일치로 결의하였다고 한다. '가부可否'도 물을 수 없는 분위기, 각본에 짜여진 대로 의장은 묻는다.

"신사참배에 모두 동의하십니까? 이 안건이 가可하면 '예'라고 대답하십시오."

들릴락 말락한 소리로 대답한다.

"예!"

일제의 총칼 앞에서 어떤 목사도 "아니오."라고 입을 뗀 목사는 없다. 의장은 "아니오."라는 반대 의사가 있는지는 묻지도 않은 채, 신사참배가 가결됐음을 선포한다. 회의가 끝나자 회의에 참석했던 목사들이 대성통곡하여, 울음바다가 된다. 어찌할 도리가 없다. 나라 잃은 설움을 어디 가서 하소연한단 말인가? 그러자 그곳에 참석한 선교사들이 소리를 지르며 자리를 박차고 강단으로 뛰어나가 반대 의사를 외치지만 소용이 없다. 반대하는 선교사들은 칼을 찬 경찰들에 의하여 강제로 끌려 나간다. 의장은 울먹인 채 선언서를 발표

하기에 이른다.

아등我等은 신사神社는 종교가 아니며 기독교 교리에 위반되지 않는 애
국적 국가 의식임을 자각하며 또 이에 신사참배를 솔선 실행하고, 나아
가 국민정신 총동원에 참가하여 비상시국 하에 총 후 황국신민으로서
적성赤誠을 다하기로 한다.

순천의 매산학교도 폐교 조치가 되었다는 소식이 들린다. 대전교
회에 잘 나오던 교인들도 일본 순사들에게 미운털 박히기가 싫어서
인지 교회에 발길을 끊고 있는 상황이다. 그러나 신사참배 거부보
다 더 무서운 일은 교인들을 하나둘씩 징용, 징병으로 끌고 가는
일이다.

며칠 전에도 만식이 교회를 다녀왔다. 한 목사에게 고민거리를 이
야기한 것이다. 만식은 신앙심 깊은 어머니를 따라 어려서부터 대전
교회를 열심히 다녔다. 교회 야학에서 선생님으로 아이들을 가르쳤
다. 교회를 다닌 것만으로도 일본 순사들이 요주의 인물로 찍어 놨
다는 소문을 들었다. 장가를 가서 마누라도 있고 애들까지 있는 몸
이지만 신사참배다, 공출이다 하면서 계속 닦달한다. 요즘 와서는
남자들을 강제 징용으로 끌고 가고 있는 상황이다. 교회를 다니고
있는 사람에게는 더 엄한 조치가 내려질 것이라는 하소연을 늘어놓
았기 때문이다. 장가를 가서 가정을 이루어 처자식이 있는데도 일
본 순사에게 비협조적이면, 인정사정없이 징병과 징용으로 끌고 가
는 형국이다. 교회를 안 다닐 수도 없는 노릇이고, 걱정이 이만저만

이 아니라는 이야기다. 교회는 만식에게 많은 것을 안겨 준 곳이다. 대부분 초근목피를 면하느라 학교를 다니지 못한 아이들이 많았다. 만식은 대전교회 야학을 다니다가 어렵사리 광의보통학교에 입학을 했다. 교과서 살 돈이 없어서 학교를 중도에 그만둘 만큼 궁핍하던 차에, 선교사의 도움으로 학교를 졸업할 수 있었다. 그런 은혜를 입은 만식은 교회를 그만둘 수는 없고, 신사참배는 더더욱 받아들일 수 없는 일이다. 신사참배를 여러 번 강요받았지만, 만식은 한 번도 신사에 발을 들여놓은 적이 없다. 동네 사람들도 신사에 가는 건 달갑지 않다. 마지못해 끌려가 묵념을 하고 올 뿐이었다. 그 이상은 하려고 하지 않는다. 만식은 신사에 가지 말아야 된다고 암암리에 사람들에게 설명한다.

선교사들에게 신사참배는 우상숭배일 뿐이었다. 십계명의 첫 번째 계명. "야훼 이외의 다른 신을 섬기지 말라" 하는 계명에 위배되는 일이다. 어찌 일본 천황을 신처럼 모시고 경배까지 한단 말인가? 선교사들은 단호히 신사참배 배격 운동에 앞장섰다. 그로 인해 전국 방방곡곡 선교사들이 세운 학교에는 속속 폐교 조치가 내려졌다. 수많은 선교사들이 들락거리던 노고단의 선교사 수양관도 출입 금지 명령이 떨어졌다. 미국에서 온 선교사들은 조선에 거주하는 모든 자국민들에게 귀국할 것을 본국으로부터 통보받은 상황이다. 신사참배 거부로 일제에 의하여 학교도 문을 닫았고, 본국으로의 귀환을 고민하던 선교사들은 하나둘 철수하기로 마음을 먹었다. 그 숫자는 점점 늘어만 간다. 조선 사람들에겐 큰 타격을 주었다. 선교사들이 세운 학교의 학생들도 경찰에 의해 신사에 단체로 끌려가지만, 신사참배를 거부하며 절을 하지 않는다. 그대로 뻣뻣이 서서 항의 표시를 하면서 자리를 이탈해 버린다. 여학생들은 그 자리에 털썩 주저앉아 울음을 터트려 아수라장이 되어 버린다. 끝까지 신사참배 거부 의사를 내비친 것이다. 그만큼 신사참배는 조선인들의 단결력을 과시하는 계기가 되기도 했다. 전국의 수많은 학교들이 일제의 강압에 맞서다, 결국은 폐교 조치가 내려진 것은 정말 가슴 아픈 일이다. 순천의 매산학교와 더불어 광주의 숭일학교와 수피아여학교, 전주, 군산, 목포 등 선교사들이 세운 호남의 각 학교에서도 신사참배 거부로 폐교 조치가 내려졌다. 특히 구례에서 가까운 순천의 매산학교의 폐교 조치는 매산학교 출신의 사람이나 목사들에게 더욱더 공분을 샀다. 일반인들에 비해 교인들의 신사참배는 목사들의 영향을 받아서인지 점점 강경해진다. 신앙을 지키는 일도, 나라를 지키는 일도 교회와 목사는 최일선에 서 있다.

일요일 아침이다. 아이들이 교회로 몰려든다. 책가방을 멘 아이들도 있다. 교회 인근 마을에 사는 아이들이 대부분이지만, 구만리, 온동, 난동, 당동 마을에 사는 아이들이 먼 길을 달려온 것이다. 야학 운영이 금지되었지만, 일요일 하루만 교회 주일학교 예배를 핑계로 하여 비밀리에 야학이 열린다. 한 목사와 만식이를 비롯하여 주일학교 선생들이 일요일 1일 야학을 여는 날이다. 그동안 교회 야학을 다니면서 즐겁기만 했던 아이들이다. 배움에 목말라 있는 아이들이었던 터라, 아이들은 일요일이 되기만을 손꼽아 기다려왔다. 교회 문 앞에는 아이들의 숫자가 점점 늘어난다. 교회 문이 열리자 아이들이 교회 안으로 들어간다. 일요일에 예배를 마친 후에 아이들에게 성경을 가르친다. 칠판에 성경 구절이 쓰여 있다.

자녀들아 주 안에서 너희 부모에게 순종하라 이것이 옳으니라 네 아버지와 어머니를 공경하라 이것은 약속이 있는 첫 계명이니 이로써 네가 잘되고 땅에서 장수하리라

한 목사가 성경을 먼저 읽는다. 아이들이 성경을 따라 읽는다. 읽는다. 아이들이 성경 구절을 암송한다. 만식이와 한 목사가 열과 성을 다하여 아이들을 가르친다.

"와!"

신이 난 아이들이 교회 마당으로 달려 나온다. 교회마당은 아이들로 북새통을 이룬다

대전교회에 잘 나오던 교인들도 경찰들의 눈 밖에 나면 징용으로 잡혀간다는 소문 때문에 하나둘 발길이 끊어지고 있다. 한 목사는 식솔들 입에 풀칠이라도 하기 위해 막노동으로 근근이 버텨 가고 있는 상황이다.

윙— 애앵—!

제재소의 기계 돌아가는 소리가 요란하다. 큰 소리로 말을 해도 들리지 않을 만큼 주위의 모든 소리를 압도해 버린다. 귀가 기계 소리로 인해 멍멍하다.

기계는 쉬지 않고 돌아간다. 한 목사가 기계 옆에 서서 몸을 재빠

르게 움직인다. 연속해서 기계 돌아가는 소리와 함께 몸을 움직인다. 통나무가 먼지를 일으키며 계속해서 잘려나간다. 한 목사는 눈코 뜰 새 없이 작업에 보조를 맞추어야 한다. 허리 한 번 펼 시간이 없다. 이마에는 구슬땀이 흘러내린다. 흐르는 땀을 훔치며, 통나무 자르는 일에 눈을 떼지 못한다. 노동에 익숙하지 않은 몸을 놀리느라 더 많은 땀을 쏟아야 한다. 힘이 부치는 일이다.

윙— 애애앵—!

시간이 지날수록 요란한 소리를 내며 기계는 돌아간다. 나무가 잘려 나오는 순간을 놓치지 않아야 한다. 잘려 나오는 나무를 빠르게 정리해야 한다. 먼지를 일으키는 제재소 안에서 집중 또 집중한다.

빵빵!

통나무를 가득 실은 자동차가 제재소 안으로 들어오면서 소리를 크게 낸다. 기계 소리로 인해 잘 들리지 않는다. 제재소 안 사람들에게 나무를 실은 자동차가 들어왔으니 길을 비키고, 조심하라는 신호다. 거대한 자동차에 통나무가 잔뜩 실려 있다. 작업을 중지하고 무거운 나무를 운반하여야 한다. 사람들이 달려들어 끙끙거리며 거대한 나무를 움직인다. 두 명씩, 네 명씩, 한 조가 되어 나무를 끈에 매달아 어깨에 멘다. 한 목사도 나무를 어깨에 멘다.

"영차! 영차! 영차!"

끙끙거리며 나무를 옮기느라 땀을 뻘뻘 흘린다. 일을 하다가도 힘에 부쳐 옆구리에 손을 짚고 숨을 몰아쉰다. 잠시 쪼그리고 앉아 심호흡을 하고 나면 다시 힘이 솟는다. 일을 하느라 몸은 점점 지쳐간다. 식솔들이 입에 풀칠이라도 하려면 고된 노동도 견뎌 내야 한다. 마을에서는 경찰들의 눈치를 보느라 한 목사에게 품팔이를 주는 사람도 없다. 힘든 제재소 일도 겨우겨우 부탁하여 얻었다. 힘든 일이지만 일을 하다가 쓰러지는 한이 있더라도 단단히 각오를 하고 버티고 있다. 일을 하면서 힘에 부쳐서 쓰러지기를 계속한다. 한 목사는 힘을 내서 몸을 움직인다. 한 목사의 얼굴은 상처투성이가 되었다.

헨프리 선교사 일행이 대전교회에 들어선다. 본국으로 떠나기 전에 대전교회에 인사차 들른 것이다. 한 목사가 헨프리 일행을 반갑게 맞이한다.

"선교사님! 어서 오십시오."

헨프리는 상처가 아물지 않은 한 목사의 얼굴을 보며 놀란다. 한 목사가 손을 내밀어 헨프리와 악수를 나눈다. 악수를 한 후 헨프리가 한 목사를 포옹하면서 얼굴을 맞댄다.

"목사님 그동안 잘 계셨는지요?"

"예."

"목사님! 아직도 몸에 상처가 아물지 않은 듯한데… 몸은 괜찮습니까?"

"예! 그런대로 견딜 만합니다."

"목사님! 힘내십시오!"

"그나저나, 매산학교를 비롯하여 선교사님들이 세운 학교 모두가 폐교당했다는 소식을 들었습니다."

"목사님 말도 마십시오. 매산학교도 폐교가 결정되었습니다. 전교생과 선생님들이 함께 모여서 마지막 예배를 드리던 날 모두가 대성 통곡을 했답니다. 서로를 얼싸안고 얼마나 울었는지 모릅니다. 모두 가 울고 또 울었습니다. 얼마나 억울하고 슬픈 일입니까? 매산학교 가 어떤 곳입니까? 하나님의 명령에 의해 목숨 걸고 파송된 선교사 들이 도착하여 세운 학교입니다. 하나님의 복음 전파는 물론이고, 이 조선 땅에 아이들을 가르치는 것이야말로 하나님의 사랑을 전하 는 절대적인 사역이기도 합니다. 누가 이제 저 아이들을 가르치겠습 니까? 가난한 나라, 나라에서도 못 하는 일을 선교사들이 오직 그리 스도의 무한한 사랑으로 모든 어려움을 품어 안고 헌신하는 일이었 습니다. 그렇지만 신사참배는 참으로 나쁜 일입니다. 신사참배는 받 아들일 수 없는 일입니다. 목사님, 저희들은 이제 본국으로 돌아가 려고 합니다. 그래서 인사나 드리려고 들렀습니다. 저희들도 노고단 에 오르내리면서 구례읍교회와 대전교회에 많은 신세를 졌습니다."

"아이고! 선교사님 무슨 말씀을… 저희가 뭐 해 준 게 있다고, 별 말씀을 다 하십니다. 선교사님들이 저희들에게 베푼 걸 생각하면, 우리는 만분의 일도 못 했는데… 늘 받기만 했는데…. 언제 그 은혜 를 갚아야 할지요. 저희 교회는 어떻습니까. 선교사님들이 아니면 지리산 두메산골에 누가 교회를 짓겠습니까. 또 교회에 야학을 세 워 돈 한 푼 안 받고 아이들을 가르치겠습니까. 대전교회 야학을 다 니다 광의보통학교에 들어간 아이들에게 책값도 지원해 주었습니 다. 아픈 사람들을 돈 한 푼 안 받고 치료해 주시고, 시시때때로 대 전교회에 오셔서 아이들과 교인들에게 얼마나 많은 물품을 가져다 주셨습니까. 우리가 도움을 더 많이 받았으면 받았지…"

한 목사가 지나간 일을 생각하면서 고마운 생각에 잠겨 목이 메어 고개를 숙인다. 그런 한 목사에게 헨프리가 다가서며 고개를 숙이고 울먹이는 한 목사 손을 꽉 잡는다.

"목사님! 힘내서야 합니다. 하나님께서는 이 나라를 사랑하십니다. 그래서 저희를 이역만리까지 보내신 줄 압니다. 저, 일본 놈들이 저희 선교사들까지 추방하고 있으니, 점점 더 어려운 시기가 닥쳐올 것입니다. 목사님, 그래도 여기서 물러서면 안 됩니다. 신사참배는 우상을 섬기는 일입니다. 제가 미국에 도착하면 한국을 위해 백방으로 뛰어 보겠습니다. 극악무도한 일본이라고 알려서 이 나라에서 일본이 물러나도록 하겠습니다."

"감사합니다. 헨프리 선교사님. 그동안 고생 많으셨습니다. 저 일본 놈들이 노고단 휴양소도 못 올라가게 막아 버리더니, 이제 와서는 선교사님들까지 본국으로 쫓아 버리고 있으니 참으로 안타까운 일입니다."

"목사님! 하나님께서는 언제까지나 일본 놈들이 광기를 부리게 마냥 놔두지만은 않을 겁니다. 희망을 가지십시오. 이 나라를 버리지 않을 겁니다. 절망하지 마십시오. 기도하고 또 기도하십시오. 기도하면 하나님께서 그 기도에 응답하실 겁니다. 하나님께서 분명히 돌봐 주신다는 걸 잊지 마십시오. 미국에 돌아가더라도 우리는 계속 기도하겠습니다."

"헨프리 선교사님! 선교사님들은 우리 교인들에게 참으로 큰 스승이요, 힘이 돼 주셨습니다. 저도 매산학교에서 강의 들었던 걸 기억해 보면, 교육은 지식만 배우는 게 아니라, 역사의 주체가 되도록 해야 한다는 선교사님들의 말씀이 생각납니다. 교육이야말로 민족정신을 잃지 않게 하는 큰 힘이 되었습니다. 선교사님들이 이역만리 조선에까지 건너와서 보여 준 헌신이야말로 그리스도의 사랑을 몸소 실천한 일이었습니다. 아픈 사람들을 돈 한푼 받지 않고, 무료로 치료해 주고, 학교를 지어 아이들을 가르치고, 어느 누가 그 일을 할 수 있단 말입니까. 전국 방방곡곡에 수많은 교회를 지어 주시고, 이 민족에게 복음을 전파해 주셨습니다. 한글로 번역한 성경책 보급이야말로 교인들에게 하나님의 말씀을 깨우치게 하는 놀라운 일이었습니다. 더 나아가서는 한글에 눈을 뜨게 함으로써, 민족정신을 심어 주는 계기가 되었습니다. 선교사님들께서 베푸신 도움의 손길이 수없이 많았는데… 그 고마움을 영원히 잊지 않을 겁니다. 신사참배도 우리 조선 사람들보다 더 앞장서서 반대해 주시고… 참으로 모든 일이 감사하고 고마울 따름입니다."

"목사님 힘을 내셔야 합니다. 여기서 포기하시면 안 됩니다. 모든 걸 주님께 맡기고 간절히 기도하십시오. 간절히 기도하면 주님은 그 기도를 꼭 들어 주십니다."

"감사합니다. 헨프리 선교사님!"

한 목사의 눈에는 감격의 눈물이 고인다. 이 은혜를 어찌 다 갚는단 말인가? 이렇게 고마울 데가 또 있단 말인가? 헨프리도 눈가에 눈물이 그렁그렁하여 충혈돼 있다. 헨프리가 또다시 다가온다. 한 목사의 손을 꽉 잡는다. 한 목사가 고개를 떨군다. 한 목사가 고맙기도 하고 슬프기도 하여 훌쩍거린다. 한참이나 나이가 어린 헨프리가 한 목사의 등을 쓰다듬는다. 일본 놈들에 의하여 학교도 폐교가 되고, 본국으로 돌아가야 하는 것도 심란할 텐데… 이렇게 떠나기 전에 일부러 인사까지 하러 오다니. 이렇게 고마울 데가 어디 있단 말인가? 눈물을 참을 수가 없다. 하지만 한 목사가 슬픈 감정을 다시 추스르고 고개를 든다.

"헨프리 선교사님! 감사합니다. 하나님께서는 우리 민족을 포기하지 않으실 줄 믿습니다. 어떤 어려움이 닥쳐와도 포기하지 않고, 열심히 기도하고 또 기도하겠습니다. 이 조선 땅이 일제에 의하여 고통을 당하고 있지만, 미국에 돌아가시더라도 우리 민족이 언젠가는 독립하여 살아날 수 있을 거라는 희망의 메시지를 알리고 도와주십시오. 죽는 한이 있더라도 신사참배는 끝까지 반대하겠습니다."

"목사님 힘내십시오. 기도하시면 하나님은 절대로 이 나라를 버리지 않을 겁니다."

헨프리가 한 목사에게 다가와 울먹이며 다시 포옹한다. 한 목사의 눈에 눈물이 계속 흐른다.

한 목사 혼자 교회 마룻바닥에 꿇어앉아 눈을 감고 느릿느릿 찬송가를 부른다.

내 주를 가까이 하게 함은 십자가 짐 같은 고생이나
내 일생 소원은 늘 찬송하면서 주께 더 나가기 원합니다
천성에 가는 길 험하여도 생명 길 되나니 은혜로다
꿈에도 소원이 늘 찬송하면서 주께 더 나가기 원합니다

찬송가가 교회 안에 울려 퍼진다. 한 목사의 찬송은 간절한 기도가 되어 눈물로 범벅이 된다. 며칠 전에 나환자들과 함께 머물며 그리스도의 무한한 사랑을 몸소 실천하는 여수 쪽 애양원의 손양원 목사와 구례읍교회의 양철수 목사에게도, 신사참배 거부를 선동했다는 죄목으로 불경죄와 치안유지법을 뒤집어씌워 감옥에 잡혀갔다는 소식을 들었다. 이번엔 내 차례인가? 한 목사에게 점점 불행의 그림자가 옥죄어 옴에 몸부림친다. 무릎을 꿇은 한 목사의 기도는 더욱더 간절한 기도가 된다.

"오! 주여! 하늘에 계신 아버지시여! 주여! 이 일을 어찌하오리까? 주여! 이 민족 이 백성을 불쌍히 여겨 주시옵소서! 내 뜻대로 마옵시고, 아버지의 뜻대로 하시옵소서!"

더 큰 소리로 외친다. 울면서 주기도문을 외운다.

"하늘에 계신 우리 아버지여! 이름이 거룩히 여김을 받으시오며, 나라가 임하시오며, 뜻이 하늘에서 이루어진 것 같이 땅에서도 이루어지이다. 오늘 우리에게 일용할 양식을 주시옵고, 우리가 우리에게 죄지은 자를 사하여 준 것 같이 우리 죄를 사하여 주시옵고, 우리를 시험에 들게 하지 마옵시며, 다만 악에서 구하시옵소서. 나라와 권세와 영광이 아버지께 영원히 있사옵나이다! 아멘!"

무거운 십자가를 지고 골고다 언덕을 올라가는 주님을 떠올린다. 머리에는 가시관을 쓰고, 손과 발에는 못이 박히고, 온몸에는 붉은 피로 십자가에 매달려 하나님께 기도하시던 고난의 십자가를 떠올린다. 어둠이 몰려온다. 먹구름도 함께 몰려든다. 십자가에 매달려

고통을 참으시며 어둠 속에서 예수님이 부르짖는 고통의 목소리가 들려오는 듯하다. 우리를 대신하여 십자가에 피 흘려 돌아가신 예수님이 한 목사의 머릿속에서 떠나가지 않는다. 한 목사가 큰소리로 기도를 한다.

"주여! 이 잔을 피할 수만 있다면 피하게 하옵소서! 주여! 이 민족, 이 백성을 불쌍히 여겨 주시옵소서! 이 민족을 버리지는 마시옵소서! 이 몸이 부서져도 좋습니다. 죽음도 두렵지 않게 하시옵소서. 기꺼이 신사참배를 거부하게 용기를 주시옵소서!"

기미년에 주도적으로 3·1 만세운동에 앞장섰던 일. 얼마나 많은 기독교인들이 일제의 총칼 앞에서 죽고, 감옥으로 갔던가? 죽으면 죽으리라. 종로 태화관에 모여 독립선언서에 서명한 천도교, 기독교, 불교 대표 33인. 만세운동이 일어나고 일본 경찰에 붙잡혀 감옥살이를 했다. 33인의 민족대표 중에는 기독교 대표가 16인이었다. 그들은 재판관의 심문에도 당당히 맞섰다.

"조선도 하나님의 뜻으로 다시 독립국이 되리라고 믿고 만세 부르는 일에 가담하였다. 당연한 일인데 뭐가 잘못됐느냔 말이냐! 이놈들! 네놈들이 총칼로 만세를 못 부르게 해도 오천 년의 역사를 가진 조선은 꼭 독립할 것이다. 이놈들! 대한독립 만세! 만세! 만세…"

조선이 오천 년의 역사를 가진 독립국임을 당당히 주장했다. 하나님의 뜻이기에 두려울 게 없었다. 민족자결주의는 당연한 외침이었다. 선교사들은 교인들을 향하여 조선이 독립할 수 있다는 신념을 심어 준 것이다. 정신적으로 단단히 무장하고 있었던 터다. 하나님을 믿는 기독교인들이 먼저 나서지 않으면 누가 이 나라 독립을 외치겠는가? 기독교인들이 만세운동에 앞장섰던 것이다. 교회에 교인을 가두고 불을 지르는 악행을 저질러도 만세운동의 선봉에 섰다. 죽음도 불사한 기독교인들은 일본 경찰의 총칼도 두려워하지 않았다. 선교사들이 세운 학교에서 교육을 받은 학생들이 몸을 아끼지 않고 앞장을 섰다. 선교사들로부터 세계정세와 민족자결주의를 교육받은 학생들은 독립 만세를 부름으로써 일본 놈들에게 독립을 당당히 요구할 수 있는 기회라고 여겼다. 광주에서 만세를 부르는 수피아여고 학생 중에는 오른쪽 팔로 태극기를 흔들며 만세운동을 부르다 일본 경찰이 휘두른 칼에 팔이 잘려 태극기가 땅에 떨어지자 왼손으로 태극기를 집어 만세를 부르며 앞장을 섰다.

한 목사의 기도는 고난의 십자가를 떠올리게 한다. 더욱더 각오를 다진다. 의연히 그들 앞에 맞서리라. 무엇이 두려우랴! 의義를 위하는 일에는 목숨도 아깝지 않다. 목숨을 걸고서라도 신사참배를 거부해야 한다. 평양에서 일본 경찰의 총칼이 무서워서 신사참배를 포기한 후 목 놓아 울었던 목사들처럼 되어서는 안 된다. 한 목사는 지난날의 감옥 생활이 눈앞에 아른거린다. 다시 감옥에 가는 일이 있더라도 이 길을 가야 한다. 더 강해져야 한다. 하나님을 향하여 더 기도해야 한다. 북받쳐 오르는 눈물과 함께 기도 소리는 울음으로 변한다. 울음소리가 뒤범벅이 되어 오열한다.

"흑 흑 흑…. 주여! 아버지!"

새벽이 다가오자 기도를 중단하고 일어난다. 교회 입구에 있는 종각으로 간다. 줄을 힘껏 잡아당긴다. 다시 힘이 솟는다. 종을 친다. 주재소에서 교회 종소리를 울리지 말라는 명령이 떨어졌어도, 그 명령에 따를 수가 없다. 종소리에 힘이 실려 나간다.

댕그랑 땡! 댕그랑 땡! 댕그랑 땡….

새벽기도를 알리는 교회 종소리가 울린다. 새벽이지만 어둠을 헤치고 교인들이 하나둘 교회로 모여든다. 모여든 교인들은 활기찬 목소리로 찬송가를 부른다.

삼천리 반도 금수강산 하나님 주신 동산

이 동산에 할 일 많아 사방에 일꾼을 부르네

곧 이날에 일 가려고 그 누가 대답을 할까

일하러 가세 일하러 가 삼천리강산 위해

하나님 명령 받았으니 반도강산에 일하러 가세

"성도 여러분! 주님께서는 여호와 이외에 다른 신을 섬기지 말라고 하셨습니다. 너를 위하여 새긴 우상을 만들지 말고, 그것들에게 절하지도 말며, 그것들을 섬기지도 말라고 하십니다. 신사참배는 주님의 말씀을 거역하는 일입니다. 자! 이 고난을 이겨 낼 수 있는 힘을 달라고 주님께 통성으로 함께 기도합시다. 주여! 주여! 주여!"

한 목사는 카랑카랑한 목소리로 힘을 주면서 목소리를 높인다.

아침나절이 되자 순사들이 대전교회로 들이닥친다. 우르르 들이닥친 순사들이 다짜고짜로 종각을 부수기 시작한다. 한 목사가 달

려 나와 순사들에게 매달려 보지만 한 목사는 교회 마당에 내팽개
쳐진다. 다시 일어나 순사들에게 매달려 보지만 더 심하게 팽개쳐지
고, 순사들이 한 목사를 짓밟기까지 한다. 피를 흘린 채 몸을 일으
켜 보지만 일어날 수가 없다. 처절한 몸부림을 치며 종각이 부서지
는 걸 바라볼 뿐이다. 종각을 부순 후 무쇠로 만든 교회 종을 강압
적으로 수레에 실어서 공출해 간다. 한 목사는 교회 종을 못 가지
고 가게 하려고 다시 일어나 필사적으로 매달려 보지만, 또다시 교
회 마당에 내팽개쳐진다. 한 목사를 일본 순사들이 끌고 간다. 순사
들이 교회 출입문에 못질을 한다.

신사참배 거부를 교인들에게 선동했다는 죄목으로 호남지역의
목사들이 감옥에 투옥되었다. 감옥에서는 철저한 황국신민서사 외
우기와 천황이 있는 곳을 향하여 절을 하라는 요배遙拜가 더욱더
강요된다. 명령을 따르지 않은 목사들을 교대로 불러내어 고문을
가한다.

"아! 악! 아! 아!"

한 목사를 의자에 앉혀 움직이지 못하게 묶어 놓았다. 양 손가락
비틀기를 한다. 손가락이 찢어지는 아픔에 비명을 지르는 것이다.
비틀기를 하면 할수록 고통의 비명 소리는 커진다.

"아! 악! 아! 아!"

손가락 비틀기도 모자라 다시 채찍질을 한다.

쫙! 쫙! 쫙!

"아! 악! 아! 아!"

채찍 소리와 채찍을 맞은 한 목사가 내지르는 고통스런 소리가 고문실을 삼킨다. 암흑의 소용돌이는 그칠 줄 모르고 계속된다. 고통을 견디던 한 목사가 채찍질에 정신을 잃고 축 늘어진다. 피가 흥건히 바닥에 고인다. 고문실은 계속되는 채찍질로 선혈이 낭자한 핏물로 굳어져 간다. 셀 수도 없는 채찍질에 몸이 상하고 찢어진다. 고통 속에서 점점 정신을 잃어 간다. 나약한 존재가 되어 가지만 정신 줄은 끊어지지는 않는다.

형무소에서 피투성이가 되어 실려 온 한 목사를 구례읍교회 양철수 목사가 흔들어 댄다.

"한 목사님! 한 목사님! 정신 차리셔요!"

양 목사가 한 목사 옆에 앉아 간호를 한다. 피범벅이 된 한 목사의 몸을 닦아 준다. 몸에 손을 얹고 기도를 한다.

"주님! 주님의 귀한 아들 한 목사를 살려 주시옵소서. 부디 보살펴 주시옵소서."

감옥 안에서 한 목사가 정신을 차렸다. 무릎을 꿇고 기도를 한다. 어두운 감옥의 창살 사이로 기도하는 사람들이 눈에 띈다. 감옥 안에서 밥 한 덩이와 물로 연명을 해 나가느라 기운이 점점 쇠약해 가지만, 오로지 기도로 버티어 내는 힘든 생활이다. 감옥 안에는 많은 목사들이 투옥되었다. 신사참배 반대를 강력하게 외치던 호남 일대 목사들이 모두 감옥에 끌려온 것이다. 구례읍교회의 양철수 목사도, 여수 애양원의 손양원 목사도 모두 감옥에서 만났다. 선교사들의 영향을 받은 호남 일대 교회의 목사들은 대부분 신사참배를 거부해 온 것이다. 모두가 죽으면 죽으리라. 이 나라의 자존심을 지켜 내야 하고, 교인들에게 설교를 통해서라도 계몽을 해야만 한다. 목숨까지 내어놓더라도 신사참배를 거부해야 한다. 일본 경찰이 협박을 하고, 교회에 못질을 하더라도 물러설 일이 아닌 것이다. 모두가 전면에 나서서 신사참배를 반대하다가 잡혀 온 목사들이다. 일본 놈들에게 미운털이 단단히 박힌 목사들이다. 비록 어둡고 비좁은 감옥이지만, 매일 서로를 격려하고 챙겨 주면서 이겨 내고 있다. 이런 상황에서는 하나님께 기도를 드리는 수밖에 없다. 감옥 안이라서 비록 힘은 없지만 기도만이 큰 힘이라는 걸 잘 아는 목사들이다.

양 목사가 투옥된 사람들을 불러 모은다.

"하나님은 우리의 피난처시오, 힘이시니이다!"

"아멘!"

"우리 기죽지 말고 모든 걸 주님께 맡기고 힘차게 찬송을 부릅시다."

내 주는 강한 성이요 방패와 병기 되시니

큰 환난에서 우리를 구하여 내시리로다…

함께 부르는 찬송가 소리가 울려 퍼진다. 다른 때보다 강하고 힘이 있는 찬송가 소리다.

"우리는 아무리 힘들어도 저놈들에게 굴복하지 말고, 참아 내야 합니다. 우리 모두 함께 이 나라, 이 민족을 위해서 함께 기도합시다! 두고 온 교회를 위해서 통성으로 기도합시다!"

"주여! 주여! 주여!"

호로로 호로로—!

그때 간수들이 호루라기를 불며 달려온다.

"야! 조용히 하지 못해! 조용히 하란 말이다. 조용히! 조용히!"

간수들이 철창 밖에서 소리를 지른다.

내 힘만 의지할 때는 패할 수밖에 없도다.

힘 있는 장수 나와서 날 대신하여 싸우네

이 장수 누군가 주 예수 그리스도 만군의 주로다

당할 자 누구랴 반드시 이기리로다…

호로로 호로로—!

호루라기 소리는 점점 커진다. 간수들이 조용히 하라고 소리를 질러도 철창 안에서 부르는 찬송가 소리는 점점 커진다.

탕 탕 탕!

철창을 흔들며 거세게 내리친다.

"야! 조용히 하란 말이 안 들려?"

간수들이 악을 쓰며 소리를 질러도 듣지를 않자, 달그락거리며 감옥 문 열쇠를 돌리는 소리가 들린다.

드르르륵!

감옥 창살문을 여는 소리가 요란하다. 감옥 안에 있던 사람들 시선은 모두 간수에게 쏠린다.

"양철수! 이리 나와!"

양 목사가 간수들에게 붙들려 나간다. 철문 닫히는 소리와 함께 간수는 양 목사를 취조실로 데리고 간다.

취조실에 양 목사가 묶여 있다.

"당신이 주동자야!"

"그렇소!"

양 목사의 당당한 대답에 취조관이 인상을 찡그린다.

"뭐야! 이 건방진 놈. 야! 뭣들 하고 있어? 저놈을 단단히 혼내 줘!"

취조관이 인상을 쓰면서 고함을 지른다.

"하이."

양 목사에게 채찍질이 가해진다.

쫙 쫙 쫙!

"아! 악! 아! 아!"

양 목사의 비명 소리가 취조실에 메아리친다. 양 손발이 각각 묶여 거꾸로 매달려 있다. 양 목사에게 인정사정없이 채찍질은 계속 가해진다. 채찍질이 가해질 때마다 양 목사의 몸에는 핏자국이 선명해진다. 온몸이 핏자국 투성이가 되어 간다. 흘린 피가 옷을 흥건히 적신다. 선혈이 낭자하다. 채찍질의 고통 속에 양 목사는 점점 힘을 잃어 간다. 고개를 떨어뜨린다. 정신이 혼미해지면서 의식을 잃는다.

고문으로 피투성이가 되고, 의식을 잃은 양 목사가 철창 속에 다시 갇힌다. 감옥 안에 있던 사람들이 양 목사 옆으로 우르르 몰려든다. 양 목사가 드러눕자 움직임이 없다.

"목사님! 정신 차리서요!"

의식이 없는 양 목사를 한 목사가 흔들어 깨운다.

"목사님! 정신 차리셔야 합니다!"

양 목사가 천천히 몸을 움직인다. 몰려든 사람들이 양 목사를 흔들어 깨우자 눈을 뜬다.

"목사님! 정신이 드시나요? 목사님! 힘을 내십시오!"

양 목사의 눈앞에 한 목사가 희미하게 보인다.

"한 목사님, 고맙습니다."

"양 목사님 정신이 드나요? 목사님! 힘을 내시고 정신 차리셔야 합니다."

양 목사와 한 목사가 눈을 맞춘다. 기운이 없는 나직한 목소리를 낸다. 한 목사가 양 목사에게 허리를 굽혀 얼굴을 가까이 댄다. 한 목사가 축 늘어진 양 목사의 손을 꽉 잡아 준다. 손에 기운이 없다.

"한 목사님, 제가 기운이 점점 없어집니다."

한 목사는 기운이 없어 축 늘어진 양 목사의 손목을 잡는다.

"목사님! 그래도 기운을 내셔야 합니다."

한 목사가 양 목사의 손을 다시 꽉 잡는다. 그 기운에 양 목사가 천천히 입을 뗀다.

"양 목사님. 주님은 우리를 끝까지 사랑하십니다. 이 민족을 절대로 버리지 않으실 것입니다. 나대신 구례읍교회 교인들을 부탁합니다."

"무슨 말씀이셔요. 목사님! 기운 차리셔야 합니다."

한 목사가 양 목사 손을 세차게 흔들어 댄다. 아무리 흔들어도 양 목사의 움직임은 없다. 당황한 한 목사는 더 큰 소리로 양 목사를 흔들어 댄다.

"목사님! 목사님! 목사님!"

"…"

"주여! 주여!"

기운이 남아 있는 한 목사가 감옥 안에 투옥된 사람들을 불러 모은다. 우르르 몰려든 목사들이 양 목사를 흔들어 댄다.

"목사님! 목사님! 목사님!"

차가운 바닥에 몸이 축 늘어져 버린 양 목사를 계속 흔들어 댄다. 양 목사의 몸이 차갑게 식어 버린다. 숨이 멎어 버린다.

"목사님! 목사님! 목사님!"

"흑 흑 흑…"

주위에 몰려 있던 목사들이 양 목사를 부르는 소리와 우는 소리, 주님을 부르는 기도가 점점 커진다. 하늘을 향한 울부짖음이 되어 간다.

"주여! 주여! 주여…"

기도 소리는 감옥 안에서 울림이 되고, 흐느낌이 되어 간다.

13
── 점방店房

"응애 응애…"

간난 아기 울음소리가 집 안에 울려 퍼진다. 경자가 딸아이를 출산했다. 아이의 울음소리로 집 안은 바쁘게 돌아간다. 대문에는 새끼줄에 숯과 솔가지가 달린 금줄이 걸렸다. 금줄이 쳐 있는 집에는 사람의 출입을 조심하라는 표시다. 가까운 친척도 방문을 조심하고 또 조심해야 한다. 급한 일이 있어도 대문 밖에서만 일을 보고 가야 한다.

날이 훤해지자 동네 여자 셋이 새뜸샘에 모여 두레박으로 물을 퍼 올린다.

"이 대감 집 며느리가 출산을 했다매?"

"아이고, 잘했네 그려. 순산했당가?"

"순산했는갑그만."

"그래, 아들인가? 딸인가?"

"대문에 금줄이 쳐진 것 봉깨로 딸인 갑구만."

"그럼 고추가 안 달렸단 말이여?"

"그렇당깨."

"종갓집이라서 아들을 기다렸을 텐데… 딸이라서 엄청 거시기 하겠구면."

"누가 아니래. 사람 일은 맘대로 안 되는 거랑깨. 결혼해서 몇 년째 태기가 없어 엄청 애를 태우던데… 이제라도 자식이 생겼다니까 다행이구면… 그나저나 자식은 하늘이 내려 주든지, 조상님이 돌봐야 되는 일이랑깨. 부잣집에서 베멘히 정성을 들였겠어? 남부러울 게 없는 집인데… 그렇게 자손이 귀해서야…."

"그래도 이왕이면 아들이어야 했는데…마님이 많이 서운해하겠네 그려."

경자와 아이가 누워 있다. 산모와 아이를 돌보느라 난동댁이 방을 들락거리며 분주하게 움직인다. 민정이도 난동댁과 함께 집안일을 거든다. 잔심부름을 하면서 어깨너머로 살림살이를 배워 온 터다. 경자의 자리를 대신해서 부엌일이며 집안일을 거들어야 한다. 점말과 난동댁이 세숫대야에 수북이 빨랫감을 담아 나온다. 빨래 담은 대야를 머리에 이고 빨래터를 향해 집을 나선다. 민정이도 빨랫감을 머리에 이고 뒤를 따른다. 점말과 민정이, 난동댁이 냇가에서 빨래 방망이를 힘차게 두드린다. 민정이의 빨래를 하는 손이 야무지다. 빨래 방망이를 들고 탕탕대며 방망이질을 힘차게 하다 잠시 쉬면서 이마에 흐르는 땀을 닦는다.

산모의 방에서 나오는 절골댁의 얼굴이 함박웃음이다. 며느리의 출산은 경사스러운 일이다. 아들이 아니라 딸이라서 아쉽기는 하지만 내색하지 않는다. 순산을 했으니, 다음에 아들을 낳으면 되는 일이다. 아들 내외가 결혼한 지 4년, 출산을 했다는 것만으로도 경사가 아니던가. 자식을 달라고 얼마나 빌고 빌었던가. 아들 하나만 점지해 달라고 절에 올라가 불공을 드린 것도 모자라, 며느리를 직접 절에 보내 불공을 드리고 또 드렸건만….

만식과 인철이 서시천 둑방을 걷는다.

"인철아! 축하한다. 딸 낳았다며. 장가가더니 이제야 제대로 어른이 되었구나! 킥킥."

장가가서 벌써 아들이 있는 만식이다. 장가를 가더라도 자식을 낳지 않으면 어른이 되지 않는다며, 이제야 어른이 된 인철을 놀린다.

"그래, 고맙다."

인철이 웃으며 답한다.

"지성이면 감천이지. 드디어 인철이도 자식이 생겼구나. 아들이 아니라서 집안 어른들이 조금 서운해 하겠다."

"그렇지 뭐…."

인철의 대답이 시원스럽지 않다.

"너 대답하는 소리를 보니 신나지 않는 모양이구나?"

"기분이야 좋지. 누구나 결혼해서 자식 낳고 사는 건데… 다 그렇지 뭐…. 아들도 아니고 딸이라 집안에서도 뭐라고 딱히 말하기가… 그래. 집안 분위기가 썩 좋은 것만은 아닌 듯해서…."

인철의 기분이 썩 좋은 말투는 아니다. 종갓집에서 아들을 얼마나 고대했을지 알 만하다.

"인철이 너는 결혼한 지 몇 년 만에 얻은 딸이잖아? 그동안 네 색시랑 어머니가 불공을 드리러 절에도 다녀오고, 치성을 많이 드렸다며?"

"그렇긴 해…. 그런데 그게 맘먹은 대로 되는 거냐고. 결혼 후 몇 년이더라?"

인철이도 아이를 낳기 위해 집안에서 백방으로 노력했던 일들이 주마등처럼 스쳐간다.

"이제 자식을 봤으면 됐지 뭐…."

아이 낳는 일이 그리 대수롭지 않다는 듯이 말한다.

"너희 집에서 모두가 아들을 원했을 텐데… 딸이라서 서운한 모양이구나. 딸이라도 낳았으니 다행이라고 여겨. 딸이면 어때. 첫째가 딸이면 살림 밑천이라고 여기면 될 텐데… 너희 부모님이 서운해허시겠지만, 인철이 너라도 네 처가 입장 난처해지지 않도록 잘해 줘라."

"그래야지."

인철이 장가를 갔는데도 아이를 못 낳아 무언의 압박을 받았던 일을 생각하면 생각할수록 잊고 싶을 뿐이다. 부모님과 집안 어른들의 걱정이 이만저만이 아니었다. 그 일을 입 밖에 내고 싶지 않다.

만식도 그 사정을 쭉 봐 왔기 때문에 더더욱 기쁜 일이라고 축하해 주고 싶은 마음이다.

"그래도 그렇지. 장손이 결혼했는데 자식을 못 낳으면 엄청 스트레스 받는 일이다. 문중에서도 말이 많았을 건, 불 보듯 뻔한 일일 테고… 너야 그렇다 치더라도 네 색시나 부모님들은 모르긴 몰라도 스트레스 많이 받았을 거야. 특히 네 색시는 더했을 거야."

"그렇긴 해. 나도 그걸 모르는 건 아닌데, 어디 내색을 할 수가 있어야지. 그냥 그렇게 지내 왔는데… 이제 딸 낳았으면 됐지 뭐."

"그래. 어쨌든 축하한다."

"그래. 고맙다."

"너는 한약방 일 잘 배우고 있냐?"

"…"

잠시 뜸을 들이던 만식이가 입을 연다.

"나, 한약방 일 그만두려고…"

"뭐! 한약방을 그만둔다고? 시작한 지 얼마 안 됐잖아!"

"그렇지. 얼마 안 됐지."

"한약방에서 무슨 일이 있었나?"

"아니. 무슨 일이 있었던 건 아니고… 한약방에서 일을 해 보니, 아픈 사람들에게 침 놔 주는 것도 배우고 좋긴 한데… 한약을 다루는 게 하루아침에 배워지는 것도 아니고, 나하고는 체질이 안 맞는 거 같아서…"

"왜? 일이 힘들었나?"

"아니. 일이 힘든 것보다, 월급이 많지도 않거니와 앞으로 긴 세월 동안 공부를 더 하려니 앞이 막막하더라고. 그래서 고민을 좀 했지… 나도 처자식이 있는 몸인데… 식구들을 계속 부양하려면…. 이래저래 고민을 계속해 봤는데… 한약방에서 일을 배운다는 것은 나하고 안 맞는 것 같아…. 땅 한 뙈기 없는 살림에 소작을 하면서 농사를 짓는 것도 어려운 일이고…."

여러 가지 고민이 있었던 듯, 만식이 말을 계속 머뭇거린다.

"네가 농사를 짓겠다고만 하면… 내가 우리 집에 얘기를 잘 해서, 소작을 하게 해 줄 수도 있는데…."

"아니야. 말은 고맙다마는 소작을 한다 해도 농사짓는 일이 어디 쉬운 일이냐고? 농사도 잔뼈가 굵은 사람이나 해 먹는 거지. 우리 집은 그동안 농사를 짓는 일이 서툴기도 하거니와 소작을 해 봐야 소작료 주고, 또 공출이니 뭐니 시달리다 보면 정작 손에 쥐는 것은 쥐꼬리만 하니…. 처와 자식까지 있는데, 식구들 입에 풀칠하기도 어려울 것 같아…. 식구들을 굶기지 않으려면 고생이 되더라도 아직 젊으니까 돈 되는 일을 해 보려고."

"그렇구나. 한약방 일이 그렇구나. 배울 것이 많을 테지. 한약방 일은 길게 봐야 될 것 같아. 너 고민 많이 했겠구나."

"그럼, 고민 많이 했지. 뭘 해야 할지 생각하니 잠이 안 오더라고."

"그럴 테지. 암… 그럼, 뭘 하려고 하는데?"

"장사를 해 보려고 해."

"네가 장사를 한다고?"

인철이 놀라며 되묻는다.

"응. 장사를 해서 빨리 돈을 벌어야겠어. 식구들을 먹여 살리려 면…."

"무슨 장사?"

"그냥, 장터에서 잡화를 팔아 보려고…."

"네가 그런 일을 할 수 있겠어?"

걱정스런 투로 만식을 쳐다본다.

"까짓거 해 보는 거지. 나라고 못 하라는 법은 없잖아? 하면 되는 거 아닌가?"

만식은 뭐든지 할 수 있다는 자신감에 차 있다. 장가를 가고 분가를 했지만, 아이들이 생기는 바람에 한약방을 도와주는 일로는 식구들이 먹고살기 어려웠다.

만식이 시장에 좌판을 벌였다는 소식을 듣고 인철이 장에 들어선다. 장날이어서인지 장터 다리는 사람들로 빼곡히 들어차 있다. 곡식을 실은 소달구지도 다리를 건넌다.

"짐이요! 짐! 짐!"

소달구지를 끄는 사람의 고함 소리에 좁은 다리를 건너던 사람들이 한쪽으로 비켜선다. 좁은 나무다리는 사람과 우마차, 동물들도 모두 건너야 하는 다리다.

"이랴! 이랴!"

그 좁은 공간으로 소달구지가 지나가고 그 뒤를 사람들이 다시 꽉 채운다. 사람들로 가득 찬 장터 다리는 북새통이다. 인철은 다리를 건너 장터로 들어선다. 장날은 사람들이 방앗간에서 참기름도 짜야 하고, 미영도 타야 하고, 곡식도 찧어야 하고, 장도 봐야 하고. 장날 모든 게 이루어지다 보니 장터는 사람들로 인산인해를 이룬다. 인철은 사람들 틈을 비집고 시장 가운데로 들어선다. 장터 곳곳을 두리번거리며 만식의 좌판을 찾는다. 시장 좌판에는 야채와 과일을 가득 쌓아 놓고 흥정이 한창이다. 포목점, 철물점, 생선 비린내가 물씬 풍기는 어물전, 곡식이 거래되는 곡식전, 가축 소리가 요란한 가축전과 도축장, 각종 그릇과 살림살이가 진열된 그릇전, 고깃간에는 고기가 걸려 있다. 떡집에서는 떡을 쪄내느라 김이 모락모락 나고, 솥에서는 팥죽이 솔솔 끓고 사람들이 좌판에 앉아 팥죽을 호호 불어 가며 먹느라 정신이 없다.

"부채 사시오!"

난장을 돌아다니며 소리 지르는 상인들의 목소리가 시끄럽다. 고개를 빼 들고 두리번거리다 보니 만식의 좌판이 눈에 들어온다. 인철이 가까이 다가온 줄도 모르고 만식은 손님들에게 허리 굽혀 인사하고 물건을 흥정하느라 정신이 없다. 인철은 한참 동안 만식이의 모습을 멀리서 지켜본다. 만식과 눈이 마주친다. 인철과 만식은 서로 얼굴을 보며 함박웃음을 짓는다. 만식은 그동안 조금씩 모아 둔 돈으로 장사를 시작했다. 그 돈을 밑천 삼아 광의 오일장에 잡화를 조금씩 가져다 판다. 만식의 좌판에도 사람들이 기웃거린다.

"자! 여기 물 건너온 좋은 물건 있습니다. 자! 참빗도 있습니다.

자! 고무줄도 있습니다. 구경하고 가셔요!"

만식의 외침에 사람들이 관심을 보인다.

"어거 얼마여요?"

"어서 오셔요! 뭘 찾으셔요?"

"고무줄 있어요?"

"고무줄요! 자, 여기 있습니다."

"얼마여요?"

고무줄을 건네며 만식이 허리를 숙여 인사를 한다.

"감사합니다. 안녕히 가셔요."

인철은 만식이가 장사하는 모습을 지켜보며 웃음을 짓는다.

"야! 만식이, 너, 제법인데…."

인철의 등장에 만식은 쑥스러움을 감출 수 없다. 인철을 보자 물건 파는 일을 잠시 멈춘다.

"인철아! 어서 와라."

만식이 인철을 반갑게 맞이한다.

"그래, 많이 팔았어?"

"응! 시장통이라 사람이 워낙 많으니까 물건이 제법 팔리는데, 점방을 시작하려면 우선 경험을 해 봐야 해서 시작한 거니까."

"그래, 만식이 너한테 물건 파는 재주도 있구나! 하하하. 내가 아까부터 도착해서 지켜봤는데, 너 제법이더라. 장사 잘하고 있더라고…. 방해될까 봐 기다리고 있었어."

"그랬어?"

"이렇게 시장 난장에서만 하지 말고, 얼른 점방을 얻어야지."

"그러게 말이야. 밑천도 밑천이지만, 점방 자리가 얼른 안 나네."

"점방을 봐 둔 데는 있어?"

"응. 봐 둔 데는 있는데, 조금 더 기다려야 하나 봐. 너도 알다시피 연파리에 일본 점방이 워낙 크게 성업을 하고 있어서, 조금 망설여지기는 해. 그래도 이렇게 시장 바닥에서 좌판만 할 수는 없는 일이니까. 일본 점방이 있더라도, 그곳과 멀리 떨어진 시장 입구에 점방을 빌리면 장사는 될 것 같애. 마땅히 뭐 할 일도 없는 마당에, 굶어 죽지 않으려면 죽기 아니면 살기로 해 보는 거지 뭐."

"그래, 잘됐으면 좋겠다, 점방도 얼른 얻고."

만식이 시장에서 좌판 일로 재미를 붙이더니 점방을 인수하였다. 장터 다리를 건너기 전 사거리 모퉁이에 세 평 남짓한 조그만 점방이다. 연파리는 옛날부터 시장이 섰던 자리라 만식네 점방 인근에는 주막이나 여관도 있고, 다방과 음식점을 겸하는 기생집 송죽관도 있다. 포목점, 생선 및 건어물점, 한약방, 철물점, 자전거 수리점, 이발소… 점방이 쫙 줄지어 있다. 장날이 아닌 평일에도 사람들이 수시로 찾는 곳이다. 다리 건너 오일장 인근에는 장터 마을이라 하여, 광의 장을 중심으로 떡집, 성냥간(대장간), 국밥집, 가축전 끄트머리에는 오일장만 되면 돼지며 소를 때려잡는 도축장이 있어 푸줏간에는 싱싱한 고기가 걸려 있다. 장날 아니어도 사람들의 왕래가 빈번한 곳이다. 장터 공동 우물 옆에는 주막을 겸하는 여수옥이 자리 잡고 있다. 심심찮게 노랫가락이 흘러나오는 곳이다. 온동, 난동, 당동마을로 가는 입구이기도 하고, 구만리를 가려면 이곳 사거리를 통과해야 하는 목이 좋은 곳에 점방을 차린 것이다. 모아둔 돈이 없어 월세로 점방을 얻었다. 집을 산 사람이 모퉁이에 점방 한 칸을 세 준 것이다. 세 평 남짓 좁은 점방이지만, 점방 앞길에 와상(평상)을 펴놓고 각종 잡화를 진열하였다. 간판도 없다. 워낙 소규모여서 누가 지나가더라도 점방인지, 눈에 띄지 않을 정도로 초라하다. 만식이 아예 길가로 나와서 지나가는 사람들에게 말을 건넨다.

"새로 생긴 점방입니다. 구경하고 가셔요."

사람들이 호기심 삼아 만식을 쳐다보면서, 점방에 눈길만 주고 그냥 지나치기 일쑤다. 일본 점방에 비하면 그야말로 초라하기 그지없다.

"구경하고 가셔요!"

만식이 외치는 소리에 간혹 점방을 둘러보는 이들도 있다.

"어서 오십시오!"

점방에 들른 사람들은 물건이 뭐가 있는지, 구경만 하고 점방을 나간다.

"감사합니다. 살펴 가십시오!"

만식이 허리를 숙이고 점방에 들른 사람들에게 깍듯이 인사를 한다. 구 시장터 골목이라 장사가 잘되는 지역이긴 하지만, 일본 사람이 하는 점방에서 불과 몇십 미터밖에 안 떨어져서, 일본 점방과 경쟁을 하는 데는 어려움이 많다. 장사 밑천이 워낙 적어 많은 물건을 가져다 놓을 수도 없거니와, 일본 점방은 대홍수 후에 새집을 지었다. 연파리 최초의 이층집으로 '검은집'이라 하여 사람들이 일부러 구경을 올 정도로 만식이네 점방과는 비교 자체가 안 되는 신식 점포다. 특히 그곳은 소금과 담배 전매 허가권을 독식하고 있다. 그 점방에는 다양하게 물건을 갖추고 있어서 사람들은 소금을 구하러 가는 김에, 그곳에서 물건을 산다.

시작할 때는 초라하기 그지없었지만, 만식의 점방은 그래도 날로 번창해 간다. 그러나 무엇보다도 가장 어려운 점은 물건 구하기였다. 읍내에서 구하기 어려운 양잿물 같은 것들은, 산동 그 험한 밤재를 넘어 남원에까지 가서 구해다 놓았다. 남원에도 없는 물건은 열차를 타고 순천, 여수까지 달려가 물품을 구해 날랐다. 점점 품목을 늘리다 보니 물건의 종류가 늘어났다. 앵두 사탕, 독 사탕, 박하 사탕, 쌀 과자, 손가락과자, 부채과자, 공책, 연필, 잉크, 펜 등 각종 학용품. 부채, 고무줄, 참빗, 성냥, 곤충약, 옥도정기, 고약, 실, 동경사, 반짇고리, 한지. 계절별로는 수박, 참외, 복숭아, 살구, 자두, 앵두 등 수십 가지의 물건들을 진열하여 판다. 그래서 어느 정도 일본 점방과 경쟁을 하게 되었다.

"연파리에 점빵이 새로 생겼대! 학용품 사면 독 사탕 하나씩을 공짜로 준대! 그리고 우리 형이 저 일본 점방은 가지 말랬어!"

사탕 하나에 목이 마른 아이들은 학용품 하나를 사더라도 만식이네 점방으로 몰린다. 만식은 코흘리개 아이들에게 선심을 썼다. 점방이 열리자마자 아이들 인심을 잡는 데 신경을 쓰자 아이들이 몰려들었다. 어른들에게 소문이라도 좋게 내기 위해서다. 아이들 소문이 어른들에게 구전되었나 보다. 물건 구색은 부족하지만, 인심 하나만은 일본 점방보다 좋다는 걸 보여 주고 싶었다. 아이들에게 사탕 하나라도 더 줬더니, 어른들도 소문을 듣고 찾아온다. 이렇게 구색을 갖추자, 시장 입구라서 광의 오일장만 되면 타 동네에서 오는 사람들도 만식이네 점방을 한 번쯤은 들러 간다. 장날이 되면 남원댁도 아이를 등에 업고 만식과 함께 몰려드는 손님들에게 물건을 파느라 정신이 없다.

"어서 오씨요. 뭘 달라고 했당가요?"

"한지 좀 주씨오."

"한지 몇 장이나 줄까요?"

"날이 추어지기 전에 문짝에도 바르고, 문풍지까정 바를라면 세 장은 주씨요."

"쪼께 기다리씨요. 한지는 꺼내서 세어야 된깨로…"

남원댁과 만식은 몰려드는 손님들을 응대하느라 바쁘게 움직인다.

"살펴 가셔요."

만식이네 점방은 일본 점방에 비해 부족한 게 많지만, 물건 구색이 갖추어지자 이왕이면 우리 민족, 우리 백성이 운영하는 점방이라며 사람들이 몰려왔다.

일본 점방 주인 야스다가 만식이네 점방을 배회한다. 만식이네 점방에서 물건을 사 가지고 나오는 사람들을 눈여겨봐 둔다. 만식이네 점방으로 사람들이 몰려드는 모습을 배알이 뒤틀려 봐 줄 수가 없다. 머리 모양새부터 옷차림새도 남다른 일본 점방 주인 야스다의 인상이 일그러진다. 얼굴도 길쭉하고, 심보까지 고약하게 생긴 야스다가 묘안을 생각한다. 각 가정에 필요한 소금과 담배를 이용해 손님들에게 횡포를 부리기로 하였다. 일본 점방에만 소금과 담배의 판매 허가가 떨어진 점을 이용하는 것이다.

"소금 좀 주시오."

야스다가 소금을 사러 온 손님을 위아래로 찬찬히 훑어본다. 며칠 전에 야스다가 만식이네 가게 근처를 어슬렁거리다 마주쳤던 사람이다.

"소금 안 팔아요."

야스다가 퉁명스럽게 말하며 고개를 돌려 버린다. 손님은 야스다를 쳐다보면서 소금을 달라고 한다.

"소금 여기 많이 있잖아요?"

가득 쌓여 있는 소금을 놔두고도, 얼토당토않은 이유를 대면서 소금을 안 판다고 하니, 손님은 어안이 벙벙할 따름이다. 손님은 야스다 얼굴을 다시 쳐다본다.

"우리 점방에서 계속 물건을 안 샀던 사람들에게는 소금을 안 팝니다."

"뭐라구요?"

손님이 야스다의 얼굴을 다시 쳐다본다. 야스다는 비열하게 얼굴을 돌려 먼 곳을 바라본다. 눈알을 돌려 가며 손님을 힐끗힐끗 쳐다보면서 딴청을 부린다. 그런 이유로 소금을 팔지 않겠다고 하니, 소금을 사러 왔던 손님은 기분이 나쁘다. 화가 난 얼굴로 일본인 점방을 나간다. 화가 난 손님이 뒤를 한 번 더 돌아보면서 발길을 돌린다. 아주 악랄한 방법으로 장사를 하는 일본인 점방을 향하여 침을 뱉는다. 일본 점방에서는 자기 점방에서 물건을 사는 사람에게만 소금을 판다는 소문이 삽시간에 퍼진다. 광의면 사람들은 일본 점방을 울며 겨자 먹듯 이용할 수밖에 없다. 소금은 일상생활에 없어서는 안 될 필수품이다. 광의면에서는 일본인 가게가 아니면 구할 수 없는 물건이다. 판매 허가권 제도가 실시되고 있어서, 일본인이 운영하는 점방에만 허가가 나 있는 상황이다. 소금과 담배의 독점만이 일본 상인들의 배를 채워 줄 수 있는 수단이었기 때문에, 어찌할 방법이 없다. 소금과 담배 소매 허가를 얻은 일본인 점방에 사람들은 줄을 서서 몰려든다.

사람들이 북적이던 만식이네 점방은 손님들의 발길이 뜸해졌다. 만식이도 이대로 당할 수만 없는 일이다. 만식이 부랴부랴 면사무소로 향한다. 점방에 소금 소매 허가 신청을 했지만, 감감무소식이다. 만식이 관청의 담당자를 찾아가 허가권에 대해 항의를 해도 소용이 없다. 알아보니 주재소의 신분 조사서가 통과돼야 한다는 것이다. 야스다가 순사들을 매수하여 미리 선수를 쳐 놨다. 후지하라 주재소장이 만식이에게 신분 조사서를 잘해 줄 리 없다. 돈도 없고 빽도 없는 만식은 답답한 노릇이다. 속이 부글부글 끓고 화가 나지만 어찌할 방법이 없다. 한숨만 길게 늘어놓는다. 점방이 잘되어 갈 찰나에 찬물을 끼얹은 사건이다. 만식이네 점방은 손님들이 간혹

오기는 하지만, 발길이 뜸하다.

인철이 주재소에 불려 왔다. 영문도 모른 채 주재소에 온 인철과 후지하라가 대면하고 있다. 갑작스런 후지하라 주재소장의 호출에 바짝 긴장을 하고 있다.

"이인철 씨! 오랜만입니다."

"예."

인철이 후지하라에게 허리를 굽히며 인사를 한다. 인철의 인사에 후지하라는 인철에게 눈도 마주치지 않고, 창밖을 바라보며 주재소장의 위세를 과시한다. 인철은 부동자세로 서 있다. 한참을 창밖만 바라보던 후지하라가 인철에게 고개를 돌린다.

"아…."

다시 침묵이 흐른다. 후지하라가 말을 하려다 말고 뜸을 들인다. 후지하라 입에서 무슨 말이 나오려는지 인철도 궁금하고 긴장되는 순간이다.

"아, 이대길 씨가 전번에 의용소방대에 기부금을 많이 내준 바람에 뒷동산 꼭대기에 '오포대' 세우는 일이 잘 되었습니다. 천황 폐하께 충성을 표시하는 일이었습니다. 이대길 씨에게 내가 고맙다고 인사하더라고 꼭 전하시오! 알겠습네까?"

"예. 예."

인철은 후지하라와 일면식이 없던 터다. 후지하라의 제복과 긴 칼이 인철의 기분을 상하게 한다. 이유 없이 화가 치밀어 오르지만, 때가 때인 만큼 인철은 참아 내고 있다. 긴장하고 있던 인철에게 후원금을 낸 아버지께 감사의 말을 전하라 하니, 다소 마음이 진정되긴 하지만, 긴장은 계속된다. 일본 경찰이라면 치가 떨리고 자다가도 벌떡 일어난다. 그놈들이 하는 짓거리는 날이 갈수록 태산이다. 그걸 지켜봐 온 인철이에게는 마음 한구석에 응어리가 맺혀 있다. 주재소 안에서 주재소장을 만나는 자리라 참아 내고 있는 것이다. 아무 힘이 없는 조선 사람의 신세가 원망스럽기만 할 뿐이다.

"정만식이와 이인철 씨가 친구라 했습네까?"

"예! 만식이와는 동갑내기 친구입니다."

"하! 그동안 나는 그런 줄도 몰랐습니다. 최근에야 알았습니다!"

"…."

"아, 내가 급하게 이인철 씨를 부른 이유는…. 우리 대일본 제국이 대동아전쟁에서 승승장구하고 있다는 거 잘 알고 있겠죠? 이인철 씨에게 이 기회에 대일본 제국 천황 폐하께 충성할 기회를 주겠다는 겁니다. 지금 이 시국이, 남녀노소를 구분하지 않고, 국가를 위해 앞장서서 일을 도와야 할 때란 말입니다. 알겠습네까?"

"예, 예."

후지하라의 목소리가 점점 격앙돼 간다. 큰 목소리로 분위기를 압도하며 인철을 압박하고 있다. 후지하라의 점점 커지는 목소리에 인철이 대답을 하면서도 몸을 움츠린다.

"상부에서 명령이 하달되었습니다. 민심을 독려하여 조선의 젊은 이들을 황국신민의 자격으로 전쟁에 참여하라는 명령입니다. 나아가 소방대 기금을 더 모금하기 위한 시국 강연회가 열립니다. 시국 강연회와 함께 주민들을 독려할 계몽연극을 준비할 겁니다. 계몽연극 준비를 이인철과 정만식이 둘이서 준비를 하도록 기회를 줄 겁니다. 알겠습네까?"

인철은 후지하라의 갑작스런 제안에 어안이 벙벙할 따름이다. 다짜고짜 주재소에 불러다 놓고, 시국 계몽을 위한 연극이라니? 후지하라가 뜬금없이 인철을 주재소로 불러들여 시국 강연이다, 계몽연극이다 하니, 정신을 차릴 수가 없다. 속으로는 화가 막 끓어올라 일부러 대답을 머뭇거린다. "예."라고 대답하자니, 자존심 문제도 있고, 못하겠다고 핑계를 대자니 그 이유가 떠오르지 않는다. 답변을 못하고 머뭇거리자 후지하라가 자리를 박차고 벌떡 일어선다.

"이인철 씨! 왜 대답이 없는 겁니까? 지금 내 얘기를 듣고 있는 겁니까?"

"아, 예… 갑작스럽게 계몽연극을 준비하라고 해서, 미처…."

인철이 당황하여 말문이 막힌다.

"뭐라고? 그럼 이인철 씨는 대일본 제국에 협조하지 못하겠다는 얘긴가? 내가 이인철 씨를 그동안 지켜보았는데, 그런 속셈이 있는 거로구만… 사상이 의심스럽단 말이야?"

후지하라가 머뭇거리는 인철을 향해 다그친다. 사상이 의심스럽다는 말까지 들먹이며, 사상범으로 몰고 가려고 인철을 협박하고 있다. 후지하라가 맘만 먹으면, 사상범으로 몰아가는 일은 어려운 일이 아니란 걸, 인철도 잘 알고 있다. 이 순간을 피하고 싶다. 연극은 해 본 적이 없다고 발뺌하고 싶다. 못 하겠다고 자리를 박차고 나가고 싶지만, 인철에게나 집안에 닥칠 후환이 걱정이다. 자리를 박차고 나갈 수 없는 처지다. 인철이 정신을 가다듬는다.

"아, 아닙니다. 말씀하신 대로 준비해 보겠습니다!"

인철이 엉겁결에 대답을 한다. 인철의 대답에 후지하라의 얼굴도 펴진다.

"그래, 진작 그렇게 나왔어야지! 어쨌든 이번 일에 얼마나 준비하고 협조하느냐에 따라 중대 결정이 내려질 겁니다. 알았소까?"

"예!"

중대 결정이라니? 인철은 후지하라의 강압적인 명령에 허리를 굽히고 만다. 성질대로라면 민중들을 괴롭히고 있는 후지하라를 총으로 쏴 죽이고, 지리산으로 도망이라도 치고 싶지만, 대동아전쟁을 평계로 젊은이들을 징용으로 강제로 보내고 있는 판국이다. 인철의 집안 식구에게 해가 닥칠 것 같아 참고 있는 것이다. 인철이 자신의 처지도 안심해서는 안 되는 상황이다. 후지하라의 맘에 안 들면, 어떤 구실을 삼아서라도 징병, 징용으로 보낼 수 있는 시국이다. 똥이 무서워서 피하겠는가. 하지만 더러워도 피할 수 없는 것이 현실이다.

"좋소! 이인철 씨가 대답을 했으니 지켜볼 것입니다. 내일부터 당장 준비하도록 하시오!"

"예!"

만식이에게도 주재소에서 다녀가라는 연락이 왔다. 주재소에서 오라 하니 거절할 수도 없다. 만식은 일본 점방과 경쟁하는 관계라서 늘 조심스럽다. 일본이 만주를 침략하고 대동아전쟁을 일으킨 후로는, 물품을 구하기가 더욱더 힘들어졌다. 각 분야를 관에서 철저하게 통제하고 있어 생필품 구하기가 점점 힘들어진다. 날만 새면 물품 가격이 폭등하고 있다. 물품 가격이 폭등하자, 점방마다 물품 판매 가격이 천차만별이다. 물품 가격이 점방마다 달라 관청에서는 수시로 가격을 통제한다. 공정가격 실시를 이유로 점방 주인들을 감시한다. 순사들에게 밉게 보이면, 당장 주재소로 호출이다. "왜 갑자기 물건값을 올려 받느냐?"라며 물가가 폭등한 이유를 점방 주인에게 뒤집어씌우기 일쑤다. 일본 점방 주인이 시비를 걸면, 일본 순사들이 괜한 생트집을 잡아 조선 사람들을 괴롭히는 일이 다반사다. 만식은 소금 전매 허가권을 신청했지만, 아무리 기다려도 소식이 없다. 혹시라도 그 일 때문에 부르는 건 아닌지? 잔뜩 기대를 가지고 주재소로 걸음을 재촉한다. 만식은 마음을 가라앉히고 주재소 마당에 들어서서 건물 안을 기웃거리다 주재소 안으로 들어간다. 후지하라가 의자에서 일어나 만식을 호의적으로 대한다.

"어서 오시오, 정만식 씨."

"소장님 그동안 잘 계셨나요?"

만식이 후지하라에게 허리를 굽혀 인사를 건넨다. 만식이 가게 앞을 가끔 지나가는 후지하라를 먼발치에서 자주 목격했지만, 웬만하면 그를 피해 다녔다. 주재소 안이라 피할 수가 없는 상황이다. 후지하라가 허리에 긴 칼을 차고 정만식을 바라본다. 정만식은 주재소에 들어올 때부터 잘못한 것도 없으면서, 순사 놈들이 괜히 무슨 꼬투리를 잡아 혼쭐낼까 봐 걱정이 태산이다. 말도 안 되는 일을 엮어서 억지를 부릴 때면, 화가 나서 불만을 얘기해도 전혀 먹혀들지 않았다. 어떨 때는 쥐 죽은 듯이 엎드려 있는 게 상책이다.

"정만식 씨! 점방은 잘돼 갑니까?"

점방 얘기를 하자, 만식은 후지하라가 무슨 얘기를 하려는지 짐작이 간다. 또 물건값을 올리지 말라고 불호령을 내릴 것 같다.

"예, 점방 시작한 지가 얼마 되지는 않았지만… 그럭저럭 쬐끔씩 팔고 있습니다. 그란디… 소금 판매 허가가 아직 안 나와서…"

만식은 후지하라의 눈치를 살피며 소금 판매 허가에 대해 조심스럽게 입을 뗀다. 이 기회에 후지하라에게 하소연이라도 하고 싶은 심정이다. 소금 판매 없이 그럭저럭 장사가 되어 왔지만, 일본 점방 주인의 말도 안 되는 횡포 때문에 죽을상이라는 얘기가 입 안에 뱅뱅 돌면서도 하소연을 할 수가 없다. 야스다와 후지하라는 일본 놈들이 아니던가. 쪽빠리 일본 놈들끼리는 같은 편이 아닌가 말이다.

"아, 내가 알기로는 당신 점방이 사거리에 자리 잡고 있어서 잘된다는 소문이 나서 하는 소리인데… 요즘 전시 체제로 돌입해서 물자가 귀합니다. 물건값을 제멋대로 올려서 팔지 말라고 부른 겁니다. 알겠습니까?"

후지하라는 만식의 소금 판매 허가에 대한 말은 싹 무시해 버린다. 오히려 물건값을 올려서 팔지 말라는 엄포만 놓는다. 만식은 야속하지만, 후지하라의 명령에 대답하기 바쁘다.

"예, 예, 잘 알고 있습니다."

만식은 후지하라에게 허리를 굽신거리며 무조건 알았다고 대답을 한다. 또 물품 가격을 올리지 말라는 타령에 신물이 난다. 무슨 꼬투리를 잡아서 괴롭히려 하는지, 괜히 맘이 불안하기만 하다. 만식은 몇 달 전에 의용소방대에 가입하고 기부금을 희사했다. 그 일에 대한 답례 인사를 하려나 하고 기대하고 있었다. 말이 의용소방대 조직이지 허울 좋은 핑계였다. 그 핑계를 대고 기부금을 강제로 종용하는 것이었다. 전시 체제라서 무기 구입의 핑계를 댈 수도 있지만, 이 지역에 필요한 의용소방대 조직이라고 하며 핑곗거리로 삼은 것이다. 그래서 지역 유지나 많은 사람들에게 소방대 조직을 명목으로 기금을 빼앗는 것이다.

"의용소방대를 조직하고 소방대 기금을 모집하는데, 정만식 씨가 대일본 제국에 협조하여 준 것에 대해 천황 폐하를 대신하여 감사를 드립니다."

"예, 예."

"그러나 정만식 씨도 알다시피 그 명목으로 소방대 기부금을 몇 년째 모집하여 왔는데… 아직 기부금이 많이 부족한 실정입니다. 아! 그래서 기금 모집 운동을 벌이는데, 시국 강연회와 함께 계몽연극 무대를 함께 만들어 보려고 합니다. 상부의 명령에 의하면, 민심을 독려하여 조선의 젊은이들을 황국신민의 자격으로 전쟁에 참여하라는 명령입니다. 어떻소?"

"예, 예."

만식은 후지하라가 기부금에 대한 치사를 한 것까지는 좋았는데, 시국 강연회와 민심 독려? 계몽연극 무대라니? 후지하라의 말을 떠올리며 순간 긴장한다. 머릿속이 멍해진다. 보자 보자 하니, 이제 와서는 조선 사람들을 이용하여 강제 징병, 징용을 독려하려는 악랄한 수법을 쓰고 있구나. 그런 생각을 떠올리니 속이 부글부글 끓어오른다. 조심스럽게 숨을 내쉰다.

"이인철이 친구입니까?"

갑자기 후지하라가 이인철을 들먹이자 고개를 들고 답한다.

"예, 친구입니다."

"이인철과 함께 계몽연극 무대를 준비하시오! 알겠소?"

인철과 함께 계몽연극 무대를 준비하라니? 정신이 갑자기 혼미해진다. 그럼 인철도 여길 불러 왔었단 말인가? 같은 일을 시킬 거면 인철이와 같이 부를 것이지, 왜 각각 불러서 의사를 묻는 것인지. 각자 불러 강압적으로 명령을 내려야만 하기 때문일 거라는 짐작은 간다. 아닌 밤중에 홍두깨라더니, 만식은 어안이 벙벙할 따름이다. 뜬금없이 계몽연극이라니? 뭐라고 대답을 해야 할지 머뭇거리기만 한다. 고개를 돌려 주재소 마당으로 눈을 돌린다. 자기네들이 일으킨 전쟁인데, 우리 보고 뭘 어떻게 하란 말인가? 만식도 화가 난다. 전쟁을 핑계로 징병이다, 징용이다, 각종 공출이다, 심지어는 어린 여자들까지 공장으로 취직시켜 준다고 꼬드겨서 일본으로 잡아가지를 않나? 후지하라 말을 무시해야 할지, 당장 못 한다고 말해야 할지, 아니면 징용, 징병으로 보내기 위해 옭아매려고 하는 후지하라의 수작은 아닌지, 뭐라고 답해야 할지 알 수가 없다. 후지하라는 굽신거리는 만식의 목소리를 기대했는데, 아무 대답이 없자 심통을 부린다. 대답을 듣지 못한 후지하라의 눈이 치켜 올라가면서, 그러잖아도 고약한 인상이 더 험악해진다.

"정만식이! 시방, 내 말을 무시하는 건가? 어째 대답이 없나?"

구둣발로 주재소 마룻바닥을 구르면서 소리를 버럭 지른다. 만식에게 겁을 줘서 무조건 복종하게 하려는 속셈이다.

"예, 예."

만식은 깜짝 놀란다. 허리를 굽히며 잔뜩 움츠린다. 후지하라에게 굽실거리며 대답을 할 수밖에 없는 처지다. 이건 부탁이 아니라 명령에 가깝다. 기분이 나쁘지만 할 수 없는 일 아닌가? 나라 잃은 백성의 설움이다. 어디 가서 하소연할 수도 없는 일 아닌가? 뭐라도 시키면 말없이 해야 하는 현실이다. 항의는 받아들여지지 않는다. 내가 싫다고, 할 수 없다고 해도, 할 수밖에 없지 않은가? 그런데 뭘 어떻게 하라고, 밑도 끝도 없다. 시국 계몽을 할 수 있는 계몽연극을 준비하라니, 난감하기만 할 뿐이다. 소금 전매 허가 얘기는 해 보지도 못하고 주재소를 나왔다.

인철과 만식이 장정지 당산나무 아래서 만났다.

"새로 차린 점방은 잘되냐?"

"응, 그런대로 자리를 잡아가고 있었는데… 요즘은 죽을 맛이야."

"무슨 일이 있나?"

"일본 사람, 야스다가 운영하는 점방 있잖아. 그 자식이 횡포를 부려. 치사한 새끼…"

만식은 화가 나서 욕을 해 댄다.

"우리 점방이 잘되니까. 소금 판매 독점을 무기로 즈그 점방에서 물건을 사지 않은 사람들에게 소금을 판매하지 않겠다는 거야. 이거 완전히 악랄해도 너무 악랄해서, 말이 나오지가 않는다니까."

"그런단 말이야?"

인철이 화가 나서 목소리를 높인다.

"그 자식이 그렇게 비열하고 악랄하게 나온단 말이야?"

"그렇다니까. 참으로 어이가 없어서."

"만식이 느그 점방 피해가 막심하겠구나?"

"그렇다니까. 이제 막 자리를 잡아, 기대를 했는데… 점방에 사람들이 오지 않으니까, 파리만 날리고 있다니까."

"그럼, 얼릉, 소금 판매 허가를 신청해야지."

"벌써 허가를 신청했지. 그란디, 그게 쉬운 일이냐고?"

"쉬운 일? 신청을 하면 당연히 허가가 나오는 거 아닌가?"

"판매 허가 신청을 했는데 소식이 없어서 관청에 들어가 담당자에게 항의를 했지. 그게, 그런데… 까다롭더라고. 허가권이 나오려면 우선 주재소에서 신분 조사서가 통과돼야 하나 봐. 일본인들에게만 소금 판매 허가권을 주려는 속셈이더라니까. 일본인들이 운영하는 점방에만 허가권을 주어서, 조선 사람들이 운영하는 점방에는 타격을 주려는 심보더라고…. 내가 며칠 전에 주재소에 불려 갔을 때, 후지하라에게 소금 판매 허가에 대해 말을 했는데도, 후지하라가 어떤 놈인지 너도 알잖아, 듣는 척도 안 하더라고. 엉뚱하게 전시 체제니까, 운운하면서 물건 값을 올리지 말라고 겁만 잔뜩 주더라니까. 같은 일본 놈들끼리는 방어벽을 쳐 놓은 거지. 조선 사람들이 운영하는 점방에는 허가를 내주지 말라고 한 거야."

"나는 그런 줄도 몰랐지. 그야말로 나쁜 새끼들이네. 천벌을 받을 놈들이네."

"미치고 환장하겠다니까."

"인철아! 후지하라가 말한 계몽연극 말인데, 구상은 해 봤냐? 요즘 그 일만 생각하면 답답해서 견딜 수가 없다. 잠도 안 오고."

"시간은 점점 가고, 나도 답답하기는 마찬가지야!"

"후지하라의 속셈을 잘 모르겠어!"

"그래! 그놈에게 무슨 꿍꿍이 속셈이 있을 거야! 우리에게 일을 시켜 보고, 마음에 안 들면 징병이나 징용을 보내려고 수작을 부리는 일인지도 모를 일이야."

"시국 강연회만 하면 그만이지, 계몽연극은 또 뭐냐고? 아무 언질도 없이 전쟁에 필요한 공출이다, 징병이다 하면서 주민들을 독려할 계몽연극을 준비하라고만 하니… 참…."

"계몽연극 준비를 잘해서 후지하라의 비위를 맞춰야 할 텐데, 걱정이다!"

"인철아! 대동아전쟁은 어떻게 되어 가고 있는 거야!"

"일본 놈들이 만주사변을 일으킨 것도 모자라 동남아 전체를 야금야금 삼키고 있는데, 그게 쉽지는 않을 거야! 연합군이 그리 호락호락 놔두지는 않을 거야! 언젠가는 연합국이 승리하는 날이 올 거야! 지금 봐라! 일본 놈들이 전시 체제니 뭐니 하면서 사상 교육을 시킨다고 하지만, 한편으로는 전쟁 물자가 모자라서 조선에서 나는 모든 것들을 공출해 가고 있잖아? 쌀을 비롯하여 각종 물품을 인천, 군산, 여수항 등 각 항구를 통해서 계속 공출하고도 모자라, 이제는 가마니며 새끼줄, 칡넝쿨, 심지어는 고구마 말린 것까지 공출을 하라 하지 않나, 각종 쇠붙이며 놋그릇까지 공출해 가고 있어. 천은골 산판에 벌목을 하고 있는 걸 보라고. 저놈들이 천은골 나무들을 몽땅 베어 가도 어느 누가 감히 시비를 걸지도 못하고 있잖아. 전쟁을 계속하려면 별별 걸 다 공출할 거야! 그런 식으로 공출해서 언제까지 버티겠냐고? 연합군을 절대 무시하면 안 되거든. 그야말로 일본이 자신만만해서 진주만을 폭격했지만, 미국이 일본을 가만두지는 않을 거야. 미국뿐만 아니라 연합국이 합세하여 일본을 가만두지 않을 거라고. 두고 보라니까."

만식은 인철의 얘기를 들으면서 일본 놈들이 언젠가는 망하기만을 바란다. 인철이 그래도 일본에서 대학을 다녀 국제정세에 일가견이 있음을 아는 만식은 그렇게 믿는다.

"지놈들이 별수 있어? 우리 민족을 이렇게까지 못살게 구는데, 언젠가는 지놈들도 천벌을 받아야지!"

"암! 그렇고 말고, 천벌을 받아야지!"

"인철아! 계몽연극 대본 잘 만들어 봐. 대금도 잘 불잖아. 너는 음

악에도 소질이 있고, 다방면으로 재주가 많잖아."

만식도 걱정이 돼서 하는 말이다. 후지하라만 떠올리면 걱정이 앞선다. 악랄한 후지하라가 또 무슨 일을 계획할지 모르기 때문이다. 사실 요즘 제일 무서운 것은 징병과 징용이다.

"글쎄다. 갑자기 연극 대본을 만들려니… 어디서부터 뭘 써야 할지 고민된다. 후지하라의 상판때기를 봐서는 그냥 넘어가지 못하게 생겼고, 어영부영하다가 제때 못 하면 명령 불복종으로 우리 둘 다 징병이나 징용으로 끌고 갈 테세니 참 고민이다. 그렇다고 누구에게 부탁할 수도 없는 노릇이고."

"그래. 유랑극단처럼 악기도 동원하고, 네가 잘하는 대금도 불고. 맞어! 네가 부르는 대금 소리만 있어도 분위기는 확 잡을 수 있을 텐데, 나팔이나 트럼펫은 못 부나?"

"유랑극단을 모집하는 일이 더 어려울 것 같아. 악기를 다루는 사람이 있어야 하잖아. 연극이야 극본을 만들어 연습하면 청중들을 사로잡을 수 있는 내용이면 될 것 같고, 악단이 문제네."

"인철아! 더 고민해 봐! 나보다는 네가 더 나을 테니까."

"그래, 함께 고민해 보자."

후지하라에게 불려 갔다가 온 인철과 만식은 고민이 이만저만 아닐 수 없다. 지시가 떨어졌으니 뭘 준비하기는 해야 할 텐데, 사나흘이 지나도 뾰족한 묘안이 떠오르지 않는다. 각 마을을 돌아다니며 사람들을 수소문해 악단을 모집한다. 악단 외에도 배우들을 모집해야 한다. 누구에게 연기를 하라고 시킨단 말인가? 주재소에 다시 찾아가서 못 한다고 해야 할지, 못 한다고 하면 당장 징병, 징용으로 끌고 갈 것이 분명한데….

만식이와 인철이가 고민은 하였지만, 계몽연극은 일본 순사들이 밀어붙이는 일이라 일사천리로 준비되어 간다. 여러 번의 검열을 거치고 후지하라에 의해 만들어지다시피 한 연극 대본이 단원들에게 전달된다. 이인철, 정만식, 연파리 성수환… 여자들을 포함하여 이십여 명의 배역들이 강제로 모집되고 역할도 분담됐다. 정만식이 성수환을 챙긴다.

"수환아! 애로 사항 있으면 나에게 먼저 말해."

"그럴께요."

연파리 같은 마을 후배라고 정만식이 성수환에게 말을 건넨다. 수환이도 마을에서 자주 보던 인철 형과 만식 형이 함께해서 다행이다. 준비에 준비를 거듭한 끝에 유랑극단도 꾸려졌다. 장터 군민회관에 밤마다 모여 연습을 한다. 연습 중에도 주재소의 순사들에게 연극 대본의 검열과 지도를 거친다.

후지하라가 연극 연습을 하는 현장에 나타났다. 멀찌감치서 그 장면을 바라보고 흐뭇한 미소를 지으며 고개를 끄덕인다. 후지하라는 시국 강연에 온통 신경을 쓰고 있는 모양이다. 시국 강연과 계몽 연극을 통해서 주민들을 자발적으로 징병과 징용으로 보내야 한다. 상부의 지시대로 많은 사람들에게 분위기를 조성해야 한다. 소방대 기금을 더 많이 각출하게끔 해야 한다. 각종 공출에도 박차를 가해

실적을 올려야 한다. 박기석 순사가 찾아와 수시로 연극 진행 상황을 체크하고, 후지하라에게 보고한다. 연극 단원들에게는 점점 부담으로 다가온다. 하기 싫어도 어쩔 수 없이 해야 한다. 단원들은 인철과 만식의 진두지휘 아래 성공적인 무대를 위하여 밤낮없이 움직인다. 무대에 연극을 올려 청중들을 사로잡아야 한다는 압박이 거세다. 인철과 만식은 새로운 고민이 생겼다. 대본은 주민들을 선동하는 내용인데, 놈들에게 이용만 당하는 것 같아서다. 눈물을 흘리는 신파극으로 주민들을 전쟁터에 나가도록 일본을 찬양하는 데 이용만 당해서는 안 되는 일이기 때문이다. 마음 같아서는 주민들에게 일제에 대한 반항심을 심어 주고 싶고, 애국심이 움트게 했으면 하지만, 그럴 수 없는 현실이 답답하기만 하다. 그러나 일사천리로 후지하라의 각본대로 연극은 진행되어 간다.

소, 돼지를 거간하는 가축전 공터에 가설무대가 설치되었다. 가설무대에서 리허설도 마쳤다. 시국 강연회 날, 배우들이 분주하게 움직인다. 얼굴에 분장도 해서, 얼핏 보면 누가 누군지 알아차릴 수가 없는 멋진 배우들로 변장을 했다. 가설무대에서는 유랑극단의 음악이 흘러나온다. 나팔 소리가 요란하게 울려 퍼진다.

따—라—라 라 라 라….

악단 소리에 의해 축제 분위기가 살아난다. 주민들이 가설무대 주위로 모여든다. 각 마을별로 시국 강연회에 강제로 동원된 주민들이다. 청중들의 흥을 돋우기 위해 악단의 음악 소리도 분위기를 점점 높여 간다. 여수옥의 정미가 오늘따라 양장으로 멋지게 차려입었다. 얼굴은 화장을 진하게 하였다. 정미가 악단에 맞춰 몸을 건들거리며 노래를 신나게 부른다.

쌍고동 울어 울어 연락선은 떠난다 잘 가소 잘 있소 눈물 젖은 손수건 진정코 당신만을 진정코 당신만을 사랑하는 까닭에 눈물을 삼키면서 떠나갑니다

"와!"

짝짝짝….

정미의 간드러진 노랫소리에 관중들의 박수 소리가 요란해진다.

뿌우 우·우·우·루 삘리리 삘힐리 삘— 우·우 우·우·루루 삐힐리 삘릴리 삘….

인철의 대금 연주가 시작된다. 청중들은 대금 소리에 넋을 잃고 소리에 빠져든다. 대금 소리야 말로 심금을 울리게 하는 마력이 있다.

"와! 좋다!"

짝짝짝….

노래와 연주가 끝나고 분위기가 고조되자 후지하라가 단상에 올라선다.

"에! 아!"

후지하라가 거드름을 피우며 강연을 시작한다.

"면민 여러분 안녕하십니까? 시대는 바야흐로 대동아전쟁에서 대

일본 제국이 천황 폐하의 은혜로 승승장구하고 있는 때입니다. 이제 대일본 제국이 동남아시아 모두를 제패할 날이 얼마 남지 않았습니다. 면민 여러분, 이럴 때일수록 공출에 솔선수범해 주시고, 젊은이들을 징병과 징용에 자발적으로 내보내어 천황 폐하의 은공을 갚아 나가야 할 때입니다."

목에 핏대를 세워 가며 연설을 마친다. 주민들은 우레와 같은 박수를 친다.

유랑극단의 음악 소리가 다시 시작된다.

따—라— 라 라 라 라….

유랑극단의 연주가 한창 진행되는 동안, 무대 연극은 바쁘게 움직이며 준비를 한다. 가수들의 노래가 계속 되고, 유랑극단의 무대가 끝난다.

드디어 연극 무대의 막이 오른다. 「어머니의 무덤, 동학란과 지나사변支那事變」이다.

때는 동학란이 일어나고 청·일 두 나라가 조선반도에 출병하여 싸움을 벌인다. 전쟁의 와중에 백성들은 초근목피로 근근이 먹을 것을 해결해야 하는 상황이다.

1부 1막이 열린다.

농촌의 한 가정집에 출산을 한 산모와 갓난아이가 울고 있다. 임신 중에 음식을 제대로 먹지 못한 산모는 산후 후유증과 이에 따른 합병증으로 누워 꼼짝을 하지 못하고 있다. 배가 고픈 갓난아이 울음소리는 점점 커진다. 울고 있는 아이를 아버지가 안아 달랜다. 배가 고픈 아이는 울음을 멈추지 않는다. 아버지는 누워 있는 산모에게도 물을 떠먹인다. 누워 있는 아내는 물도 제대로 삼키지 못한다. 누워만 있던 산모는 죽는다.

"아이고, 여보! 흑흑흑…."

남편이 죽은 아내의 시체를 붙들고 통곡을 한다. 관중들도 함께 울음을 쏟아 낸다.

"응애, 응애 응애…."

아이는 배가 고파 자지러지도록 계속 울어 댄다. 아버지는 우는 어린아이를 어르고 달래도 계속 울어 댄다.

"응애, 응애 응애…."

산모가 죽었다는 소문에 이웃 아주머니들이 집 안으로 들어와 한바탕 울면서 슬픔을 같이한다. 눈물을 훔치면서 울고 있는 불쌍한 아이를 본다. 아이가 배가 고파 누워서 발버둥을 치며 울고 있다. 배가 고파 우는 아이를 보고 눈물을 흘린다. 아주머니들이 불쌍한 아이를 안고 젖을 먹인다. 갑자기 홀아버지 신세가 된 아버지는 아들을 살리려고 젖동냥을 다닌다. 그 모습에 이웃들은 불쌍해서 아이에게 젖을 물린다. 젖 대신 미음을 챙겨 주기도 하고, 아버지의 밥을 챙겨 주기도 한다. 아이는 동네의 아이가 됐다. 동네 사람들은 아이가 지나갈 때마다 챙긴다. 머리를 쓰다듬어 주기도 하고, 먹을 것을 한 아름 챙겨 주기도 한다. 아이는 무럭무럭 자란다. 아이는 제법 커서 아버지와 함께 걷는다.

1부 2막이 열린다.

동학란이 일어나자 아버지는 동학군에 가담한다. 동학군은 관군을 물리치고 승승장구하여 만세를 부른다. 동학군의 기세가 등등하다. 동학란이 거세지자 관군과 일본군이 합세하여 동학군을 공격한다. 동학군은 궁지에 몰린다.

탕 탕 탕….

농기구로 겨우 무장을 한 동학군은 일본군의 총탄에 맞아 쓰러진다. 총격에 쓰러져도 동학군들의 기세는 꺾일 줄 모른다.

"돌격 앞으로!"

아이의 아버지가 앞장서서 공격을 주도한다. 동학군들이 계속해서 함성을 지르며 공격을 한다.

"와!"

탕!

아버지가 총상을 입는다. 아버지가 피를 흘리며 고통에 몸부림친다. 일본군들에 의해 동학군이 처절하게 죽어 간다. 일본군들은 승리의 기쁨으로 만세를 부르며 함성을 지른다.

"와!"

일본군들은 조선에서 영웅이 된다.

1부 3막이 열린다.

동학란이 잠잠해지고 부상을 입은 홀아버지는 지팡이를 짚고 절뚝거리는 신세가 된다. 이제는 반대로 어린 사내아이가 밥 동냥을 다닌다. 사람들이 불쌍해서 아이에게 밥을 바가지에 듬뿍 담아 준다. 바가지에 동냥하여 얻은 밥을 가지고 집으로 돌아와 홀아버지를 거둔다.

부상을 입은 홀아버지와 사내아이가 어머니의 무덤 앞에서 풀을 뽑으며 눈물을 흘린다.

"어멈! 내가 왔소! 젖동냥을 해서 어렵게, 어렵게… 서럽게… 흑흑흑… 눈물로 키운 아들이 이제 전쟁 통에 부상당한 홀애비를 위해 밥 동냥을 해서 살아가고 있소! 부디 아들이 계속 잘되게 하늘에서 돌보아 주게나…. 흑흑흑…."

"어머니! 아들이 왔습니다! 저는 괜찮으니까 전쟁에서 부상당한 우리 아버지를 하늘나라에서라도 잘 보살펴 주십시오! 흑흑…."

"이놈의 팔자가 이리도 기구하단 말인가?"

아버지의 하소연에 청중들은 눈물바다가 된다. 홀아비의 눈물에… 사내아이의 눈물에… 청중 모두가 슬픔에 젖는다. 청중들은 슬픈 나머지 훌쩍거리며 운다. 배우도 관객도 함께 운다.

짝짝짝짝짝짝….

청중들의 박수 소리와 함께 무대의 막이 내린다. 청중들은 고개를 끄덕이며 연극에 대한 감상을 서로 이야기한다. 후지하라도 일어서서 크게 박수를 친다. 얼굴에는 미소가 번진다. 연극 내용은 청중들의 눈물샘을 자극하는 것보다는, 동학란을 제압한 일본군의 조선에서의 승리의 만세를 드러내고자 했던 후지하라의 속셈이 대성공을 거둔 것이다.

2부 막이 다시 열린다.

세월이 흘러 그 아들이 장성하였다. 일본은 조선의 젊은이들을 전쟁터로 보내기 위해 강제 징병을 한다. 아들이 늠름한 모습으로 군복을 입고 전장으로 향하는 길이다. 환송식이 열리는 역전, 출정식을 하기 위해 악기 연주로 팡파르가 울린다. 출정식에 참석한 사람들의 기분을 북돋운다. 행진곡이 울려 퍼지며, 군복을 입은 청년들이 발 맞추어 행진한다. 구례구역 광장은 사람들로 북새통이다. 지휘관이 당당하게 행진하는 젊은이들을 향해 소리를 지른다.

"천황 폐하께 충성하는 일은 전쟁에 참가하는 일입니다."

역전 광장에 모인 사람들이 박수를 친다. 일장기를 흔들어 댄다. 전쟁터로 가는 아들들을 전송하는 장면이다. 군복을 입은 젊은이들이 늠름하고 자랑스러운 모습임을 강조하는 것이다. 일장기를 흔들면서 가족들은 눈물의 전송을 한다. 그 눈물 속에는 슬픔과 원망이 뒤범벅되어 있다. 환송식에서 지휘관이 연설을 한다.

"군민 여러분! 천황 폐하께 충성스럽고, 자랑스러운 아들들입니다. 조선의 젊은이들이 세계 평화를 위해서 당당하게 나섰습니다. 늠름한 젊은이들에게 장도를 축하해 주십시오."

목에 핏대를 세운다. 일장기를 흔들며 출병하는 젊은이들이 국가에 충성하는 일이 최고라며 치켜세운다. 축하하는 환송연이 끝나자 다시 팡파르가 울리며 젊은이들이 행진을 하며 무대 뒤로 사라

진다. 무대 위로 출연진들이 모두 나와서 일장기를 흔들면서 연극이
끝난다.

짝짝짝짝짝짝….

청중들은 박수를 계속치고 있다.

무대 연극을 바라보는 후지하라의 눈초리가 매섭다. 연극을 제대
로 하고 있는지 감시하는 눈빛이다. 연극이 끝나자 관중들의 박수
소리가 요란하다. 후지하라도 일어서서 박수를 친다. 고개를 끄덕인
다. 연극에 만족해하는 눈치다. 연극을 마친 출연 배우들이 모두 무
대에 나와서 고별인사를 한다. 청중들의 박수 소리가 그칠 줄 모른
다. 연극이지만 구경하는 사람 모두 박수를 치다보니, 출병은 영웅
시되어 가는 분위기다.

연극이 성공리에 끝나고 청중들도 모두 돌아간 무대는 고요하다.
후지하라와 청중들에게 박수를 받은 연극이었다. 대원들도 모두 돌
아가고 인철과 만식이만 남았다. 인철과 만식은 풀이 죽어 있다. 둘
다 말없이 침묵만 흐른다. 단원 모두가 후지하라의 감시에 무대에서
땀을 흘리지만, 맘 같아서는 어떤 핑계를 대서라도 연극을 그만두게
해야 한다. 계몽연극을 통해서 우리 동포들을 대동아 전쟁터로 내
모는 일이 영 탐탁치가 않다. 양심상 허락할 수 없는 연극이다. 마
음 한구석에 반항심이 솟구친다.

"오늘은 별 탈 없이 마무리가 됐는데, 이 연극을 계속해야 하나?"

인철이 먼저 말을 꺼낸다.

"후지하라가 마을마다 돌아가면서 청중들을 동원할 텐데… 시국 강연회와 계몽연극을 계속해야 할 거야."

만식도 인철의 말을 받아 주면서도 말끝을 흐린다. 인철이 몰라서 그러는 게 아니라는 걸 안다. 속으로는 만식도 이런 계몽연극은 주민들의 징병이나 징용을 독려하는 것임을 안다. 후지하라의 계략에 동원되고 있는 것이다.

"…"

"만식아! 우리가 후지하라의 독촉에 연극을 하지만… 이대로 계속해서는 양심상 허락할 수가 없는데… 너 생각은 어떠냐?"

인철이 먼저 만식에게 머뭇거리면서 속마음을 얘기한다.

"인철이 너도 그런 생각을 가지고 있었구나! 나도 그래. 나도 어쩔 수 없이 연극을 하지만 우리 동포들에게 징병을 부추기는 일 같아서 영 내키지가 않아…"

만식과 인철이 서로의 얼굴을 쳐다본다. 똑같은 생각을 가지고 있다는 것을 확인한다.

"너도 그렇지. 나도 며칠 동안 고민을 많이 했어. 만식이 너는 어떻게 생각하고 있는지? 이 일을 어떻게 해야 할지 고민을 하고 있었거든."

"무슨 방도가 없을까?"

"그래 잘 생각해 보자고. 이대로 우리 속마음을 대원들에게 함부로 말할 수도 없는 노릇이고, 만약에 우리가 고의로 연극을 무대에 올리지 않는다면 후지하라가 가만히 안 둘 거야."

"어떻게 하면 좋을까?"

"글쎄…."

"후지하라가 눈치 안 채게 해야 하는데…."

만식과 인철이 연극을 어떻게 해서라도 올리지 못하도록 막아야 하는 판국이다. 한참을 고민하며 말이 없다.

"방법은 연극 대원들이 아파서 누워 버리든지, 도망을 가는 수를 써야 될 것 같아."

인철이 비장한 각오로 얘기를 꺼낸다.

"그래? 우리가 그런 핑계를 댄다고 해도 후지하라에겐 통하지 않을 거야. 그렇지만, 그런 방법으로라도 연극을 무대에 올리는 일을 막아야 돼."

만식이 역시 인철과 어떻게 해서라도 무대에 연극을 올리지 못하도록 하고 싶다.

"우리 대원들에게도 피해가 가지 않도록 핑곗거리를 만들어서, 계몽연극을 아예 하지 못하도록 만들어야 해. 우리가 고의로 방해하는 걸 들키기라도 하면, 우리 모두를 징병으로 보내 버릴지도 모를 일이다."

"후지하라는 그러고도 남을 놈이야. 조심해야 돼."

인철이 성수환과 골목길에서 마주친다. 사람들 눈에 띄지 않게 주위를 살피며 골목 깊은 곳으로 데리고 간다. 귓속말로 설명을 한다. 수환이 놀라는 표정이다.

"수환이 너는 어떻게 생각해?"

"…"

수환이도 말없이 고개만 숙이고 있다.

"지는 형님들 하는 대로 따르겠습니다."

수환이 어렵게 말을 꺼낸다. 인철과 수환이 골목길에서 헤어진다.

인철과 만식이 만나는 대원들마다 이런 의도를 귓속말로 전달한다. 몇몇 대원에게서는 눈빛으로 의견을 확인한다. 다른 사람들이 눈치채지 못하도록 해야 한다. 전 대원들에게 알리는 것은 위험한 일이다. 대원들 중에 비밀을 폭로하거나 밀고라도 하는 날에는 큰일 날 일이기 때문이다. 만약에 발각되기라도 하면, 대원들에게도 피해가 갈 건 뻔한 일이다. 후지하라가 가만 놔두지 않을 일이다. 연극 내용이 맘에 들지 않지만, 대본을 바꿔 연극을 할 수는 없는 노릇이다. 연극이 계속되지 못하도록 작전을 짜야 한다.

마을별로 시국 강연회에 주민들이 강제로 동원된다. 후지하라는 주민들을 상대로 강연을 하고 강연이 끝나면 유랑극단의 음악 소리가 요란하게 울려 퍼진다. 이어서 무대에 연극의 막이 올라야 할 때다. 시간이 계속 지나가지만, 무대에는 배우들이 올라오지 않고 있다. 연극을 기다리던 청중들이 웅성거리기 시작한다. 청중들의 웅성거림은 점점 더 커진다. 후지하라가 눈을 찡그린다. 박기석 순경이 후지하라의 얼굴을 보고 안절부절못한다. 박기석이 후지하라 옆으로 달려가자 후자하라가 노발대발한다. 박기석이 어쩔 줄을 모르고 후지하라에게 허리를 굽신거리며 지시를 받는다. 무대 뒤로 부리나케 달려갔던 박기석이 후지하라에게 달려온다. 귓속말로 박기석의 보고를 받은 후지하라의 얼굴이 일그러진다. 후지하라가 자리를 박차고 일어나 화가 난 걸음으로 나가 버린다. 인철이 그 광경을 먼 발치에서 바라본다.

만식을 비롯한 여러 명이 열병으로 누워 버렸다는 것이다. 몇몇 대원들은 아예 공연장에 나오지 않았다. 무대에 연극을 올릴 수 없게 만들어 버렸다.

박기석 순경이 무대 뒤로 달려온다. 박 순경을 발견한 인철이 앞으로 다가온다.

"대원 여러 명이 나오지 않았습니다."

"이유가 뭡니까?"

박 순경도 놀란 얼굴이다. 이 중요한 시점에 연극을 건너뛰어 버렸으니 후지하라의 보복이 만만찮을 것을 예감이라도 하는 것일까.

"글쎄요? 아직 이유를 모르겠습니다. 단원들이 아파서 누웠다는 전갈을 받긴 했습니다만…."

인철도 후지하라가 노발대발하리라는 예상을 했던 터라 그가 눈치채지 않도록 담담하게 박 순경을 대한다.

"안 나온 단원들에 대해서 알아보고, 빨랑 보고 하시오!"

박기석이 화난 목소리로 소리를 지르며 나간다. 후지하라의 심기를 건드렸으니, 주재소도 이제 초비상이 걸렸다. 박기석이 급하게 나가다 말고 다시 돌아온다.

"후지하라 소장님이 매우 화가 난 상태입니다. 이 일을 어쩔 셈입니까?"

"죄송합니다."

인철이 박기석이 눈치채지 못하도록 태연하게 말한다.

"지금 시국이 긴박한 시기인데. 사전 예고도 없이 이런 일이 벌어지면 어떡하라는 겁니까? 햐! 나! 이거!"

못마땅한 표정을 하며 박기석이 나간다. 대원들이 나가는 박 순경에게 묵례를 한다.

인철과 만식이 주재소에 불려 들어간다. 대원들도 차례로 주재소에 불려 들어간다. 주재소에 들어가 경찰들의 조사에 답한다. 한 번으로 끝나지 않고 여러 번씩 불려 간다. 다음 시국 강연회에도 무대 연극은 무산되었다. 그들 중에는 산으로 몸을 숨긴 대원들도 있다. 어차피 주재소에서 취조를 당하느니, 차라리 지리산으로 도망을 친 것이다. 그렇지 않으면 당장 징병, 징용으로 끌려가리라 예상하고 미리 몸을 숨긴 것이다.

四

징병 徵兵,
징용 徵用

1. 징병

박기석 순경과 함께 허리에 긴 칼을 찬 후지하라가 이대길 대문에
들어선다. 이들을 발견한 김 서방이 먼저 달려가 허리를 굽히며 깍
듯이 인사를 한다. 김 서방의 발걸음이 빨라진다. 서둘러 안채 쪽으
로 향한다.

"대감마님!"

김 서방이 다급하게 이대길을 부른다. 이대길이 안방에서 방문에
부착해 놓은 유리 창문으로 마당을 내다본다. 김 서방 뒤에는 순사
들이 집 안으로 들어서고 있다. 웬 순사들이지? 이대길이 급하게 일
어나 방문을 열고 나간다. 마당에 서 있는 사람은 주재소 소장인 후
지하라가 아닌가? 가슴이 덜컥 내려앉는다. 후지하라가 이대길 집

에까지 올라오다니 이게 무슨 일이란 말인가? 이대길이 마루에서 마당으로 급하게 내려온다. 신발을 제대로 신었는지도 모를 정도로 서둘러 내려온다. 이대길이 후지하라와 박기석 순경을 맞이한다. 허리를 절반으로 굽혀 깍듯이 인사를 한다. 한참을 고개를 숙이고 있다가, 그야말로 천천히 허리를 펴면서 일어선다. 그래야만 후지하라에게 공손한 모습을 보여 줄 것만 같다. 후지하라가 허리를 굽혀 인사하는 이대길을 지켜본다.

"아이구, 소장님. 어서 오십시오!"

이대길이 후지하라의 눈치를 살핀다. 후지하라가 거만한 투로 인사를 받는다.

"안녕하시므니까?"

후지하라의 갑작스런 방문에 이대길은 안절부절못한다. 때가 때인 만큼 일본 순사만 보면 가슴이 '쿵' 하고 내려앉는 기분이다. 심장이 벌렁거려 온다.

"아이고, 이렇게 날씨도 더운데 새뜸 몰랑(언덕)을 올라오시느라 고상이 많으셨습니다. 더운데 마루로 올라가시지요."

후지하라는 이대길의 권유에도 못 들은 척 이리저리 딴 곳을 둘러본다. 몸을 돌려 중방들을 바라보며 확 트인 풍광을 즐긴다. 후지하라가 고개를 돌려 박 순경에게 눈짓을 한다. 박 순경이 후지하라의 눈짓에 따라 사랑채 뒤로 발길을 옮긴다. 박 순경이 후지하라의 지시대로 움직이기 시작하자마자, 이대길도 마당에 있던 김 서방에게 따라가 보라는 눈짓을 한다. 김 서방이 박 순경의 뒤를 따른다.

박 순경은 집 안 곳곳을 훑어보며 집 안에 뭐가 있는지를 찾기에 혈안이 되었다. 사랑채와 행랑채와 안채 뒤편까지 돌아다닌다. 집안에 쇠붙이가 될 만한 것들을 찾으면 공출에 협조하라고 협박을 가하기 위한 것이다. 후지하라와 박 순경이 작정하고 이대길의 집에까지 올라온 영문을 모르기 때문에 애가 더 탄다. 이대길이 고개를 숙이며 후지하라의 동태만 살핀다. 한참을 머뭇거리다가 못 이기는 척, 후지하라는 마당에서 계단을 오르고 댓돌까지 오른다. 이대길에게는 관심이 없고 계속 두리번거리다 곧바로 뒤돌아선다. 후지하라가 훤히 트인 중방뜰을 바라보면서 감탄사를 쏟아 낸다.

"화! 그러고 보니 이 상네 집 경치가 무척이나 좋스므니다. 여기서 보니 중방뜰이 한눈에 확 들어와 버리는구만요. 마당에서 중방뜰을 바라볼 때와는 또 다른 세상이 보입니다. 화! 여기 이상 집이 이렇게 훤하니 경치가 좋은 줄 몰랐스므니다. 그야말로 명당자리입니다."

후지하라는 경치에 감탄을 한다. 마당에서 중방들을 볼 때와 마루 댓돌까지 올라와서 바라보는 중방들은 또 다른 느낌이다.

"원, 별말씀을요. 아따 더운데 자, 차라도 한잔하시게, 요기 마루로 올라와 앉으시랑깨요!"

다시 한번 깍듯이 자리를 권한다. 뜰방에서 거드름을 피우던 후지하라는 이대길의 권유에 마지못해 신발을 신은 채 비스듬히 엉덩이만 마루에 걸터앉는다.

"하! 중방들이 훤하게 보이는데 경치가 무척이나 좋스므니다."

후지하라는 중방들이 한눈에 들어오는 경치를 감상하느라 눈을 떼지 못한다.

"저희 집은 처음이시죠? 아따! 그나저나 고상이 많으십니다. 매일 업무가 바쁘실 텐데, 저희 집까지 왕림해 주시고 몸 둘 바를 모르겠습니다."

이대길은 말을 하면서도 후지하라의 눈치만 살핀다. 후지하라가 이대길 집에까지 찾아 올라온 데는 무슨 꿍꿍이가 있는 게 분명하다. 돈을 기부하라 하면 여러 사람을 주재소로 함께 부르든지, 면사무소 면장실로 함께 부를 텐데…, 오늘은 그것도 아니고 이대길의 집에까지 쳐들어왔다. 이대길이 먼 산만 계속 바라보고 있는 후지하라의 눈치를 보면서 조심스럽게 운을 뗀다.

"저… 저희 집에 무슨 볼일이라도 있으시당가요?"

이대길이 살갑게 말을 건넨다. 후지하라는 묵묵부답이다. 이대길은 올 것이 오고야 말았구나 하고 짐작하면서도, 후지하라의 방문이 못마땅하다. 티를 안 내고 무슨 얘기가 나올지 기다릴 뿐이다. 면사무소 직원을 통해서 여러 번 들은 얘기지만, 징병 대상자들을 일본 순사들이 악랄하게 잡아가고 있다는 소리를 들었다. 징병 통지서를 남발하여 청년들을 잡아들이더니, 급기야는 결혼한 사람들에게까지도 마구잡이로 징병 통지서를 남발한다는 것이다. 어떻게 하든 조선 사람들을 징병으로 보내야 하는 일본 순사와 조선 사람들의 밀고 당기는 싸움 같긴 하지만, 일방적으로 당하는 조선 사람들로서는 어쨌든 징병을 피해야만 하는 상황이다. 다섯 명의 아들이 있는 이대길 집에서는 피할 수 없는 일이다. 아직까지는 그동안의 재력으로나, 이 마을의 지명도를 봐서라도 아들들을 강제로 징병으로 보내지는 않았다. 그동안에는 이대길을 봐서라도 사정을 봐주는 듯했다. 이대길이 가족들을 살리기 위해 면장에게 아무도 모르게 뇌물을 가져다주었다. 의용소방대를 조직하는 데도, 황국신민 행사가 있을 때에도 기부금조로 돈을 내놓아 주재소장에게 환심을 얻었다. 하루아침에 모월 모시에 어디로 집합하라는 통지서 하나로 모든 것이 끝장나는 시대를 살고 있지 않은가?

"음, 내가 바빠서므니 오늘은 여기서 간단하게나마 이상에게 말해야겠스므니."

마루에 걸터앉았다가 바로 일어선다.

"조선 사람들도 황국신민으로서 모두가 나라를 위해 나서고 있지 안쓰므니까? 이 집 아들이 몇 명이죠?"

"예, 저…."

이대길은 차마 본인 입으로 다섯 명이라고 얘기를 못 하고 머뭇거린다.

"이 상이, 우리 대일본 제국에 많이 협조한 줄 잘 압니다. 의용소방대를 조직하고, 뒷동산에 거대한 오포대 철탑을 세우는 일에도 많은 기부금으로 협조를 해 줘서 소방 관련 업무가 잘 돌아가고 있습니다. 요번에는 천황 폐하를 위해 이 집 아들들도 국가 총동원령에 협조해야 하겠스므니. 이 상에게는 아들이 다섯 명씩이나 있지 않습네까?"

아들 숫자까지 정확하게 들먹인다. 이대길은 가슴이 덜컥 내려앉는다.

"아, 예… 그러긴 한데, 아직 어린 것들도 있고…"

기어들어 가는 소리로 말을 길게 하지 못하고 그만 얼버무린다. 후지하라는 이대길을 단번에 제압하려 든다.

"아, 이 상도 잘 알다시피 이번에는 이 집 아들들을 꼭 대일본 제국의 군인으로 보내야 합니다. 상부의 지시도 있고… 이번에는 꼭 보내야 합니다."

이대길의 의견은 들으려 하지도 않고 일방적으로 말한다. 후지하라가 이번에는 기필코 이대길의 집에서 한 명이라도 징병徵兵을 보내려는 속셈으로 올라온 것이다. 그나마 이대길의 체면을 봐서 직접 들른 것이다. 그동안 이대길이 많은 일에 돈을 기부한 것을 참작하여 마음을 써서 찾아와 알리는 것이다. 또 소문으로만 듣던 이 집을 와 보고 싶기도 했다. 이렇게라도 징병에 대한 강한 뜻을 전하는 것이다.

"자, 그럼 바빠서 이만."

후지하라가 저벅저벅 대문을 향해 걸어간다. 이대길이 후지하라 뒤를 졸졸 따라가 보지만, 뒤도 돌아보지 않고 이대길 집을 나가 버린다. 박기석 순경도 그 뒤를 졸졸 따라 뒤도 돌아보지 않고 나가 버린다.

"살펴 가십시오."

이대길이 대문을 나가고 있는 순사들 뒤에다 대고 허리를 숙여 인사를 한다. 면사무소를 통해서 징병 통지서를 보내면 되는 일이지만, 후지하라가 이대길 집에까지 올라와 이대길 면전에서 징병 얘기를 꺼낸 것은 진작부터 작정했던 일이다. 이대길이 그동안 공들였던 업적이고 나발이고 아무 쓸모가 없게 되어 버린 기분이다. 이번에는 어찌할 방법이 없다는 걸 안다. 후지하라의 방문은 징병 통지서를 통보한 것이나 다름없는 일이다. 이대길은 다리에 힘이 쭉 빠져 버리는 느낌이다. 순간적으로 현기증이 몰려와 비틀거린다.

"대감마님!"

김 서방이 놀라서 달려와 쓰러지려는 이대길을 부축한다. 이대길이 가까스로 정신을 차리지만 온몸에 힘이 없다. 몸이 말을 듣지 않는다. 김 서방의 부축을 받으며 천천히 걸음을 옮기는 이대길을 집 안 사람들이 안타까운 모습으로 바라본다. 집 안은 찬물을 끼얹은 듯 갑자기 냉랭해진다. 절골댁이 뒤늦게 달려 나와 이대길을 부축하여 안방으로 올라간다.

이대길이 화병으로 누워 버렸다. 절골댁이 정성스럽게 간호를 한다. 찬물에 수건을 꼭 짜서 이마에 올려놓는다. 이대길은 누워 있으면서도 곰곰이 생각에 잠긴다. 화를 삭이지 못하고 초조해서 견딜 수가 없다.

이 집 저 집 온통 징병으로 끌려갔다는 소문만 무성하다. 힘없는 조선 사람들이 위기를 피해 갈 수는 없다. 아들 중에서 누굴 징병으로 보내야 한단 말인가? 제일 먼저 걱정되는 놈이 큰아들 인철이다. 장손인 인철을 전쟁터로 보내야 할 판이다. 몸도 성치 않은 놈을 보낼 수는 없는 일이다. 열 손가락 깨물어서 안 아픈 손가락이 있겠는

가마는 인석, 인수, 인영, 어린 인호까지 아들 다섯이 머릿속에서 뱅뱅 돈다. 인철은 결혼해서 처자식이 있는 몸이고, 부상까지 당하지 않았는가? 인석은 사회성도 부족하고 몸까지 성하지 않다. 그런 아이에게 군대라니…, 인수를 떠올린다. 그중에 제일 만만한 게 인수인데, 인수는 이제 막 중등학교를 졸업해서 취직을 해야 하는데, 뭐라고 말을 해야 할지? 인영은 김 서방을 도와 집안일을 거의 도맡아 처리하고 있다. 많은 일꾼을 거느리고 농사일을 해내고 있다. 아들들을 한 명씩 생각하다가, 그래도 인수를 꼽을 수밖에 없는데, 뭐라고 입을 떼야 할지 머리가 점점 무거워질 뿐이다.

"휴우."

긴 한숨이 저절로 나온다. 다시 생각에 잠긴다. 한 놈씩 다시 떠올려 봐도 모두 맘에 걸리고 사정이 있긴 마찬가지다. 이대길은 안방에 들어와 앉아 긴 담뱃대만 빨아 대고 있다. 초조한 기색이 역력하다. 대홍수 때, 면사무소며 주재소가 폭삭 내려앉아 버렸을 때 후지하라의 환심을 사기 위해 새로 건물을 짓는 데 필요한 엄청난 양의 나무를 기증했다. 의용소방대가 조직되고, 뒷동산에 오포대 철탑을 세울 때도 후지하라의 눈치를 봐 가며 기부금을 냈던 생각만 자꾸 맴돈다. 이제와서는 모두 소용없는 일이 되어 버렸다. 후지하라에게 뒤통수를 한 대 얻어맞은 기분이 든다. 생각하면 생각할수록 분통이 터질 뿐이다.

"이놈들! 이 괘씸한 놈들!"

곰방대로 애꿎은 담배 재떨이만 계속해서 내리친다.

탕탕탕….

놋쇠 재떨이 소리가 요란하게 울린다. 속에서는 천불이 올라온다. 달리 방도가 없는 일이라는 걸 안다. 곰방대에 다시 담배를 꾹꾹 눌러 채워 담고 담뱃불을 붙인다. 담배 연기가 방 안에 가득 찬다. 인철이를 도피시킨다고 해결될 일이 아니다. 인철이를 도피시키면 줄줄이 있는 자식 중에서 누구라도 내놓으라고 할 것이 아닌가? 돈을 준다고 해 볼까? 돈을 준다면 얼마를 준다고 하지? 후지하라가 집에까지 찾아온 걸 보면, 이번에는 돈으로도 안 통할 것 같은데 어떻게 해야 할지 고민이 깊어진다.

벌떡 일어나 외출할 채비를 한다. 돈 봉투 두 개를 안주머니에 챙겨 넣고 안방을 나선다. 이대길이 면사무소로 들어가 조원술 면장과 인사를 나눈다. 면장에게 자초지종을 이야기한다. 조원술 면장은 이대길의 이야기에 먼 산을 바라보며 외면하는 눈치다. 면장도 안타까운 사정이야 알지만, 이 시국에 어쩔 수도 없는 노릇이다. 이대길의 부탁을 거절하고 싶은 심정이다.

"면장님, 잘 좀 부탁드립니다."

"사정이야 딱하지만… 힘은 써 보겠습니다만…."

말끝을 흐리며 어떻게 해 보겠다는 확답은 하지 않는다. 이대길은 속이 타들어 간다. 면장과 이야길 나누고 일어서면서 귓속말을 건넨다. 면장이 알았다는 듯 고개를 끄덕인다. 돈 봉투 두 개를 꺼내 면장 옷 주머니에 슬며시 넣어 준다. 순식간에 이루어진 일이다. 싫어하지는 않는 눈치다. 기관장들끼리 자주 만나니까, 후지하라에게 부탁을 대신 해 보라는 심산이다. 돈 봉투 한 개는 면장 몫이고, 다른 하나는 후지하라 주재소장의 몫이다. 면장이 이대길을 대신해서 후지하라에게 돈 봉투를 전해 주기를 바랄 뿐이다. 면장이 돈 봉투 두 개를 몽땅 챙기지는 않으리라 믿는다. 이대길이 후지하라를 직접 만나 돈 봉투를 전해 주고 싶지만 용기가 나지 않는다. 후지하라가 면전에서 강하게 거절하기라도 한다면, 일이 어그러질 수도 있다. 속수무책으로 당하고만 있을 수는 없는 일이다. 이대길이 면장에게 고개를 숙여 인사를 하고 면장실을 나온다. 후지하라가 집에까지 다녀간 후라서, 하루라도 빨리 면장의 힘을 빌려 은밀하게 부탁을 하는 것이다.

면장을 만나고 난 후에도 며칠째 아무 소식이 없다. 밤이 깊었다. 이대길은 잠이 오지 않는다. 면장에게 손을 좀 써 달라고 부탁을 했지만, 면장이 나선다고 마음먹은 대로 잘 될지? 면장 역시 어려울 텐데, 괜한 부탁을 한 것은 아닌지? 직접 후지하라를 찾아가서 돈 봉투를 내밀었어야 되는 일이 아니었는지? 징병 대상에서 우리 집만 피해 갈 수가 있을런지? 후지하라 그놈의 괴팍한 성미가 자꾸 떠오른다. 후지하라가 미워서 화가 풀리지 않지만, 할 수 없는 일이다. 밤이 새도록 방 안의 초롱불 심지가 꺼지지 않는다. 깊은 밤 대밭에서는 스산한 바람이 분다. 고요하고 적막감이 감도는 집 안 분위기를 더욱더 휑하게 만든다. 이를 어쩔 것인가? 이 일은 어쩌란 말인가? 아무리 고민하고 묘안을 짜내려 해도 방법이 없음을 안다. 나라 잃은 백성의 설움이 이런 것이란 말인가? 장죽의 담뱃대만 뻑뻑 빨면서 긴 밤을 지새우고 있다. 자식을 징병으로 보내야만 하는 아비의 마음은 심란하기만 할 뿐이다.

징병徵兵 통지서가 배달되었다.

화가 난 이대길이 징병 통지서를 들고 방 안을 두리번거린다. 화를 삭일 수가 없다. 가슴이 터질 것만 같다. 이대길이 징병 통지서를 챙겨 집을 나선다. 다시 면사무소로 발걸음을 옮긴다. 면장실로 들어가려 하자 면장실 문은 굳게 걸어 났다. 면장도 징병 통지서 때문에 많은 사람이 수시로 찾아오는 바람에 입장이 곤란하여 미리 자리를 피해 버렸다. 면장을 만나지 못하자 징병 담당 직원을 찾아간다. 양준기가 서류를 정리하다 말고 이대길이 서 있는 것을 발견한다. 양준기가 일어서서 인사를 한다. 이대길은 양준기의 인사가 달갑지 않다. 어떻게 된 일인지? 어떻게든 떼를 써서라도 아들 징병을 피해 보려는 속셈이다.

"자네… 이게 어떻게 된 일인가?"

이대길이 징병 통지서를 탁자 위에 툭 던져 놓는다. 이대길이 양준기에게 달려들 기세다. 양준기가 탁자 위에 놓은 서류를 보자 미간을 찌푸린다. 요즘 들어서 징병 통지서를 들고 찾아오는 사람들이 많아 양준기도 지칠 대로 지친 상태다. 징병 통지서를 들고 와서는 다짜고짜 양준기에게 따지는 일이 부쩍 잦아졌다. 양준기가 징병을 보내는 것도 아니고, 단지 면서기로서 징병 담당을 맡았을 뿐이건만, 면민들이 마치 양준기가 징병을 보내기라도 한 것처럼 따지고 드는 것이다. 하루에도 서너 명씩 찾아와 따지기 때문에 이골이 난 상황이다.

"어르신, 지는 상부의 지시대로 안내장을 보냈을 뿐입니다."

양준기도 이대길에게 퉁명스럽게 대꾸한다. 이대길은 다짜고짜 양준기를 노려보고 있다. 양준기는 지푸라기라도 잡는 심정으로 찾아온 이대길에게 사무적인 말투로 대한다. 면장에게 은밀히 부탁을 했는데도, 양준기가 사무적으로만 대하는 모양에 불길한 생각이 든다. 면장이 양준기에게 아무런 지시를 내리지 않았다는 얘기 아닌가? 아니면, 양준기가 면장의 지시를 듣고도 모른 척하는 수도 있고… 이대길은 그동안 돈 봉투만 은밀하게 내밀면 웬만한 모든 일이 해결됐었는데, 이번에는 안 될 것 같은 예감이다.

"그래도 그렇지! 자네가 이럴 수 있는 건가?"

이대길은 양준기의 말을 들으려고도 하지 않는다. 양준기도 이대길이 본인의 말을 귀담아들으려 하지 않자, 노골적으로 사무적인 답변만 한다.

"어르신! 제가 한 일이 아니랑깨요. 상부에서 지시해서 저는 시키는 대로 했을 뿐이랑깨요. 이제 징병 통지서가 나갔응깨로, 어떻게 할 수가 없는 일입니다."

양준기도 변명 아닌 변명을 늘어놓으며 어르신이고 나발이고, 사정을 봐줄 수 있는 상황이 아님을 강하게 항변한다. 양준기의 항변에 이대길도 멈칫한다. 면서기들에게 항의를 한다고 해도 해결될 문제가 아님을 안다. 징병 통지서가 나갔으면 이제는 어떻게 할 수가 없다는 대답에 이대길은 더욱더 화가 가라앉지 않는다.

"내가 자네를 그렇게 안 봤는데…"

이대길이 양준기에게 화풀이를 하며 돌아선다. 면장이나 주재소 소장에게 항의를 해 보려고 달려온 길이지만, 자기 아들만 징병으로 가는 것도 아니고, 광의면만 해도 수십 명이 징병으로 간다는 소문을 들었다. 면장을 만나서 하소연을 해 보려고 했지만 돌아선다. 터덜터덜 면사무소를 걸어 나온다. 기운이 쭉 빠지는 일이다.

"이놈들! 이 괘씸한 놈들!"

면사무소에서 걸어 나오며 주재소를 바라보지만 덩그러니 일장기만 바람에 펄럭인다. 후지하라가 이대길 집에까지 왔다간 것은 징병장을 건네준 것과 다름없이 이대길에게 미리 통보를 해 준 격이다.

인수가 안방에 불려와 앉아 있다. 이대길이 문지방에 붙어 있는 손바닥만 한 유리창을 통해 밖을 보면서 한참 동안 말이 없다. 유리창 너머에는 마당이 보인다. 멀리 바라보면 중방들이 들어온다. 고개를 더 들자 서산의 산봉우리만 가물가물 보일 뿐이다. 고요한 침묵이 흐른다. 어느 한 곳에 초점이 맞춰지지 않는다. 계속해서 긴 담뱃대만 빨아 댄다. 이대길 앞에 앉아 있는 인수를 쳐다본다. 오늘따라 인수의 얼굴이 건강해 보인다. 인수는 자기의 얼굴을 빤히 바라보는 아버지의 눈길을 피해 고개를 숙인다. 이대길이 인수를 부른다.

"인수야…"

어느 때보다도 인수를 부르는 아버지의 목소리가 애틋하다. 목소리가 착 가라앉았다. 차마 이대길 입으로 말을 꺼내기가 어려운 일이다. 자식에게 군대를 가라고 말을 해야 하는 애비의 마음이 천 갈래 만 갈래 찢어진다.

"예, 아버지."

인수도 후지하라가 다녀간 후로 짐작은 하고 있었다. 아버지가 백방으로 돌아다니면서 징병 통지서가 나오지 않도록 힘쓰고 다닌 것도 알고 있다. 자식을 전쟁터로 보내고 싶은 부모가 있겠는가? 강제 징집 때문에 동네 전체가 수군거리고 있는 마당에 우리 집도 예외가 아님을 알고 있다. 형제 중에서 누군가는 군대를 가야 할 일이다. 내색은 안 하고 있었지만 혼자 고민하고 있었다. 아무리 생각을 떨쳐버리려 해도 생각을 지울 수가 없는 날의 연속이었다. 곰곰이 생각하면 할수록 골치만 아플 뿐이다. 인철이 형이 갈 수는 없는 일이다. 그렇다고 동생들을 보낼 수도 없는 일 아닌가? 인수가 자진해서 아버지에게 먼저 말할 수 있는 용기는 나지 않았다. 속으로만 군대를 떠올리고 있었다. 인수는 아버지가 무슨 말을 하려는지 다 알고 있다는 듯이 대답한다.

"…"

잠시 침묵이 흐른다.

"인수야…"

이대길이 머뭇거리다 다시 입을 연다.

"너도 알다시피 주재소 순사들이 다녀갔다. 너도 짐작했겠지만… 이 애비가 사방팔방으로 힘을 써 봤지만…"

"…."

"인철이 형은 결혼도 했고, 몸도 상해서 군대를 갈 수는 없지 않느냐? 그렇다고 어린 동생들을 보낼 수도 없는 일 아니냐?"

"예, 아버지. 저도 잘 압니다."

"…."

긴 침묵이 다시 흐른다. 이대길이 긴 담뱃대를 빨아 연기를 마신 후 한숨을 토해 낸다.

"인수야. 군대를 가더라도 정신만 똑바로 차리면 별일 없을 게다. 우리 조상님들이 잘 돌봐 주실 게다."

"예, 아버지."

인수도 제법 철이 든 모양이다. 아버지의 분노와 고통을 잘 아는 눈치다. 얼마나 속을 끓이셨을까? 후지하라가 집을 다녀간 후, 아버지가 화병으로 앓아 누워 버린 일을 잘 안다. 집안사람들이 그 일 때문에 웅성거리는 모습을 봤다. 부모가 죽으라면 죽는시늉을 해야 하는 예절을 교육받아 온 인수다. 아직까지 부모에게 거절 한 번 해 보지 않은 인수다. 주위에 많은 학생들이 학도병으로 간다는 소식이 계속해서 들려오던 차다. 조선의 젊은 사람들을 가만히 놔둘 일본 놈들이 아니다. 그렇다고 자진해서 징병에 나설 처지는 아니다. 어떻게 해서라도 징병은 피하고 싶은 일이다.

"아버지, 너무 걱정하지 마십시오. 제가 당연히 가야죠. 제가 아니면 우리 집에서 누가 군대를 가겠습니까?"

인수는 아버지를 안심시키려고 씩씩하게 대답한다. 아버지가 인수에게 미안해하는 마음을 알아챈 것이다. 인수의 대답에 이대길도 마음이 놓인다. 애비로서 어떻게 할 수 없는 이 나라의 상황이 화나고, 인수에게 말을 꺼내기가 참으로 어려운 일인데… 인수가 가기 싫어하는 기색을 보이지 않고, 애비를 위로하는 말투가 고맙기만 하다.

"그래, 인수야 미안하다."

이대길의 목소리가 떨리며 슬픔에 잠겨 있다. 금방이라도 울컥 울음을 쏟아 낼 것만 같다. 자식을 똑바로 볼 수가 없을 만큼 미안할 따름이다. 애비가 방패막이가 되어 주지 못하고, 징병을 보내는 마음이 슬프기만 하다. 고개를 들고 천장을 쳐다본다. 눈을 감고 슬픔을 삭이는 중이다. 아들 앞에서 눈물을 보일 수는 없다. 인수도 아버지가 분노를 넘어 슬픔에 목이 메는 것을 안다. 인수도 여기서 눈물을 보일 수는 없다. 아버지를 위해서 슬픔을 참아 내야 한다. 이대길이 긴 담뱃대를 빨아들이고 담배 연기를 길게 내뿜는다.

인철과 인수가 뒷동산에 나란히 앉아 있다. 주재소와 면사무소가 한눈에 들어온다. 당몰과 온동마을부터 면사무소 뒤편 천은천까지 이어진 계단식 논이 푸른 물결의 춤을 추고 있다. 저 멀리 온당들 언덕은 밀과 보리가 짙푸른 녹색이다. 밀과 보리가 무릎 높이까지 컸다. 바람이 분다. 바람결에 푸르름이 살랑거린다.

"성! 일본으로 유학 갔다가 곧바로 만주로 갔을 때 심정이 어땠어?"

인수가 갑자기 만주 얘기를 꺼내니 인철이도 새삼스럽게 일본과 만주에서의 상황이 떠오른다. 인철에게 그 당시의 상황을 질문한 걸 보니, 인수도 막상 징병을 가려고 하니까 마음이 심란할 거라는 생각이 든다.

"일본에서 유학 생활이 가시방석에 앉아 있는 기분이었지. 내 속마음을 누구에게 말할 수 없는 상황이 제일 답답했었던 것 같아. 집을 떠나 광주에서 학교를 다닐 때는 철이 덜 들었을 때지만, 그 때도 내 마음을 속여 가며 상급 학교에 진학하기 위해 용케도 참아냈었지. 조선을 떠나 일본에 도착했을 때는 민족 차별이 뭔지 확연히 느낄 수가 있었지. 조선에서의 일본 학생과 조선 학생의 차별은 아무것도 아니었더라고. 일본 땅에서는 그야말로 일본 순사들이 유학생들을 무슨 죄인 다루듯이 수시로 감시를 하는 통에, 그대로 있다가는 숨을 쉴 수 없을 만큼 힘들었지. 민족을 잃은 국민은 참으로 처량하기 짝이 없음을 점점 깨닫게 된 거야. 의식이 있는 유학생들의 소모임은 자연스럽게 조선 민족의 처한 상황을 극복해 보려고 묘안을 짜내는 모임으로 변할 수밖에 없었어."

인수가 고개를 끄덕인다.

"나도 최근에 학교 다닐 때 일어났던 일을 생각해 보면…."

"너는 어떤 기분이었는데?"

"성도 잘 알겠지만, 학교 다니면서 제일 힘이 드는 일이 내 양심을 속이는 일이었어. 우리나라가 분명히 오천 년의 역사를 가진 민족인데, 일본에게 나라를 빼앗긴 거잖아. 일본이 온갖 방법을 동원하여 우리민족을 말살시키려고 한다는 것쯤이야 학생들도 다 알 수가 있는 일이지. 겉으로 표현을 안 할 뿐이지, 마음속에는 민족의식이 없다면 거짓말이지. 특히 학교에서 작문시간이 제일 괴로웠어. 일본에 대한 충성 강요 작문을 써 내라고 하면 그게 제일 싫었어. 하기 싫지만 학교를 다니는 이상, 어쩔 수 없이 강제로 해야 하는 시간이야말로 괴로운 시간이었지. 내 본심은 이게 아닌데… 하면서도 일본 천황께 충성하는 식으로 거짓말로 작문을 써서 제출해야 하는 일이 너무너무 힘들었어. 나는 일본인이 아니고 조선 사람이다, 원래부터 조선은 독립 국가였다, 조선은 언젠가는 독립을 할 것이다, 조선 사람의 피가 끓고 있는데 일본 천황에게 충성할 수 없다 하면서 내 본심을 정직하게 써 내기라도 하는 날에는 바로 난리가 나는 거였어. 선생님으로부터 즉시 불호령이 떨어지는 거지. 선생님께 불려가 사상이 불손하다고 낙인이 찍혀 버리는 거지. 그렇게 되면 부모님까지 학교에 오라 가라 하고, 퇴학을 시키느니 마느니 하는 일이 벌어질까 봐, 내 본심을 감추고 거짓말로 작문을 써 냈던 일이 지금도 생각하면 후회되는 일이야. 용기를 내어 내 본심을 누구에게도 말할 수 없는 상황이었고, 눈치만 보고 학교생활을 했던 일이 후회가 된다니까."

"그랬구나. 너뿐만이 아니라 조선 학생들은 모두가 그런 고통 속에서 학교생활을 했을 거야. 참으로 안타까운 일이지. 이 형도 참으로 괴로운 학교생활이었지. 힘이 없는 학생의 입장에서 일본에 대한 반감을 마음속으로만 간직하고 있었을 거야. 네 말대로 본심을 표현하는 날에는 그날로 끝장나는 거지. 작문을 거짓으로 꾸며 대느라 힘들었을 거야. 한창 감수성이 예민한 시절에 거짓말쟁이가 되어 가는 자신을 발견한다는 일은 괴로운 일이지. 그렇다고 어디 하소연할 곳도 없는 신세가 참으로 견디기 힘든 일이라는 거 나도 잘 알아. 일본에서 대학 생활을 하는 것은 그것 이상으로 견디기 힘들었어. 민족 말살의 강도를 점점 높이는 일본 경찰의 집요한 압박은 숨을 쉴 수가 없었어. 그런 상황을 점점 인식하는 일본 유학생들은 가만히 있을 수가 없었어. 유학생들끼리 만나서 뭐라도 시도해 보려고 모이기만 하면, 주변 유학생들까지 몽땅 경찰에게 수시로 잡혀가는 것을 보면서 견딜 수가 없었어. 유학생 신분으로 일본에서 학업에만 열중한다는 일이 도저히 양심상 허락되지가 않았어. 그래서 만주로 건너간 거지. 거기가면 뭔가 돌파구를 찾을 수 있을 것만 같았어."

인수는 인철의 대답에 고개를 끄덕인다.

"만주에서는 어땠어?"

"만주에서?"

"…"

"만주에서는 그야말로 목숨을 내놓고 싸워야 하는, 피비린내 나는 전쟁터나 다름없었지. 일본군들을 죽이지 않으면 독립군들이 죽어 나가야 하는 절박한 싸움이었어. 내 목숨은 하늘에 달려 있다고 여겼지. 다행히 살아서 돌아오긴 했지만, 그야말로 우여곡절이 많았지."

"…"

"인수야 미안하다."

인철이 어렵사리 미안하다는 말을 꺼낸다. 항상 어린 동생으로만 알았던 인수가 말하는 것을 보니 속이 깊은 것이다. 훌쩍 커 버린 인수에게 미안한 마음을 어떻게 표해야 할지….

"아니야, 성이 나를 군대 보내는 게 아니잖아. 성, 요즘 몸은 어때?"

오히려 인수가 인철의 마음을 위로하려고 한다.

"점점 괜찮아지고 있어."

"다행이네. 성은 몸도 성하지도 않은데… 우리 집안에서 누군가 징병을 가야 할 처지라면, 내가 가는 게 마땅한 것 같아."

인수는 인철 형이 미안해할까 봐 인철의 말에 강하게 반문한다. 제법 어른스럽게 말하는 것을 보니 인철은 더더욱 할 말이 없다.

"성이 미안하여 할 말이 없구나."

"아니라니까. 성이 미안해할 일이 아니라니까."

"성이 군대를 가야 하는데, 인수 네가 가게 됐으니 미안한 거지…. 아버지도 우리 자식들을 군대에 보내지 않으려고 백방으로 노력을 했나 보던데, 이번에는 어쩔 수 없었나 봐. 면사무소나 주재소에서는 우리 집 남자들 중에서 한 명이라도 군대를 보내려고 혈안이 되어 있는데, 아버지 성격에 가만히 있지는 않았을 거야. 불같은 성격에 면사무소와 주재소에 부탁도 해 보고, 항의도 해 봤다고 하더라고. 주재소에서 몇 안 되는 조선 출신인 박 순경이나 면사무소 양준기에게만 화풀이를 했나 보더라고. 그렇다고 그놈들이 기가 죽을 놈들도 아니지만. 그놈들에게도 얼마나 많은 조선 사람들이 와서 항의를 했겠어? 그놈들도 이제는 뻔뻔스러워졌다고 소문이 자자하더라."

"성, 나도 들었어. 아버지가 나를 불러 놓고 담배만 피우고 계시고, 말씀을 잘 못 하시더라고. 아버지 마음을 내가 왜 모르겠어. 성은 장가가서 처자식도 있고, 또 장남이잖아. 내가 아니라 성에게 징병 통지서가 날아왔다면, 성을 무조건 지리산으로 도망가게 해 놓고, 내가 대신 가야 할 판국인 걸 내가 왜 모르겠어. 오히려 잘된 일이지. 안 그래?"

인수의 말에 인철도 이해는 하지만 미안하기 짝이 없다.

"인수야. 네가 그렇게 이해해 주니 고맙다. 징병 통지서가 배달된 후로 미안해서 잠을 잘 수가 있어야지. 인수가 어떻게 받아들일까? 지리산으로 도망가라고 할까? 별별 생각이 다 들어서 잠을 잘 수가 없었다. 인수 네가 그렇게 생각해 주니 고맙다."

"성, 나도 징병 통지서가 배달되고 고민해 봤지. 우리 집안 사정을 내가 왜 모르겠어. 아버지가 백방으로 노력했을 테고, 그게 안 되니까 나를 부른 거구나 눈치를 챘지. 아버지를 만난 후로 내가 아버지나 성에게 오히려 씩씩하게, 편하게 받아들이는 모습을 보여 줘야겠다, 다짐하고 있었지. 어차피 피할 수도 없는 일이잖아. 내가 지리산으로 도망이라도 가면, 성이나 어린 동생들 중에서 누군가 하나는 군대를 가야 할 상황이구나 판단을 한 거지. 그러니까 성, 너무 미안해하지 않았으면 해. 까짓거 군대 가서 잘 견뎌 내면 되겠지. 안 그래? 성이 군대 가서 어떻게 해야 하는지 요령이나 좀 알려 줘. 성은 전쟁터에서 살아서 돌아온 사람이잖아."

인수의 씩씩한 모습에 인철도 한결 마음이 편해진다.

"그래. 인수야. 어딜 가더라도 정신만 바짝 차리면 돼. 너무 걱정하지 말고 씩씩하게 잘 버텨야 돼. 너 마음먹기에 달려 있는 거야.

일본은 언젠가는 망할 거야. 연합국을 상대로 전쟁을 벌이고 있는데, 아무리 강한 일본이라도 미국을 건드려 놓은 이상 미국이 가만히 있지는 않을 거야. 미국이 연합군으로 참전한 이상, 일본은 더이상 버틸 수가 없을 거야. 군대를 가더라도 잘 참아 내면 될 거야."

인철과 인수가 일어나 포옹을 한다.

신사 주위는 온통 대나무 숲이다. 신사참배를 하는 일본인들이 간혹 드나들 뿐이다. 학생들이 단체로 신사참배를 할 때만 왁자지껄 시끄럽다가도 이내 조용해진다. 일본 놈들은 우리 민족을 말살할 작정으로 동네별로 사람을 동원하여 일주일에 한 번씩 줄을 세워 신사참배를 강요한다. 사람들은 어불성설이라며 여러 가지 이유를 대면서 참배를 피하지만, 참배를 피하면 피할수록, 황국신민皇國愼民이 아니라고 몰아붙이기 일쑤였다. 그것으로도 모자라 각 가정에는 신궁대마神宮大麻를 나누어 주었다. 위패나 부적으로 집 안에 신단神壇을 만들라는 것이다. 그리고 매일 참배하라니…. 집 안에 조상을 대대로 모셔온 집에서는 가당치도 않은 일이다. 차라리 찬물 한 그릇을 떠 놓고 빌면 빌었지… 왜놈의 귀신을 집 안에 모시라니, 어이없는 일이다. 하도 닦달을 하니까 어쩔 수 없이 집 안에 위패나 부적을 벽에 붙이거나, 집 안 한쪽에 놔두는 집도 생겼다. 학교 선생들에게까지도 아이들 앞에서 군복에 긴 칼까지 차고 가르치게 한다. 전시 체제를 알리는 공포 분위기다. 경찰이나 군인도 아닌 학교 선생들에게까지 군복을 입히고, 군인이 무조건 최고라는 식으로 사상 교육에 혈안이 되어 가고 있다. 아이들에게는 수시로 일장기를 앞세우고 단체로 참배를 시킨다.

　인호는 뭐가 뭔지도 모르는 나이라 선생님들이 시키면 그냥 따라서 신사에 참배한다. 선생님 주도하에 전교생들이 하는 일이라 당연한 일로 여겼다. 공부하기 싫을 때는 공부 안 하고 신사참배 가는 시간이 즐거울 때도 있다. 다른 아이들도 히히덕거리며 즐거운 표정이다. 그걸 반박하는 교육을 시켜 주는 어른들도 없거니와, 그런 행동이나 발언을 했다가는 위험한 일이고, 일본 순사에게 잡혀갈 일이었다. 미야카와 선생은 한술 더 뜬다. 일본 놈들이 섬기는 천조대신天照大神을 숭배하라는 것이다. 나무로 된 위패를 학생들에게 나눠 주며 집 안에 모셔 놓고 절을 하라는 것이다. 인호는 미야카와 선생이 나누어 준 위패를 소중하게 다룬다. 방 한쪽 벽에 걸어 놓고 절을 한다. 아직 아무것도 모르는 인호는 학교 갈 때와 집에 돌아왔을 때 매번 위패에 절을 한다. 가끔 인호가 위패에 절하는 모습이 인수 눈에 들어온다. 그 모습을 봐 주기가 불편하기만 하다. 어린애들에게까지 사상 교육을 시키는 일본 놈들이 아니꼽기만 하다. 뭘 모르고 판단력이 없는 철부지 인호에게 완력으로 못 하게 할 수도 없는 일이다. 그렇게 했다가 학교 선생에게 일러바치기라도 하면 사상이 불순하니, 어쩌니 시끄러울 것만 같다. 아니꼬와도 애들이 하는 짓이려니 참아 왔다.

　인수가 징병 가는 날만 기다리고 있다. 징병 가는 날이 가까워질수록 더욱더 초조해진다. 방 안에 앉아서 벽에 기대어 눈을 감고 있다가 눈을 뜬다. 벽을 바라보자 인호가 벽에 매달아 놓은 위패가 눈에 들어온다. 그러잖아도 일본에 대한 반감이 도사리고 있던 차에 인호가 위패에 절을 하는 순간을 떠올리자 화가 치밀어 오른다. 참아 왔던 울분이 순간적으로 격해진다. 참을 수가 없다. 위패를 손으로 끌어 잡아챈다. 위패를 높이 들어 올린다. 방바닥에 패대기치려다 가까스로 참아 낸다. 심호흡을 한 번 한다. 인호가 위패에 절하는 꼴을 더는 두고 볼 수 없다. 위패를 이불 밑에 감춘다. 그러고는 방을 나간다.

인호가 학교에서 돌아오자마자 위패가 걸려 있는 방으로 들어간다. 벽에 걸려 있는 위패에 절을 하려고 하는데 위패가 보이지 않는다. 항상 벽에 걸려 있어야 할 위패가 보이지 않자, 초조해진다. 덜컥 겁이 난다. 그 위패가 어떤 위패인데 없어졌단 말인가? 어디로 갔지? 방바닥에 떨어졌나? 인호가 방 안 곳곳을 뒤진다. 아무리 뒤져 봐도 위패는 보이지 않는다. 마음이 급해진다. 가슴이 콩닥거려 온다. 위패가 없어지면 안 되는데. 누가 다른 곳에 놔뒀나? 빨리 찾아야 한다. 인호가 방을 나와 어머니에게 달려간다.

"어머이! 우리 방 벼름빡에 걸어 둔 위패 못 봤어요?"

"시방 뭘 찾는데 요렇게 수선스럽다냐? 위패가 뭔 말이다냐? 나는 모르것다."

절골댁의 시큰둥한 대답에 인호는 짜증을 낸다.

"아이씨!"

인호가 화를 내며 돌아선다. 집 안 곳곳을 돌아다니며 위패를 찾는다. 인수 형이 눈에 띈다. 인호가 인수에게로 다가온다.

"성! 우리 방에 걸어 둔 위패 못 봤어?"

인수가 못 봤다는 듯 고개를 흔들며 다른 곳으로 시선을 돌려 버린다. 인호가 위패에 절하는 꼴을 보기 싫어서다. 일부러 모른 척하고 시치미를 뗀다.

"아! 이제 큰일 났네. 나 그것 없어진 걸 미야카와 선생님이 알면 크게 혼날 텐데…."

인호의 말과 표정에 겁이 잔뜩 묻어 있다. 위패가 없어진 게 소문이라도 나서 친구들에게 알려지기라도 하면 큰일이다.

"아, 그게 어디로 갔지?"

인호는 걱정이 태산이다. 제일 먼저 미야카와 선생이 떠오른다.

"조센징! 빠가야로!"

정복을 입고 칼을 찬 미야카와 선생이, 눈을 부릅뜨고 화난 얼굴로 인호 앞에 나타날 것만 같다. 수시로 아이들을 째려보는 미야카와 선생의 모습이 떠오른다. 그럴 때면 아이들은 무서워서 벌벌 떨었다. 미야카와 선생이 집에 위패는 잘 보관하고 있는지 물어보면 어떡하지? 뭐라고 대답하지? 위패를 잃어버린 죄로, 화난 미야카와 선생이 허리에 차고 있는 칼을 빼 휘두르지는 않을지? 인호는 그 모습을 떠올리기조차 싫다. 학교에서 선생들이 세뇌시킨 탓이다. 수시로 신사에 참배하며 아이들은 점점 일제에 동화되어 가고 있는 것이다.

인호가 생각을 떨쳐 버리려고 고개를 흔들어 댄다. 미야카와 선생이 무서워서라도 빨리 위패를 찾아야 한다. 마당으로 나온 인호는 식구들에게 위패가 어디로 갔는지 물어본다. 식구들은 모두가 고개를 젓는다. 인호가 집 안 구석구석을 뒤지며 위패를 찾는 데 혈안이 되었다. 그 모습을 바라보는 인수는 안쓰럽기만 하다. 화가 나기도 하지만, 시치미를 떼고 멀찌감치서 바라만 보고 있다. 인호와 대면하지 않으려고 일부러 피한다. 인호와 다시 마주쳐도 눈길을 일부러 피해 버린다. 잃어버린 위패를 다시는 찾지 말라고 얘기해 주고 싶지만, 묘책이 없다. 괜히 어린 인호의 마음만 혼동되고, 그걸 찾느라 집 안만 더 시끄러워질 뿐이란 걸 안다. 인호의 성화에 인수가 조용히 방 안으로 들어선다. 이불 속에 감춰 둔 위패를 꺼낸다. 인호가 없는 틈을 타 위패를 벽에 다시 걸어 놓고 방을 나온다.

인호가 위패를 찾지 못하고 지친 모습으로 방으로 들어온다. 근심이 가득한 얼굴이다. 방 안으로 들어서자 습관적으로 벽을 바라본다. 벽에 걸린 위패가 눈에 들어온다. 이를 발견한 인호의 얼굴에 화색이 돈다. 방금 전에는 위패가 없었는데, 지금은 벽에 떡하니 걸려 있지 않은가? 귀신이 곡할 노릇이다. 어떻게 된 일이지? 인호의 얼굴에 미소가 번진다. 습관적으로 인호는 벽에 걸린 위패를 향해 절을 한다. 위패에 절하는 인호의 모습을 본 인수는 열이 확 올라온다. 참을 수가 없다.

"야!"

청천벽력 같은 소리다. 인호가 인수의 고함 소리에 깜짝 놀라 물러선다. 그야말로 순간적이다. 인수는 빠른 걸음으로 벽 쪽을 향해 다가간다. 벽에 걸려 있는 위패를 손으로 움켜쥔다. 위패를 집어 집 밖으로 급히 나간다. 눈 깜짝할 사이에 벌어진 일이다. 갑작스러운 인수 형의 행동에 인호는 어안이 벙벙하다. 인호가 인수를 급하게 따라 나간다.

"성! 왜 그래?"

인호가 인수에게 매달리다시피 하며 급하게 따라간다.

"성!"

인호가 형을 따라가며 불러 보지만, 인수는 뒤도 돌아보지 않고 빠른 걸음으로 밖으로 향한다. 인호도 따라가며 형을 부른다. 인수가 뒷문을 빠져나와 오포대가 있는 뒷동산으로 올라간다. 인호가 숨을 몰아쉬며 인수를 따라 올라온다. 뒷동산에 올라와 서 있는 인수에게로 가까이 다가온다. 인호가 위패를 돌려달라고 조른다.

"성! 빨리 돌려줘! 위패가 없어지면, 큰일 난단 말이야!"

인수의 손에 들려 있는 위패를 낚아채려고 달려든다. 인수는 위패를 안 주려고 더욱더 움켜쥔다. 인호는 씩씩거리며 위패를 뺏으려고 인수에게 달려든다.

"빨리 달란 말이야!"

인호의 성화에 인수는 점점 더 화가 돋는다. 화를 참지 못하고 인호를 뿌리친다. 인호가 바닥에 넘어진다. 인호가 다시 일어나 인수에게 달려든다.

"빨리 위패 달란 말이야!"

인호는 울먹이면서 달려든다. 인수는 화가 더 솟구친다. 인호가 점점 다가오자 위패를 든 손을 높이 치켜든다. 위패를 땅바닥에 패대기친다. 위패는 박살이 난다. 박살 난 위패 조각이 허공중에 튀어 오르며 흩어진다. 얼마나 세게 던졌는지, 위패는 형체를 알아볼 수가 없다. 위패는 그저 산산조각으로 변한 나무 조각일 뿐이다. 인수는 위패를 던진 게 아니라, 일본을 송두리째 패대기친 것이다. 그동안 쌓였던 울분이 폭발한 것이다.

"안 돼!"

박살이 난 위패를 인호가 집으려 하자, 인수가 소리를 지른다.

"야!"

천둥소리와도 같은 인수의 고함 소리가 울린다. 인수의 고함 소리에 모든 사물이 정지해 버린다. 인호는 화가 난 얼굴로 씩씩거리며 인수를 노려본다. 인수와 인호의 얼굴은 벌겋게 홍당무가 되었다. 또다시 지른 인수의 고함 소리에 인호가 잠시 멈칫거린다. 인수 형의 눈치를 살핀다. 인수 형이 이토록 화를 낸 걸 본 적이 없다.

"너! 내가 그동안 아니꼬와도 참아 왔는데, 그냥 더 두고는 볼 수가 없구나. 너 이게 뭔지나 알어? 알고 있냐고?"

"…"

인수의 고함 소리에 인호는 어쩔 줄 모른다.

"그런 정성이 있으면, 사당에 올라가서, 사당에나 절을 하란 말이야!"

인수 형의 화난 목소리에 인호는 아무 대꾸도 하지 못한다.

"일본 놈들 위패가 그렇게 중요해? 앞으로 위패 걸어 놓지 마, 알았어?"

인호는 인수의 말이 귀에 들어올 리 없다. 어떤 이야기를 해도 들릴 리가 만무하다. 인호는 오로지 위패가 망가지면 큰일 난다는 생각뿐이다. 인호도 얼굴이 붉으락푸르락 엄청 열 받은 얼굴이다. 갑자기 벌어진 일이라 인호가 겁먹은 표정으로 울먹인다. 더 이상 대꾸도 못 한 채, 인수 형을 바라만 보고 있다. 인수 형이 오히려 걱정된다. 미야카와 선생이 이 일을 알면 인수 형이 큰일 날 텐데… 불경죄로 인하여 주재소에서 잡아갈지도 모르는데… 미야카와 선생이 운동장 구령대에서 군복을 입고 칼을 찬 모습으로 훈시를 하던 일이 자꾸 떠오른다. 오히려 형이 원망스럽다. 형이 걱정된다. 인호에게는 위패를 모셔야 하는 게 당연한 일이다. 인수 형의 행동이 이해가 되지 않는 것이다. 인호는 아직도 화가 안 풀렸는지 씩씩거리며 무슨 말인가를 할 태세다.

"나, 우리 선생님한테 혼난단 말이야…"

위패가 없어지면 혼난다며 울먹인다.

"인호야."

"응."

인호는 형이 원망스럽지만 울먹이며 대답한다. 인수가 인호의 어깨를 감싼다. 잠시 후 인호가 인수의 품에서 떨어진다. 인수도 화가 많이 누그러졌다. 철없는 인호에게 이제라도 형으로서 무슨 말이라도 해 줘야겠다는 생각이다.

"인호야, 우리나라는 일본에게 나라를 빼앗겼지만, 조선이라는 나라가 영원히 없어진 것은 아니야. 위패에 절을 하는 것은 일본 사람들이나 해야 할 일이야. 우리는 일본 사람이 아니잖아. 학교에서 하라니까 너도 뭔지 모르고 했을 테지만… 너도 이젠 알아야 해! 이성이 군대를 가게 됐는데, 성도 순간적으로 화가 나서 그랬어."

"…."

"인철이 성도…."

뭔가를 이야기하려다가 말문을 닫아 버린다. 인철 형의 얘기를 꺼내려다 그만 멈춘다. 대학을 중퇴하고 목숨을 걸고, 만주에서 독립군 활동을 하다 몸이 크게 상한 인철이 형에 대해, 아무것도 모르는 인호에게 얘기해서 혼란이 올 수도 있다는 판단이다.

"네가 좀 더 크면 이 성 마음을 알 날이 올 거야. 좀 더 자세히 알려 줄 수 없는 현실이 안타깝구나. 신사에 가서 참배하는 것도 그래. 목숨까지 걸고 신사에 가지 않는 어른들도 있잖아? 너도 그 이유를 생각해 봐. 학교에서 단체로 참배하는 일은 어쩔 수 없는 일인 줄 알아. 그러나 집에서만큼은 어른들도 계시니까 조심해야 돼, 우리 민족은 아직 망하지 않았다는 걸 너도 알아야 돼, 학생들은 창씨개명을 했지만, 아직도 창씨개명을 안 한 어른들이 더 많단다."

인호는 시큰둥하여 고개를 젓는다.

"…."

인수는 잠시 말을 멈춘다.

"인호야. 이 나라의 독립을 위해 많은 사람들이 목숨을 걸고 독립운동을 하고 있다는 걸 너도 알아야 해. 너도 나이가 들고, 상급 학교엘 가면 내가 말하는 뜻이 뭔지 너 스스로 차차 알게 될 거야. 내가 일본 군인으로 가지만, 언젠가는 돌아올 거야. 언제까지나 일본 군대에 남아 있을 수는 없어. 인호야, 이 성 말 알아듣겠어?"

인호는 아직도 뭐가 뭔지 모를 일이다. 인수 형이 이렇게 자상하게 대해 주다니…. 자기에게는 관심이 하나도 없는 줄 알았는데, 집을 떠나 군대를 가려고 하니 심란한 기분이 들 거라는 것을 어렴풋이나마 알 수 있을 것 같다. 학교에서는 선생님이 말하기를, 일본 군인들은 천황 다음으로 존경의 대상이라는 사상 교육을 받았다. 선생님과 아이들에게는 우리 형이 이번에 군인이 된다고 자랑까지 했었다. 군복을 입고 공부를 가르치는 미야카와 선생님이 그렇게 멋지게 보였다. 인수 형이 자랑스러운 군인이 되는 것이 좋기만 했는데…. 형이 저렇게 화를 내는 걸 보니 이제부터라도 형의 마음을 이해해야겠다는 생각이 조금씩 들기 시작한다.

구례구역 광장은 사람들로 붐빈다. 구례의 젊은 청년들이 징병으로 전쟁터에 가는 날이다. 아들을 배웅하기 위해 가족들이 구례구역 광장으로 몰려들었다. 부모들은 못내 아쉬울 따름이다. 곳곳에서 아들을 군대에 보내려는 부모들이 눈물을 글썽이며 아들을 다독인다. 마지막 인사를 하고 돌아서자, 부모들은 눈물을 흘리며 손을 흔든다. 절골댁이 인수의 머리를 쓰다듬는다. 인수가 어머니 품에 안긴다.

"어무이!"

"인수야! 어쨌든 몸 성히 잘 댕겨와야 한다 잉!"

"예, 어머니."

절골댁의 눈에 눈물이 고인다. 인수는 눈물을 참는다. 어머니 품을 떠난 인수가 씩씩하게 거수경례를 한다. 인수가 떠나면서 뒤를 돌아다본다. 눈에서 눈물이 줄줄 흘러내린다. 어머니 앞에서 참았던 눈물이 계속 쏟아진다. 울면서 어머니를 향해 손을 흔든다. 절골댁도 인수를 향해 손을 흔들며 눈물을 훔친다.

빰빠바바바 빰빠바바바….

군악대 소리가 우렁차게 울린다. 장병들이 발을 맞추어 씩씩하게 행진을 한다. 일장기를 들고 환송하는 행렬이 요란하다. 수많은 군인이 오와 열을 맞추었다. 그 대열 속에 인수가 보인다. 군복을 입은 인수가 씩씩하게 행진을 한다. 환송객들이 일장기를 흔들어 댄다. 열차가 도착하자 서둘러 올라탄다. 기차 안에는 이미 남원, 곡성역에서 출발하는 장병들로 꽉 차 있다. 장병들을 태운 기차가 구례구역을 출발한다.

애—행!

칙칙폭폭 칙칙폭폭.

떠나는 기차를 향해 환송객들이 일장기를 흔들어 댄다. 절골댁이 손을 흔들고 있다. 인수의 눈에 어머니의 모습이 희미하게 보인다.

2. 징용

성수환과 정만식에게도 징용徵用 통지서가 날아들었다. 연극 단원들에게 후지하라의 보복이 가해진 것이다. 며칠 전, 마을 사람들에게 신사참배 총동원 명령이 내려졌는데도 불구하고, 만식은 참배를 하지 않았다. 불참자 명단이 후지하라에도 보고되었다. 만식은 후지하라에게 미운털이 박힌 셈이다. 가뜩이나 대동아전쟁에 총동원령이 내려진 전시 체제이다 보니, 결혼을 하고 안 하고의 기준도 없다. 면사무소에서는 소위 '빽'이 없으면 신체 건강한 남자들을 마구잡이로 징용 대상으로 통보를 하였다. 만식은 일본 순사들에게 미움을 샀던 터라 징용 대상이 되고 말았다. 한마디로 사상이 불순한 사람으로 낙인찍힌 것이다. 교회 야학 선생을 한 경력을 갖고 있고, 기독교 교인인 데다가 신사참배를 한 번도 안 했다. 오히려 신사참배 반대를 주동하기까지 하여 불손한 사람으로 지목되었다. 주재소 인근에서 장사를 하면서 일본 사람이 운영하는 점방과 경쟁을 하느라 미운털이 박힌 셈이다. 주재소 일본 순사에게는 당장에라도 잡아다가, 어떤 이유를 덮어씌워서라도 먼 곳으로 보내고 싶은 대상이었다. 일본 순사에게 미운털이 박힌 사람들이 곳곳에서 징병, 징용으로 끌려간 판국이다. 만식은 아무리 생각해도 억울해 미칠 지경이다. 장사하기 위해 살림을 따로났지만, 홀로 계신 늙은 어머니와 처자식을 두고 갈 수도 없는 일이다.

"천벌을 받을 놈들! 씨부랄 놈들!"

생각할수록 욕이 튀어 나온다.

"지들도 사람인데… 처자식이 있는 조선 사람들까지 몽땅 징용으로 끌고 가다니…."

혼자 중얼거려도 분이 풀리지 않는다. 나라 잃은 백성들의 설움을 어디 가서 하소연한단 말인가? 나까지 징용으로 가 버리면 우리 집안은 누가 먹여 살린단 말인가? 징용이 그냥 징용인가? 내선일체, 황국신민을 떠들어 대지만 일본 놈들의 수작일 뿐이다. 전쟁은 점점 더 많은 조선 사람들을 징병과 징용으로 몰아세우고 있다. 징용으로 가는 것은 강제 노역이다. 징용도 그야말로 전쟁터나 다름없는 일이다.

만식은 면사무소 양준기를 찾아 나선다. 양준기에게 전후 사정을 들어 보려는 참이다. 만식이 양준기에게 징용장을 내민다. 양준기는 자리에 앉아 고개를 돌리며 거드름을 피운다. 만식을 상대하려 하지 않는다. 만식이 화를 내며 양준기를 노려본다. 양준기는 셀 수도 없는 징병, 징용자들의 거센 항의에 이골이 났는지 자리를 피하려고만 한다. 정만식이 가져간 징용장이 어쩔 수 없고, 당연하다는 듯. 남의 일인 것처럼 먼 산을 쳐다본다. 위로는 고사하고 화만 돋우는 형국이다. 징용장을 발급한 양준기를 때려눕히고 싶지만, 속만 부글부글 태우고 면사무소를 나온다. 인정사정도 없는 놈들이다. 웬만하면 가족 중에 남자 한 사람은 남겨 두는 경우가 많은데, 우리 집은 아예 씨를 말릴 작정이다. 서럽고 분하지만 어디 하소연할 데도 없다. 이대로 저놈들에게 당하고 살 수 만은 없다. 소문에 의하면 고향을 등지고 도망간 사람들도 많았다. 오라는 데도, 갈 데도 없는 신세지만 그래도 이대로 당할 수 만은 없다.

　인철과 만식은 서시천 둑방으로 나왔다.
　"인철아, 나와 수환이에게 징용장이 나왔어."
　"그래? 언제야?"
　"보름 후야. 당장 잡아가나 봐."
　"참으로 큰일이구나. 너까지 징용이라니. 해도 해도 너무한 거 아니냐?"
　"그러게 말이야. 참으로 너무하지?"
　"후지하라 그놈도 그렇지. 인정사정이 없구먼. 나와 수환이를 당장 징용으로 보내 버리니 말이야."
　"그 자식, 후지하라 얼굴을 보면 그러고도 남을 놈이라니까. 얼굴에 심술이 더덕더덕 붙어 있다니까."
　"맞어. 그놈은 천벌을 받을 거야."
　"우리 집은 무대 연극 중단 때문이 아니라도, 애초부터 징병으로 보내려는 계획이 있었어. 내가 징병을 가야 하는데, 나 대신 동생 인수가 갔어. 우리 아버지도 이번 일에는 어쩔 수가 없었나 봐. 이놈의 세상, 참으로 복장터질 일이야! 우리 부모님도 어쩔 수 없이 인수를 떠나보내고 나서는 얼마나 울던지…. 동생을 징병으로 보내는 내 마음은 또 어떻겠냐고…"
　인철도 동생 인수가 징병으로 가게 된 것에 대해 괴로워하고 있는 것이다. 그런데 또 친구가 징용장이 나왔다고 하니 울분이 날 일이다.

"…"

"면사무소에 가서 항의라도 해 보지 그랬냐?"

"나도 자초지종이나 들어 보려고 면사무소 양준기 그놈을 찾아가 봤는데… 그놈도 징병, 징용에 사람들이 잡아먹을 듯이 항의하러 온 사람들뿐이니… 이제는 아주 뻔뻔해졌더라고. 얘길 하면 할수록 얼마나 천불이 나던지. 주먹으로 한 대 갈기고 싶었지만, 속만 부글부글 끓이고 면사무소에서 나와 버렸어. 양준기 그놈을 때려눕힌다고 해결될 일이 아니라서."

"일본 놈들한테 빌붙어 먹은 양준기 그놈을, 한 번은 혼내 줘야 하는데…"

"양준기 그놈도 그 자리에 앉아서 욕먹는 일이, 지 맘대로 안 될 거야… 그 자리에 앉아 있으려면, 미안한 체라도 하고 있어야지. 오히려 뻔뻔하고 거만하게 굴더라고."

"하긴 그래. 양준기도 무슨 죄가 있겠어. 징병, 징용으로 끌려가는 사람이 어디 한두 명이냐고? 죄라면 나라를 잃은 죄지."

신세를 한탄하며 잠시 침묵이 흐른다.

"인철아… 나는 이참에 지리산으로 들어가려고."

만식이 단단한 각오를 했다. 아무에게도 속마음을 말하지 않았는데, 인철이에게만은 말하는 것이다. 각오가 남다르다.

"그래! 잘 생각했다. 그것도 좋은 생각이다. 우리 집은 한 명은 징병으로 가야 하는 집안 사정 때문에, 우리 아버지가 인수를 할 수 없이 보내긴 했어. 나도 인수에게 도피하라고 하고 싶었지만, 그런다고 해결될 문제가 아니었어."

인철도 그동안 인수의 징병 때문에 맘고생이 심했음을 만식 앞에 털어놓는다. 형 입장에서 분통이 터지는 일이지만, 인수가 피하면 또 다른 형제 중에서 징병으로 끌려가야 할 판이라… 만식이에게는 도피하라는 얘기를 해 주고 싶었다.

"그래, 잘 생각했다. 그래야지, 이대로 끌려가면 안 될 일이지. 저 놈들도 연합군과 싸움에서는 쉽게 이기지 못할 거야. 미군이 참전한 전쟁이 되어 버렸어. 미군이 연합군으로 참전한 이상, 이 전쟁이 오래가지는 않을 거야. 지리산 어디로 가려고?"

"글쎄. 가 보면 길이 있겠지. 지리산에 도피한 사람들이 많다는 소문도 있으니까 찾아가 봐야지…"

만식이는 언제까지일지 모르지만, 지리산으로 도망하기로 맘먹는다. 깜깜한 밤이다. 내일이면 징용 통지서에 적혀 있는 집합 장소로 가야 한다. 만식이 성수환을 찾아간다.

"수환아. 내일이 징용 대상자들 소집일인데, 너는 어떻게 할 거야?"

"어떻게 하긴?"

만식의 물음에 수환은 시큰둥하게 대답한다.

"내일 집합 장소로 갈 거야?"

"별수가 있어야지…"

수환은 자포자기 상태다.

"왜 다른 방법은 생각 안 해 봤어?"

"…"

수환은 잠시 머뭇거린다. 만식 형이 자꾸 물어보는 이유를 안다. 많은 사람들이 징병, 징용장을 받고 타관이나 지리산으로 도망을 갔다는 소식이 들려오던 차다. 도망가는 방법이 있는데도 불구하고 집합 장소로 내일 간다고 하니, 만식 형은 이유를 듣고 싶은 것이다.

"나도 곰곰이 생각해 봤는데, 나는 어쩔 수 없이 징용을 가야만 할 것 같아요. 내 밑으로 동생들이 줄줄이 있는데, 내가 안 가면 동생들에게 화가 미칠 것 같아요."

"…"

이미 지리산으로 도망을 가려고 작정을 한 만식은 수환이랑 같이 도망을 갔으면 하는 바람이었다. 수환의 사정을 들어 보니 할 말이 없어져 버린다. 그런 줄도 모르고 수환이에게 은근히 다른 대답을 바랐던 만식이 괜히 미안해져, 할 말이 없다.

"형은 어떻게 할 거야?"

"나도 고민을 많이 해 봤는데… 나는 지리산으로 도망을 가려고."

"갈 곳은 정해 놨어요?"

"아직 정해 놓진 않았는데, 일단 남원으로 갔다가… 지리산으로 들어가야지."

만식이 교회에서 무릎을 꿇고 기도를 한다. 내가 도피를 하면, 우리 가족들이 닦달을 당할 텐데… 처자식이 뭘 먹고 견디어 낼지. 도망자의 신세가 되어 집에는 언제나 돌아올지… 한동안 움직임 없이 간절하게 기도를 한다. 모든 걱정을 털어 버려야 하는데, 점점 고통으로 다가온다. 한 목사가 교회 안으로 들어온다. 한 목사와 만식이 마주 앉는다. 만식이 한 목사에게 자초지종을 이야기한다. 한 목사가 만식의 손을 굳게 잡는다. 신사참배를 강하게 거부한 교인들이 보복을 당하고 있음을 알고 있다고 한다. 만식을 위해서 간절히 기도를 해 준다. 기도를 마친 한 목사가 만식을 포옹한다. 만식이 한 목사에게 인사를 하고 돌아선다. 한 목사가 교회 문에서 만식이 멀어질 때까지 손을 흔들고 서 있다.

교회에서 집으로 돌아온 만식은 불안이 조금은 누그러진 것 같다. 아무리 고민한다고 해도 걱정이 해결되지는 않는다. 어디로 갈까 고민한다. 나를 알아보지 못하는 곳으로 일단 가야 한다. 그래서 우선은 남원으로 피해 보기로 한다. 필요한 물건을 대충 챙겨 봇짐을 만들어 등에 지었다. 어두운 밤길이다. 밤하늘의 별이 유난히 반짝거린다. 가는 길에 아는 사람을 만날까 봐 저녁 시간을 이용하는 것이다. 구만리 금성재를 넘는다. 연파 팔경의 하나인 금성재 위에 뜬 달을 친구 삼아 걷는다. 구만리는 금성치의 서쪽 계곡에서 삭녕 최씨 일가들이 집성촌을 이루고 살았다. 당시 세도가의 중심으로 높은 벼슬을 하였고 그의 아들은 영의정과 가족 관계를 이룰 만큼 권문세가를 이루어 자주 왕래하면서 머물렀는데, 당시에는 도보로 이동 시 금성치를 지날 때는 그 세도에 밀려 관아들의 풍악 소리를 금하게 하였다 한다. 그러한 연유로 금성재禁城峙라 불렀다. 금성재를 지나면 산동면이다. 산동면 면소재지인 원촌을 지나 밤재를 향하여 발길을 재촉한다. 산동을 거쳐 그 험한 밤재를 넘는다. 야밤에 호랑이도 나타난다고 하니 밤길은 여간 무서운 길이 아니다. 배고픈 야생동물들에게 잡아먹힐 수도 있고, 별별 생각이 다 든다. 구불구불한 산길을 밤새 걸어서 동이 트기 전에 남원에 도착한다. 일없이 지내는 것도 남의 눈에 띄는 일이다. 몸을 피할 장소가 마땅찮다. 바래봉계곡. 뱀사골계곡. 심원 달궁계곡. 어디로 가야 할까? 남원시장 사람들에게 묻고 또 묻는다. 고민을 하다, 그래도 지명을 더러 들어본 적이 있는, 광의와 가까운 달궁계곡 심원마을로 피하기로 한다. 달리 방도가 없어 선택한 길이다. 지리산으로 향한다. 걷고 또 걷는다. 산을 오른다. 정령치 고개를 넘어야 한다. 땀이 비 오듯 쏟아진다. 한참을 오르다 보니 정령치 고개에 도착한다.

달궁계곡은 삼한 시대에 온조왕의 백제 세력과 변한·진한에 쫓긴 마한의 효왕이 지리산으로 들어와 쌓은 피란 도성이 있던 곳이다. 반야봉 좌우에는 황령黃嶺과 정령鄭嶺이 있는데, 마한의 왕이 진한과 변한에 쫓겨 지리산으로 들어와 도성을 쌓을 때 황 장군과 정 장군이 왕의 명을 받아 이 일을 진행했고, 성이 완성되자 도성을 에워싼 고개의 이름을 두 장수의 성姓을 따서 각각 황령과 정령으로 지었다고 한다.

계곡을 따라 산을 내려간다. 한참을 내려가다 보니 시원한 계곡물과 마주한다. 계곡물을 따라 다시 산을 오른다. 인적 하나 없는 첩첩산중으로 올라간다. 몇 개의 고개를 넘고 또 넘는다. 드디어 심원마을 집들이 눈에 들어온다. 전에부터 소문으로만 들었던 곳이다. 광의 사람들이 이른 봄에 씨감자를 지어 나르던 곳으로 알려진 곳이다. 이곳에서 생산된 감자는 서늘한 해발 고도에서 자란 감자라 씨감자로 쓰면 감자가 퇴화되어, 감자가 작아져 버리는 현상도 없이 굵은 감자를 수확할 수 있다고 했다. 날씨가 서늘하여 이모작으로 감자를 재배할 수 있는 곳이다. 지리산은 워낙 골이 깊고 험하여 골짜기 곳곳에 자리를 잡고 화전을 일군 곳이다. 옛날부터 난리를 피해 숨어들어 살아가는 사람들이다.

　누가 누군지도 잘 파악이 안 되는 지역이다. 광의면에서 왔다는 것을 숨기고 이름도 바꾸어서 지내기로 한다. 혹시라도 이곳에 있다는 것이 알려지면 안 되기 때문이다. 고향은 남원이라고 했고, 이름은 시장 상인의 아들 이름인 김철민이라고 했다. 다행히도 심원마을에서 일을 해 주고 먹고 자는 일은 해결되었다. 징용, 징병을 피해 이곳으로 숨어든 사람이 만식 혼자만은 아니어서 그것도 쉬운 일이 아니다. 징용, 징병을 피한 사람들 중에는 더 깊은 지리산 산골로 숨어든 사람들도 있다는 얘기를 들은 적이 있다. 만식은 더 깊은 산중으로 가지는 않고 심원에 있으면서 남원장에 나가 가끔 집안 사정을 듣고 싶기도 하다. 심원에 들어올 때는 남원을 통해서 들어왔지만 집에라도 갈라치면 산동재를 넘으면 위안리마을이 나온다는 것이다. 심원마을은 구례군 산동면 좌사리에 속한 마을이다. 다행히 깊은 계곡 마을이라 인적이 드문 곳이지만, 화전민처럼 개간할 곳을 계속 늘리는 중이고, 개간한 비탈밭에 곡식을 심어 그런대로 자급할 수 있는 식량을 생산하고 있는 터다. 온종일 힘든 농사일을 하는 게 주된 일이다. 비탈밭에는 조, 수수, 옥수수 등 잡곡과 감자, 고구마, 목화, 고추를 심을 수 있어서 열심히 개간만 하면 노력한 만큼 수확을 얻을 수가 있다. 내 땅이 아니고 남의 땅에서 일을 거드는 형편이지만, 힘들어도 숨어서 지낼 수 있는 화전민 마을이 있다는 것만으로도 다행으로 여긴다.

가을이 되자 달궁계곡 물가에는 머루며 다래가 지천으로 열렸다. 일본 순사들도 워낙 먼 거리여서 사람의 왕래가 뜸한 지역이다. 큰 맘 먹지 않으면 찾아오기가 힘든 지역이다. 또 발각되더라도 지리산 계곡으로 숨어 버리면, 사람을 찾기란 쉬운 일이 아니다. 집안이 걱정돼도 집으로 돌아갈 수 없는 신세가 한탄스럽다. 언제쯤이나 이 도피가 끝날지 알 수가 없다. 그럴수록 만식은 심원마을을 떠날 수가 없다. 시간이 나면 만식은 산속 계곡에서 간절히 기도를 한다.

성수환이 징용에 끌려가는 날이다. 구례구역에 많은 사람들이 모여들었다. 징용자들과 배웅을 하는 가족들로 인산인해를 이룬다. 울면서 가족들과 이별하는 장면이 곳곳에서 벌어진다. 찬수댁과 수환이 손을 잡고 있다.

"잘 댕겨오니라."

"예, 어머이…"

찬수댁이 울고 있는 수환의 등을 쓰다듬어 준다. 찬수댁도 울면서 수환을 환송한다. 수환이도 울면서 뒤돌아 걸어간다. 걸어가면서 뒤를 돌아본다. 다시 손을 흔든다.

산동 박민호가 구례구역 광장에 서 있다. 박민호가 징용으로 끌려가게 된 것이다. 원촌댁이 울면서 박민호의 어깨를 다독인다.

"아이고, 내 새끼… 어딜 가더라도 끼니는 꼭 챙겨야 한다. 에미 걱정은 하지 말고…."

"예."

원촌댁이 울면서 박민호의 손을 놓는다. 박민호가 걸어간다.

"민호야!"

원촌댁은 박민호를 향해 다시 큰 소리로 외친다. 박민호가 뒤를 다시 한번 돌아다본다. 손을 흔든다. 원촌댁이 울면서 손을 흔들고 있다.

구례에서 소집된 많은 사람들이 기차에 오른다. 기차 안은 징용으로 가는 사람들로 꽉 찼다.

애―앵!

기차가 기적 소리를 내며 천천히 움직인다. 환송을 나온 가족들이 손을 흔들어 댄다.

六

공출供出, 분가分家

"이랴! 이랴! 워! 워!"

인영이 큰 소리로 소를 몰아 가며 쟁기질을 한다. 모내기 철이라 들판에는 많은 사람들이 바쁘게 움직인다. 인석이 다가온다. 인영이 로부터 쟁기를 건네받는다. 인석이 논갈이를 계속한다. 인영이 논두렁으로 걸어 나온다. 틈틈이 일꾼들에게 손짓을 해가며 일을 지시하느라 분주하다. 인영의 지시에 따라 일꾼들이 일사불란하게 움직인다.

"워! 워!"

인석도 논에서 물을 첨벙거리며 소를 몰고 써레질을 한다. 온몸에 흙탕물이 튀는 것도 개의치 않고 부지런히 소를 몰아세운다.

"이랴!"

인석은 몸이 불편해도 농사일에는 베테랑이다. 일을 끝낸 인영과 인석이 논둑에 앉아 담배를 입에 문다. 서로에게 담뱃불을 붙여 주며 잠시 쉬어 간다.

점말과 민정이 새참을 머리에 이고 들판으로 다가온다. 한 손에는 막걸리 주전자를 들고 있다. 점말과 민정을 발견하자 인석과 인영이 일어나서 성큼성큼 다가간다. 힘들게 머리에 이고 있는 함지박을 받아 준다.

"우리 민정이가 고상이 많구나. 점말이도 수고했고."

민정과 점말이 서로 쳐다보며 웃음을 짓는다. 고개를 들고 먼 하늘을 바라보며 땀을 식힌다. 민정과 점말이 논두렁에 내려놓은 함지박에서 음식을 꺼내 놓는다. 함께 일을 하는 일꾼들과 앉아서 새참을 먹는다. 인석 오빠와 인영이 맛있게 음식을 먹는 모습을 민정이 바라보며 웃음을 짓는다.

"인석이 오빠! 많이 드셔요!"

민정이 음식을 퍼 담아 인석에게 더 담아 준다.

"어, 그래. 민정아, 고맙다."

"인영이 오빠도 더 드셔요."

"그럴까?"

인영도 민정이 음식을 권하자 그릇을 내밀어 음식을 더 받는다. 점말은 심탁 옆에 앉아 음식을 더 담아 준다. 심탁은 빙그레 웃으며 점말이 준 음식을 맛있게 먹는다. 일꾼들이 서로에게 막걸리 잔을 주거니 받거니 하면서 호탕하게 웃는다. 인석도 농사일을 할 때는 상머슴 노릇을 해낸다. 집안일을 주도적으로 챙기는 인영의 지시에 따라 농사일을 척척 해낸다. 일이 힘들어서 꾀를 부릴 법도 하건만 인영과 함께하면 지루하지 않고, 책임감 있게 일을 마무리할 수 있다. 인석은 큰집에 들어온 후 해를 거듭할수록 어른 몫을 단단히 해내고 있다. 어려서부터 어른들 틈에 끼여 어깨너머로 일을 배웠다. 소를 몰고 논밭을 가는 쟁기질도 곧잘 해낸다. 사랑방에서 지내며 겨울에는 덕석이며, 가마니며, 소쿠리며, 짚신까지 각종 짚공예품을 만들어 낸다. 손재주가 남달라 지푸라기로 만드는 일이라면 무엇이든 잘한다. 인석이 그동안 만들어 놓은 것들이 집 안 곳곳에 널려 있다.

인영은 인철이나 인수와는 다르게 상급 학교 진학이 싫었다. 집안일을 챙기며 자연스럽게 농사일이 몸에 배었다. 바쁜 농사철에는 인석과 많은 일을 함께 해결해 나간다. 집안에 김 서방과 머슴들도 있지만, 농번기에는 인영이 진두지휘를 해야만 일이 착착 마무리가 되어 간다. 집안일을 챙기는 김 서방도 나이가 들었고, 이대길도 들판에까지 나오기는 쉬운 일이 아니다. 농지 대부분을 소작으로 주고 있지만, 농지의 일부분은 인영이 일꾼들을 직접 챙겨 농사를 짓고 있다. 이대길은 소소한 집안일까지 인영에게 가르치고 있는 중이다. 들판의 일과, 산판의 일이 인영의 손에서 마무리된다.

이대길을 비롯한 광의면 유지들의 소방대 기금 조성으로 뒷동산에 오포대가 세워졌다. 오포대는 철탑으로 견고하게 세워졌다. 완성된 오포대를 확인하기 위하여 후지하라가 뒷동산으로 오른다. 뒷동산에 올라와 보니 중방들과 평바대들, 온당들이 한눈에 들어온다. 비스듬하게 경사가 기울어진 들판에 계단식으로 온당리 마을이 있는 곳까지 전답이 끝없이 펼쳐져 있다. 뒷동산에서는 당동, 난동, 온동, 구만리마을까지 보인다. 우측으로는 하대, 상대마을 전체가 보인다. 철탑 주위에는 대나무가 무성하게 자라고 있다. 오포대 철탑은 대나무보다 높게 들어서 있다. 후지하라가 철탑으로 만든 오포대 꼭대기에 오른다. 방광리, 수월리, 대산리, 지천리까지 사방팔방으로 광의면 전체를 바라볼 수 있는 전망대인 셈이다. 오포대 철탑 꼭대기에는 쇠로 만든 종이 매달려 있다. 낮 12시가 되면 정오를 알리는 종소리가 열두 번 울린다.

땅— 땅— 땅— 땅….

들판에 나가서 일하는 사람들에게 점심때가 되었음을 알리는 소리다. 때를 챙기면서 일을 하라는 뜻도 있고, 시계가 없어 시간을 가늠할 수 없는 주민들에게 때를 알리는 역할도 한다. 정오에는 열두 번의 종을 쳐서 정오를 알리지만, 마을에 불이 났을 때에는 긴급하게 종을 쳐서 그 상황을 알리기도 한다. 불이 나면 촌각을 다투는 일이라서, 사람이 철탑으로 재빠르게 올라가 종을 친다.

땅땅땅땅땅땅….

쉬지 않고 연속해서 종을 친다. 종소리가 나면 광의면 어느 곳에서나 들을 수 있다. 연속해서 빠르게 종소리가 울리면, 사람들이 일손을 멈추고, 불이 났음을 알아차린다. 어느 마을에서 불이 났는지, 혹시 우리 집 근처에서 불이 났는지 고개를 돌려 두리번거린다.

들판에서 일을하다가도 연기가 피어오르는 곳을 발견하고 그곳으로 달려간다. 요란하게 종소리가 계속 울려 대면, 젊은 의용소방대원들은 주재소로 달려온다. 주재소에 비치된 소방 기구를 들고 불난 곳을 향하여 달려간다. 오포대는 비상시에 이처럼 요긴하게 쓰인다. 오포대의 위치는 그야말로 명당자리인데, 오포대가 설치된 후로 사람들은 이대길 집을 이 대감 집이라고 하기보다 '오포대 집'이라고 부른다.

철탑 바로 옆에는 이대길의 집이 울타리 하나를 사이에 두고 있다. 후지하라가 철탑을 둘러보고 뒷동산을 내려오는 길에, 이대길 집 뒷문으로 들어선다. 박 순경이 뒤따라 들어온다. 이대길이 마당에서 후지하라 일행을 발견한다. 대문도 아니고 뒷문으로 들어오는 후지하라의 일행을 보자, 이대길의 가슴이 덜컹 내려앉는다. 후지하라가 이 동네 꼭대기 집에까지 올라오면 뭔가 심상치 않은 일이 있다는 걸 안다. 대문으로 들어온 것도 아니고 싸리나무로 엉성하게 만들어 놓은 뒷문으로 들어온 걸 보니, 예삿일이 아니리라 걸 짐작한다. 지난번에 대문을 통해 갑자기 들이닥쳤을 때는 아들 중 하나를 징병에 보내라는 말에 가슴이 철렁했었다. 요즘 들어 아들을 가진 부모들은 일본 순사라면 무조건 피하고 싶다. 순사들은 전쟁터로 젊은 사람들을 징병으로, 징용으로 보내려고 혈안이 되어 있다. 후지하라가 뒷문을 통해서 집에 들어서는 걸 보니 불안한 마음이 가시지 않는다. 이번에도 또 징병을 보내라고 할 건지? 왠지 불안하기만 하다. 후지하라를 본 이대길이 빠른 걸음으로 다가가 깍

듯이 허리를 숙여 인사를 한다. 뒷문으로 들어선 후지하라가 마당에 당도하자 걸음을 멈춘다. 후지하라는 중방들로 눈을 돌리고 경치를 한참 동안 바라본다. 구례에서 제일 큰 들판인 중방들은 온통 황금물결을 이루고 있다. 참으로 멋진 풍경이다. 저 넓은 중방들에서 걷어 들이는 곡식으로 공출 실적을 올려야 한다. 공출 실적으로, 상부로부터 칭찬받을 것을 생각하니, 저절로 기분이 좋아진다. 후지하라는 그 들판을 바라보는 재미에 푹 빠져 있다. 후지하라 옆에 서 있는 이대길은 초조하기만 하다. 그렇다고 불편한 기색을 드러내서는 안 된다. 후지하라가 중방들로 향하던 시선을 돌리자, 이대길은 후지하라의 눈치를 봐 가며 조심스레 다시 허리를 굽힌다.

"아이고, 소장님! 여기까지 올라오시느라고 고상 많으셨습니다."

"아! 이 상 집에 오면, 경치가 너무너무 좋스므니다. 중방뜰 전체가 훤히 내려다 보이는 최고의 명당자리이므니다."

후지하라는 이대길의 대궐집이야말로 이 마을에서 최고의 명당자리라며 부러워하는 눈치다.

"예! 예!"

"오포대를 점검하느라 뒷동산에 올라왔는데, 이 상 집이 바로 코앞이네요. 이참에, 이 상 얼굴이나 좀 보고 가려고 잠깐 들렀습니다. 경치가 너무너무 좋스므니다."

후지하라가 오포대를 시찰하러 왔다가 들렀다면 다행이지만, 그 속을 알 수가 없다.

"그러신가요. 잘 오셨습니다. 차라도 한잔하시게 안으로 드시지요."

반갑지 않은 손님이지만, 이대길은 후지하라에게 허리를 굽히며 반가운 척이라도 해야 한다. 후지하라는 마당을 지나 대문 쪽으로 움직이며 중방들을 계속 바라본다. 이대길이 후지하라에게 안으로 들어가자고 권하지만, 후지하라는 마당을 가로질러 대문 근처까지 걸어가 집 안 구석구석을 돌아본다. 중방들의 경치에 눈을 떼지 못한 것처럼 행동하면서, 집 안 구석구석을 유심히 관찰한다. 이대길은 후지하라에게서 무슨 말이 나올지 불안하지만, 깍듯이 예를 표한다. 후지하라가 중방들을 보면서 감탄을 자아내더니, 행랑채 쪽으로 향한다. 집 안에서 뭘 찾아내기라도 하려는 듯, 집 안 구석구석을 배회하다가 마당으로 다시 걸어 나온다.

"저희 집까지 이렇게 왕림하셨는데, 차라도 한잔하시지요."

이대길이 인사치레로 차 한잔하시라고 다시 권유한다. 후지하라는 못 이기는 척하고, 이대길의 권유에 토방으로 올라선다. 마루에 털썩 걸터앉는다. 이대길은 토방으로 올라서서 후지하라에게 허리를 굽힌다.

"어…."

후지하라가 말을 하려다 말고 잠시 머뭇거린다. 이대길은 그 순간이 초조할 따름이다. 후지하라의 입에서 무슨 말이 나올지 불안하기만 하다.

"이 상이, 우리 대일본 천황 폐하를 위해 물심양면으로 지원한 것에 대해 고맙게 생각하고 있스므니다. 소방대 기금도 많이 희사해 줘서, 뒷동산에 보란 듯이 멋진 오포대가 세워졌습니다. 이 집 아들도 군대에 보내 주시고, 매년 많은 쌀을 공출해 줘서… 이제, 대일본 제국이 대동아전쟁에서 보란 듯이 매일매일 승전보가 날아오고 있습니다. 승리가 얼마 남지 않았스므니다. 천황폐하의 뜻을 높이 받들어 앞으로도 각종 공출에 더욱더 협조를 해 주셔야 하겠스므니다. 알겠습니까?"

"예! 예! 여부가 있겠습니까?"

후지하라가 이대길에게 고맙다는 인사와 칭찬을 늘어놓으니 일단 안심이다. 아들들을 더는 들먹거리지 않는 것만으로도 한숨을 돌린다. 혹시나 또 아들 중에 추가로 군대를 보내야 한다는 얘기를 할까 봐 눈치만 계속 보고 있다. 징병 얘기는 더 꺼내지 않는 걸 보니 다행이다. 마루에 걸터앉았던 후지하라가 일어선다. 다시 마당으로 내려와 집 안 곳곳을 돌아다니며 두리번거린다. 후지하라가 이대길을 만나러 온 이유는, 대동아전쟁에 필요한 군수물자를 올리라는 상부의 압박을 계속 받고 있었기 때문이다. 마을을 통틀어 제일 부잣집인 이 집에, 쌀은 물론이거니와 조상 대대로 물려받은 놋그릇(놋제기)이 많다는 정보를 입수했다. 이 집안의 가보인 놋그릇을 공출해 갈 요량으로 이대길을 압박하기 위한 것이다. 부하들을 시켜서 쇠붙이와 놋그릇 공출에 대한 압박을 가하라고 명령을 내렸지만, 마냥 기다릴 수만은 없는 일이다. 오포대에 올라온 핑계를 대고 불시에 들이닥친 것이다. 이대길 집 안 곳곳에는 놋그릇이 많다. 후지하라가 깨끗이 씻어서 엎어 놓은 요강에서 눈을 떼지 않는다. 놋쇠로 만든 요강이 묵직해 보인다. 여태 저런 놋쇠 요강을 공출하지 않았느냐는 표정으로 요강을 한참 동안 바라본다. 이대길과 박 순경도 후지하라와 함께 엎어 놓은 요강을 바라다본다.

이 집에서는 요강단지를 비롯하여 재떨이며, 놋그릇이며, 제수용품은 대부분 놋쇠로 되어 있다. 술잔이며, 촛대며, 제상을 차리는 모든 그릇이 놋그릇이다. 그 많은 놋쇠 용품을 가마니에 담아서 광 한쪽에 높게 쌓아 두었다. 이 동네에는 삼남 일대에서 유명하기로 소문난 유기 공장이 양조장 건너편 서시천 변에 자리 잡고 있다. 그 공장에서 직접 사들여 조상 대대로 물려받은 유기 용품들이다.

후지하라가 박 순경에게 눈짓을 한다. 눈빛 신호를 받은 박 순경이 움직인다. 집 안 곳곳을 돌아다닌다. 안채 뒤뜰이며, 사랑채, 행랑채, 아래채, 사당까지. 혹시 공출해 갈 물건이 있는지 점검하는 것이다. 김 서방이 박 순경 뒤를 졸졸 따라다닌다. 집안사람들이 순사를 보며 깜짝 놀란다. 박 순경을 마주칠 때마다 허리를 굽신거린다.

"이 집에 놋그릇을 산더미처럼 쌓아 놨다는 소문이 들리던데…"

김 서방을 흘깃거리며 박 순경이 넌지시 말을 던진다. 김 서방이 흠칫 놀란다. 어디서 들은 걸까? 지레짐작으로 하는 말은 아닌 듯싶다.

"놋그릇이라니요? 놋그릇은 제수용과 살림용 외에는 없는데요."

김 서방은 있는 그대로 대답한다. 박 순경은 김 서방의 대답을 놓치지 않는다.

"무슨 용도가 됐든 간에, 놋그릇이 있느냐 없느냐가 중요하단 말이요. 내 말 알아듣겠소?"

박 순경의 퉁명스러운 말투에 김 서방은 대답을 못 하고 머뭇거린다. 김 서방이 대답을 하지 않자, 박 순경이 김 서방을 다그친다.

"놋그릇이 있어? 없어?"

박 순경의 짜증 섞인 질책에 김 서방이 망설인다.

"저… 저는 살림을 하는 사람이 아니라서 잘 모르겠는데요."

김 서방이 얼버무리며 모르겠다고 대답을 한다.

"주재소 소장님이 이곳까지 올라온 이유는, 놋그릇이나 철근 같은 군수물자 공출 문제로 올라온 거란 말이요. 그러니 영감님도 주인 어른에게 잘 전달하란 말이오. 알겠소!"

"예, 예."

김 서방이 이제야 무슨 연유로 순사들이 왔는지를 알아차린다. 박 순경이 마당으로 나오자 후지하라 일행이 뒷문으로 우르르 빠져나간다. 이대길과 김 서방이 이들 일행이 나갈 때까지 허리를 굽혀 인사를 한다. 후지하라 일행이 뒷문으로 모두 빠져나간 후에 김 서방이 이대길에게 보고한다.

"저… 아까 박 순경이 집 안 구석구석을 돌아다니면서 하는 말이, 이 집 안에 놋그릇이 어디 있느냐고 물어보길래, 저는 잘 모른다고 대답을 하긴 했습니다만, 대감 어른께 순사들이 이 집에 올라온 이유를 꼭 알리라는 식으로 말을 하던데요."

"그러던가?"

"예, 대감 어른께 꼭 알리라고 강조하는 눈치였습니다. 놋그릇을 뭐 할라고 하는지…"

이대길이 손을 뒷짐을 진 채로 방 안을 계속 두리번거린다. 이대
길의 얼굴에 수심이 가득하다. 이 상황을 어떻게 해야 할지 고민이
다. 화가 머리끝까지 올라오지만, 묘안을 짜내야 한다. 놋그릇을 몽
땅 빼앗길 수는 없는 일이다. 자리에 앉아 곰방대를 입에 문다. 곰
방대에 담배를 넣고 불을 붙인다. 곰방대를 길게 빨아 댄다. 담배
연기를 길게 내뿜는다. 살다 살다 별일이 다 벌어진 상황을 아무리
이해하려고 해도 머리만 복잡해진다. 조상 대대로 물려받은 놋그릇
을 공출하라니? 천인공노할 일이 아닌가? 일본 놈들은 조상도 모르
는 천박한 놈들인가? 조상들에게 정성 들여 지내는 제사용 놋그릇
까지 공출시키려고 하다니 한심스럽기도 하고, 화가 나지만, 이 상
황을 어떻게 한단 말인가? 만약에 제수용 놋그릇을 몽땅 공출당하
기라도 한다면 조상님들을 어떻게 모신단 말인가? 조상님들을 뵐
낯이 없다. 이대로 당하고 앉아 있을 수만은 없는 일이다. 신속하
게 쥐도 새도 모르게 감추어야 한다. 넓은 집 안에 땅을 파서 묻어
도 되지만, 묻을 곳을 찾아도 여기저기 안심이 되는 곳이 없다. 그렇
다고 당장 대밭에 굴을 파서 묻어 두자니, 대밭을 파서 굴을 만드는
것도 만만치가 않다. 집안사람들에 의하여 정보가 새어 나가, 발각
되기가 오히려 더 쉬울 수 있기 때문이다. 그놈들이 집 안을 뒤져서
감춰 놓은 것이 발각이라도 되는 날에는 큰일이다. 무슨 봉변을 당
할지 모를 일이다. 아무 대책도 없이 손을 놓고 있다가, 공출이라도
당하면, 조상 대대로 이어져 내려온 제수용품이라고 우긴다고 될 일
인가? 후지하라 그 악랄한 놈한테, 빼앗기는 날에는 무슨 낯으로 조

상님들을 뵐 것인가? 한시가 급하다. 이대길은 점점 더 초조해진다. 애꿎은 담배만 연속해서 빨아 댄다. 여러 가지 묘안을 찾다가 고개를 끄덕인다. 그나마 쥐도 새도 모르게 감출 방법이 떠오른다. 질매제 움막 근처를 떠올린다. 산판 한 곳에 깊숙이 땅을 파서 묻어 두는 게 묘수일 듯싶다. 이대길이 벌떡 일어나서 밖으로 나간다.

"김 서방!"

김 서방을 급하게 찾는다. 김 서방이 허겁지겁 달려온다. 방 안으로 김 서방이 들어서자 귓속말로 지시를 내린다. 집안사람들에게 소문이 나면 안 되는 일이다. 아무도 모르게 은밀히 추진해야 한다. 김 서방이 고개를 끄덕이며 급하게 방을 나간다.

탕 탕 탕!

광 안에서 망치소리가 요란하다. 광 안에서 가마니에 들어 있던 놋그릇을 꺼내 나무 상자에 넣고 못질을 한다. 겉으로 보기에는 나무 상자일 뿐이다. 나무 상자 안에 무슨 물건이 들어 있는지 모르게 해야 한다.

칠흑 같은 어두움이다. 이대길이 마루에 서서 지게에 짐을 짊어지고 나가는 사람들의 움직임을 지켜보고 있다. 이대길이 그 광경을 초조하게 지켜보고 있다가 마당으로 내려선다. 김 서방을 불러 세운다.

"잘 챙겼는가?"

"예, 대감마님."

"밤길이니 조심해서 다녀오게. 다른 사람들 눈에 띄어서는 안 되니, 조심해야 허네."

"그럼, 조심해서 다녀오겠습니다."

"그래, 조심해서 다녀오게. 질매제 까끔(산판)에 올라가서도 뱅이를 단단히 해 둬야 하네."

"예. 땅을 깊게 파서, 잘 묻어 두고 오겠습니다."

"김 서방, 자네만 믿네."

단호하고 낮은 목소리로 신신당부한다. 이대길이 인영을 따로 부른다.

"김 서방이 잘 하겠지만, 너도 잘 챙겨야 한다."

김 서방을 잘 도와서 감쪽같이 놋그릇을 잘 묻어 두라는 얘기다.

"예, 아버지."

깜깜한 밤에 지게에 짐을 진 사람들이 움직인다. 인영과 인석도 지게에 짐을 지었다. 평바대들을 지나 질매제까지는 반 시간이면 다다를 수 있는 거리다. 질매제 산판에는 부모님 산소와 일가친척들의 묘가 있는 곳이고, 봄가을로 누에를 치는 계절에는 사람들이 숙식을 해결하기 위하여 움막을 지어 났다. 질매제 산판의 절반은 뽕나무가 심어져 있고, 고구마며 미영(목화)을 심어서 수확을 해 오던 곳이다. 깜깜한 밤중에 질매제 산판에서 땅을 판다. 땅속에 상자를 묻고 흙을 덮는다.

집안의 놋그릇, 각종 쇠붙이가 손수레에 가득 실려 나간다. 집안의 살림살이를 가만히 앉아서 도둑질당하고 있는 것이다. 집안의 살림살이까지 공출이란 명목으로 빼앗기는 것이다. 공출을 안 하면 어떤 화가 미칠지 모르기 때문에, 어쩔 수 없이 시늉이라도 내야 한다. 공출을 안 한다고 후지하라의 미움을 사면 안 되는 일이다. 남아 있는 아들 중에 징병 얘기를 안 하는 것만으로도 다행이다 싶다. 이대길이 방문에 붙어 있는 쪽 유리를 통해서 밖을 내다본다. 손수레에 가득 놋그릇이 실려 나가는 것을 본 이대길은 방 안을 서성거린다. 속에서 천불이 올라온다.

"괘씸한 놈들! 괘씸한 놈들!"

손수레에 쇠붙이들을 가득 실어 보냈지만, 생각할수록 화가 나서 참을 수가 없다. 쌀도 공출을 하였고, 기부금도 희사했건만. 공출이 아무리 심해도 내 집은 괜찮으려니 했다. 소문을 듣긴 했지만, 집에서 쓰는 밥그릇은 물론, 숟가락까지 아이들을 시켜서 가져간다는 소문이 그저 소문이려니 했다. 집안 대대로 내려오는 놋그릇까지 공출을 당하고 있으니 말이다. 전쟁에 미쳐도 단단히 미친놈들이다. 천벌을 받을 놈들이다. 욕밖에 안 나온다.

"조상도, 근본도 없는 왜놈들! 그릇까지 공출이라니⋯ 그놈들이 미쳐도 단단히 미쳤당깨!"

욕을 해 대도 성이 차지 않는다. 다시 자리에 앉아 곰방대를 빨아 댄다. 아들 하나를 징병으로 끌고 가 버린 일본 놈들이다. 언젠가는 꼭 복수하리라 다짐을 한다. 놋그릇을 전혀 안 내어놓을 수는 없는 상황이라, 눈가림만 할 정도로 내어놓았다. 남들에 비하면 엄청난 양이다. 그렇지만 다 내어줄 수는 없다. 이대길이 앉아서 애꿎은 곰방대만 길게 빨아 댄다.

탕 탕 탕!

재떨이에 담뱃재 털어 대는 소리가 방 안을 휘어잡는다. 화를 참을 길이 없다. 쌈지에서 담배를 꺼내 곰방대에 채우고 연기를 내뿜는다. 화가 풀리지 않는다. 마루로 나오자마자 사랑채를 향해 소리를 지른다.

"김 서방! 김 서방!"

김 서방이 사랑채에서 빠르게 달려온다.

"대감마님 부르셨습니까?"

"논밭에 거름은 다 냈느냐? 여태 뭣들 하고 있는 거냐? 얼릉얼릉 일꾼들 데리고 논밭에 거름이나 내거라. 아직도 밑거름을 안 내고 게으름을 피우고 있느냐? 놉(일군)을 얻어서라도 오늘 당장 하거라!"

"예."

이대길의 화가 가라앉지 않았음을 김 서방도 헤아리는 눈치다. 대감마님의 심기를 불편하게 해서는 안 된다. 어젯밤에 집안 남자들 모두가 질매제에 다녀오느라 피곤할 텐데… 애꿎은 집안 식구들에게 화풀이를 하고 있는 것이려니 한다.

"인석이는 어디 갔느냐?"

"아직 안 들어 왔는가 보네요? 아까부터 안 보이그만요."

"인석이 그놈을 당장 잡아 오너라. 시국이 어느 땐데… 어디서 또 술 퍼먹고 있는 거 아니냐?"

인석에게 화풀이를 할 셈인가? 인석을 당장 잡아 오라고 화를 낸

다. 인석은 수가 틀렸다 하면 시장통에서 고주망태가 되어 시비를
걸고 싸우기 일쑤다.

"야! 술 더 가져오란 말이야!"

"..."

"내 말이 안 들려! 빨리 술 가져오란 말이야!"

인석이 술을 더 가져오라고 고래고래 소리를 지르고 있지만, 주모
는 멀리서 쳐다볼 뿐이다. 시비를 걸었다가는 싸움으로 번질 게 뻔
하기 때문이다. 소리를 질러도 아무도 관심이 없자 술판을 뒤집어
버린다.

우당탕탕!

주모가 달려온다.

"이놈아 뭔 지랄이여! 술을 처먹어도 곱게 처먹어야지. 무슨 행패
야 이놈아! 당장 나가란 말이다. 이놈아!"

주모가 악을 쓰며 인석에게 달려든다. 주모의 고함 소리에 인석이
비틀거리며 장정지로 향한다. 인적이 없는 장정지는 고요하다. 서시
천의 시원한 바람이 인석을 맞이한다. 장정지 아래 느티나무 아래에
눕는다. 어디에도 마음을 둘 곳이 없다. 나이가 들수록 생활에 점점
적응해 나갈 때도 된 듯한데 허전하기만 하다.

술에 취한 인석이 이대길 앞에 나타났다. 이대길은 술에 취한 인
석이 못마땅하다.

"인석이 너는 지금 때가 어느 때인데, 아직도 정신 못 차리고 술타 령이냐?"

인석은 그저 묵묵히 고개만 숙이고 있다. 큰아버지 말이라면 죽는 시늉이라도 했던 인석이었다. 잘못했다는 말도 없이, 이대길의 분부만 기다리는 눈치다.

"어여 정신 차려라! 인영이도 일꾼들을 데리고 벌써 들에 나갔다. 정신 차리고 어여 들에 나가 보거라."

"예."

인석을 불러 불호령을 하려고 벼르고 있던 이대길은 금세 맘이 누 그러진다. 인석도 이대길이 앞에 오면 금방 순해진다. 조카를 엄하 게 다스려야 하겠다고 마음을 먹었건만, 제대로 건사하지 못해 불편 한 녀석의 한쪽 팔과 귀먹은 한쪽 귀를 생각할라치면 안쓰럽기 짝 이 없다. 사실 인석도 큰아버지나 큰어머니나 모든 식구들이 각별 히 신경 써 준 것을 잘 알고 있다. 지난번 사건으로 죽을 고비를 넘 기고, 겨우 살아난 몸을 식구들이 잘 챙겨 주는 걸 피부로 느꼈기 때문이다. 그러나 혈기왕성한 인석의 마음 한 구석은 항상 허하고, 불만으로 가득 차 있다. 술이 들어가면 본인도 모르게 이성을 잃기 일쑤다. 술이 깨고 나면 그러지 말아야지 하면서 후회도 해 보지만, 마음을 다스리기가 힘들다.

일제의 공출이 점점 심해진다. 전쟁에 필요한 물품들은 닥치는 대 로 공출을 닦달한다. 놋그릇을 비롯한 각종 쇠붙이를 공출하라는 압박은 계속된다. 징병, 징용도 점점 심해진다는 소문이다. 이대길에게 징병, 징용이 점점 더 걱정을 가져다준다. 후지하라의 집요한 강요에 의하여 일부는 공출을 하였고, 일부는 놋그릇을 산판에 감추었지만, 이대길의 신경이 날카로워졌다. 본인도 이 상황을 극복하려고 애쓰지만, 눈앞에서 벌어지는 일들은 점점 더 스트레스로 다가온다. 집안 식구들에게 시도 때도 없이 눈에 거슬리는 일만 생기면, 불같이 화를 낸다. 둘째 아들 인수가 징병으로 간 후로는, 걱정이 되어 잠을 이룰 수가 없다. 둘째 인수를 징병 보낸 아비의 심정이다. 자식을 전쟁터로 보내 놓고 밤낮으로 걱정을 하고 있지만, 일본 놈들은 계속해서 징병을 독려하고 있는 형국이다. 전쟁터로 사람을 보내는 형국이 사그라들 기미가 없음을 이대길은 짐작할 수 있다. 이러다간 아들 모두를 징병으로 하나씩 뺏길 판국이다. 인수가 징병을 어디로 갔는지, 어디서 무얼 하고 있는지 편지 한 장 없는 상태다. 어느 전쟁터에 동원되어 별고는 없는지 걱정이 태산이다. 조선 사람들을 계속 징병으로 끌어들인다는 소문이 들리는데, 또 아들 중에 징병을 보내라고 요구하면 뭐라고 해야 한단 말인가? 잊을 만하면 후지하라가 집 안으로 들이닥치는 바람에 화가 가라앉지 않는다. 이번에는 집안에서 제수용품으로 쓰고 있는 놋그릇까지 공출하라고 압박을 가하고 있으니, 참으로 가관이다. 아무리 생각해도 기가 막힐 노릇이다.

"괘씸한 놈들…."

며칠째 끓어오르는 화를 삭힐 수가 없다. 생각하면 생각할수록 머리가 무겁고 지끈지끈거린다. 이대길의 몸은 불덩이가 되어 간다. 온몸에 열이 펄펄 끓는다. 결국 앓아누워 버렸다. 절골댁이 누워 있는 이대길 옆에서 머리에 수건을 올리며 정성을 쏟는다.

황필수가 급하게 방 안으로 들어선다. 황필수가 누워 있는 이대길의 머리에 손을 가져다 댄다. 열이 나고 있다. 진맥을 짚어 본다.

"형님! 마음을 편하게 하셔야 합니다."

이대길이 눈을 뜨지 못하고 누워 있다. 이대길이 무슨 일로 앓아누웠는지를 잘 알기 때문에, 맘 편히 가지라고 말하는 것이다. 절골댁이 옆에 앉아서 황필수만 초조하게 바라본다. 진맥을 마친 황필수가 절골댁을 쳐다본다.

"너무 걱정하지 마십시오. 화병은 아는 병이니까… 약을 지어 드릴 테니, 약을 달여 드시게 하고, 며칠 쉬면 열이 가라앉을 겁니다. 맘이 편해져야 낫는 병입니다. 천하에 나쁜 놈들 아닙니까? 그놈들 때문에 병이 난 건데… 차차 좋아질 겁니다."

황필수 입에서도 욕이 튀어나오려는 걸 꾹 참다. 절골댁을 안심을 시키고 일어선다.

"고상하셨습니다. 살펴 가십시오."

절골댁이 황필수에게 공손히 인사를 건넨다.

경자가 화로에 약탕기를 올려놓고 부채질을 한다. 정성 들여 달인 한약 사발을 들고 안방으로 향한다. 절골댁이 누워 있는 이대길을 일으켜 세워 한약을 건넨다. 한약을 다 마신 이대길을 다시 눕힌다.

한참 후에 이대길이 눈을 떴다. 이대길은 누워서 별별 생각을 다해 본다. 이 어려운 난관을 어떻게 풀어야 할까? 몸을 뒤척인다. 징병을 피하려면 인영이도 결혼을 빨리 시켜야 한다. 결혼을 시키면 징병, 징용을 피할 수 있는 핑곗거리가 되지 않을까?

후지하라는 계속해서 시국 강연회를 열면서 조선 사람들에게 공출과 징병, 징용을 독려한다. 대동아전쟁은 점점 가속도를 내고 있다. 서시천 변 유기 공장에도 경찰들이 들이닥친다. 공장 구석구석을 돌아다니며 놋그릇을 찾아내 강제로 공출해 간다. 공출하는 것을 막으려고 달려드는 노인을 일본 순사들이 뿌리친다. 땅바닥에 노인이 쓰러진다. 순사들은 쓰러진 노인을 뒤로한 채 유기그릇을 몽땅 수레에 실어서 나가 버린다.

가을걷이가 끝나자 소작인들이 소작료를 가지고 집 안으로 들어선다. 인영과 김 서방이 함께 장부를 살펴본다. 장부를 확인한 광에는 쌀가마니가 차곡차곡 쌓인다. 인영의 결혼이 서둘러졌다. 급하게 중매쟁이가 들락거린다. 지천리 천변마을에 사는 처녀와 날짜가 잡혔다.

꽃가마에서 신부가 내린다. 꽃가마를 타고 온 천변댁이 수줍어한다. 따로 살림을 내주어야 하지만, 집안 어른들과 같이 지내야 한다고 하여 사랑채 한 칸을 신혼방으로 꾸몄다. 새로 들어온 며느리도 집안 식구들과 부대끼면서 집안일을 배워야 한다. 경자는 큰며느리로서 정제꾼이 하나 더 늘어 반갑기만 하다. 항상 일손이 달리는데

더할 나위 없이 좋다. 부엌에서 경자와 난동댁과 점말, 제법 처녀티가 나는 민정이 부지런히 움직인다. 잠시나마 엉덩이를 붙일 시간도 없다. 천변댁이 가세해도 정제 살림은 한가할 시간이 없다. 많은 식솔들 끼니를 차릴라치면, 일손이 부족하긴 마찬가지다. 아침에 눈을 뜨자마자 일을 시작해서 밤에 잠자리에 들 때까지 허리 한 번 펼 시간이 없다. 틈이 나면 집 뒤에 넓은 남새밭을 가꾸어야 한다. 웬만한 식재료는 남새밭에서 거둬 온다. 수백 평의 남새밭을 가꾸는 일도 여자들의 몫이다.

"밥은 가마솥에 안쳤나?"

"예."

"그럼 산동떡은 장끄방에 가서 간장 한 바가지 퍼 오니라."

"예."

경자가 부엌 뒷문을 열고 장독대로 간장을 뜨러 나간다.

"천변떡은 어여 불 좀 싸게 때거라!"

"예, 어머니."

"새언니, 불은 제가 땔께요!"

민정이 부엌으로 들어서며 일을 돕겠다고 나선다.

"우리 민정이가 불을 때려고?"

"예, 큰어머니. 제가 땔께요."

"그래라. 이제 너도 씨누(시누이)들과 함께 정제(부엌) 일을 빨리 배워야지. 얼릉 앉아서 밥솥에 불을 때거라."

절골댁이 민정이에게 불을 때라며 부엌을 나간다.

"예, 큰어머니."

민정이 부엌을 나가는 절골댁을 향해 대답을 한다.

"애기씨가 불을 땔래요? 그럼, 그러세요."

천변댁이 불을 때려다 말고, 민정이에게 부지깽이를 넘겨주고 일어선다. 민정이 부엌 바닥에 쪼그리고 앉아 불을 지핀다. 부엌일을 거들고 나서는 걸 보며 미소를 짓는다. 어리게만 보아 왔는데 부엌일을 제법 잘 해낸다. 키도 제법 커서 처녀티가 난다. 민정이 가마솥 아궁이에 불을 지피느라 애를 먹는다. 연기만 피어오르고 불이 잘 붙지 않는다. 연기가 아궁이 속으로 빨려 들어가는 게 아니고, 아궁이 밖으로 나와 부엌 사람들에게 달려든다.

"캑 캑 캑…."

민정이 밀려드는 연기를 마시고 캑캑거린다. 그때 간장을 바가지에 떠 온 경자가 간장을 호리병에 쏟아붓고는 민정이 앞으로 다가간다. 경자가 얼른 민정을 돕는다.

"애기씨! 부지깽이 이리 주셔요. 불은 내가 땔 테니까."

"아이! 왜 이리 불이 안 지펴지지?"

민정이 전에도 불을 때며 부엌일을 도왔었는데, 오늘따라 일이 잘 풀리지 않는다.

"가마솥 밥은 불 조절을 잘해야 되거든요. 부지깽이 이리 주셔요. 애기씨는 밖으로 나가서 애들이나 업어 주셔요."

경자가 민정을 밖으로 나가라고 떠밀다시피 한다.

"예, 새언니. 제가 쬐끔만 더 때 볼께요."

민정이 대답을 하면서도 불을 계속 때고 있다. 연기가 민정에게로 달려든다. 연기를 피하지 못하고 연기를 마시면서도 부지깽이를 놓지 않는다.

"아이고! 우리 애기씨가 정제(부엌) 일을 배우려는데, 정제 귀신이 도와주지를 않는구나!"

민정이 캑캑거리며 쩔쩔매는 모습을 난동댁이 보면서 한마디 한다.

"우리 애기씨도 정제 일을 배우려면 아직 멀었네요. 매일 정제로 들어와서 불 때는 일부터 배워야 합니다. 알았능기요?"

"예."

민정이가 캑캑거리며 부엌을 나간다. 경자가 밥솥에 불을 지핀다.

"동서! 동서는 상이나 챙기고, 난동떡이랑 점말이랑 그릇과 수저 좀 챙겨 봐. 그릇이 많으니까 조심해서 다뤄야 되네."

"예, 성님!"

식솔들이 워낙 많아 챙겨야 할 그릇과 수저도 한가득이다. 그릇을 씻느라 눈 코 뜰 새가 없다. 점말과 난동댁이 땀을 흘리며 바쁘게 몸을 움직인다. 난동댁이 손을 닦으며 다가온다. 그릇을 광주리에 조심스럽게 담아 점말과 함께 옮긴다. 민정이가 애기를 업고 부엌 앞에서 서성거린다. 가마솥에서는 김이 모락모락 피어오르고 밥이 익어 간다. 또 다른 가마솥에서는 국이 펄펄 끓는다.

"싸게싸게 움직여야 한다. 어른들 밥부텀 먼저 챙겨야 한다. 일꾼들도 얼른 밥을 멕여서 빨리 들로 나가게 해야 하제. 부엌 여자들이 아침 일찍부터 부지런을 떨어야 한다."

절골댁이 독촉을 한다.

"예, 어머니!"

경자가 대답을 하면서 서두른다.

"동서! 어른들 밥상부터 올려야 되니까 저쪽부터 챙겨 봐!"

경자가 천변댁을 재촉한다.

"예, 성님!"

경자가 어른들 밥상부터 챙겨서 올린다. 천변댁은 그런 경자를 보면서 부엌일을 익힌다. 천변댁이 아직 일이 손에 안 잡혀 어설프지만, 바쁘게 돌아가는 부엌일을 열심히 배워 나간다. 식구들 밥상을 다 차리고 한숨을 돌린다. 민정이 애기를 업고 부엌으로 들어온다. 여자들이 먹을 음식은 부엌 바닥에 밥상을 펴놓고 그 위에 음식을 차린다.

"어서들 앉으셔요. 우리도 빨리 밥을 먹어야 각단이 나니깨."

부엌 식구들도 식사를 서두른다.

"애기씨! 우리 수지 업어 주느라 고생 많았어요. 이리 주셔요."

경자는 민정이가 업고 있는 아기를 홀쩍 들어 품에 앉힌다.

"애기씨도 이리 와 앉으셔요."

"졈말이도 이리 와 앉아라."

난동댁이 졈말을 챙기자, 민정도 졈말이 앉게 엉덩이를 움직여 자리를 만든다. 부엌 바닥에서 밥상을 펴 놓고 여자들끼리 한술 뜬다. 밥을 먹자마자 경자는 아이를 등에 업고 포대기 끈을 질끈 동여맨 채 설거지를 하려고 한다.

"새언니, 설거지는 내가 할께요."

민정이 팔을 걷어붙인다.

"애기씨가 설거지를 한다고?"

"예."

민정이의 목소리가 자신만만하다. 경자는 애를 데리고 나간다.

"그럼. 그렇게 해 보세요. 설거지도 부지런히 해 봐야 는다니까, 얼른 시작해 보셔요."

난동댁이 민정을 재촉한다. 민정은 부엌일이 얼마나 바쁘고 힘든 일인 줄 안다. 큰어머니부터 시작해서 새언니들까지 여자들이 모두 나서서 팔을 걷어붙이는 마당에 가만히 앉아서 밥을 얻어먹을 수만은 없는 일임을 잘 안다. 눈치껏 팔을 걷어붙이고 일을 도와야 한다는 것쯤을 아는 나이가 되었다.

"그래. 애기씨가 제대로 정제 일을 배우는구나. 애기씨도 처녀가 다 돼 가는데, 밥을 먹었으면 밥값은 해야지. 얼른 설거지를 해 보소. 애기씨도 그 나이면 정제 일을 배워서 요리타케 밥도 짓고, 음식도 할 줄 알아야지. 그래야 시집가서 시집살이 안 하고 잘 할 수 있당께로. 알았제요? 여기서 고상 안 하고 시집가면, 시댁에서 일 못한다고 구박받고 쫓겨난다니까요."

"예, 아주머니."

"내가 애기씨를 시켜 먹으려고 하는 게 아니고, 일을 가르치려고 그러는 거니까, 그리 알아들어야 한당께요. 큰 마님 생각도 똑같을 꺼여요."

"예, 알고 있어요."

"새언니들을 보세요. 부잣집에 며느리로 들어왔어도, 손에 물 안 묻히고 살 수 없는 상황이 되니까, 모두가 팔을 걷어붙이잖아요?"

난동댁이 민정에게 일을 가르치려는 것이다. 민정도 이 집에 들어올 때는 어린 나이였지만, 보통학교도 졸업하고 덩치도 제법 컸다.

"누가 시키지 않아도 애기씨가 알아서 일을 눈치껏 거들어야 하는 거여요. 알았지요? 그러면서 어깨너머로 차차 배워가는 거랑깨요."

"예, 잘 알았습니다. 아주머니."

민정도 난동댁을 쳐다보면서 웃는다.

"애기씨가 설거지를 하시게요?"

"예, 제가 할께요."

"그럼 같이 하자구요."

천변댁과 민정이는 서로 웃으면서 설거지를 하느라 바쁘다. 점말과 난동댁은 무쇠 밥솥을 닦달하느라 허리를 굽혀 몸을 움직인다.

이른 봄부터 그 많은 농사를 지으려면 항상 일손이 부족하다. 수많은 일꾼들이 들락거리고 그 일꾼들의 먹을 것을 준비하느라 눈코 뜰 새가 없이 바쁘게 돌아간다. 어느새 수확 철이다. 들판은 오곡백과가 무르익은 황금 들판이다. 사람들이 나락을 베느라 허리 한 번 펴지 못하고 엎드려 있다. 나락을 베어 며칠 간 건조시킨 후 나락 다발을 지게에 지고 나른다. 지게 부대가 줄지어 나락을 짊어지고 이대길 집을 향하여 오르는 모습이 장관이다. 마당에는 산더미처럼 높은 볏단이 차곡차곡 쌓인다. 남자들이 나락 단을 짊어 나르면, 마당에서는 여자들이 홀태를 하나씩 가지고 자리를 잡는다. 일꾼들과 함께 마당에 빙 둘러서서 홀태로 벼를 훑어 내리고 있다. 난동댁과 점말이도 몸을 부지런히 움직인다. 경자도 민정에게 애기를 맡기고 손을 걷어붙인다. 홀태에 볏단을 넣고 힘차게 잡아당긴다. 홀태 아래로 나락이 우수수 떨어져 쌓인다.

"동서! 내 옆으로 와서 해!"

"예."

천변댁이 경자 옆으로 다가간다. 앳되고 어린 새댁이지만, 한 식구가 된 이상 손 위인 경자가 아랫동서인 천변댁을 챙긴다. 나락을 훑어 내는 홀태질이 서툴까 봐, 가까이 두고 가르치려는 의도다. 천변댁이 경자 옆으로 와서 홀태질을 한다. 아직은 서툴지만 천변댁을 칭찬한다.

"동서 일 잘하네. 어디서 많이 해 본 솜씬데?"

"예. 저희 친정에서도 농사를 거들어 봤습니다."

"그래, 내가 보니까 동서도 솜씨가 야무지게 생겼어. 일을 하다 보면 집안일도 차차 익숙해질 거야. 누가 일을 처음부터 잘하겠어? 차차 배워 나가면 되는 거지."

"예, 형님. 고맙습니다."

천변댁이 볏단을 한 묶음 홀태 사이에 넣고 잡아당긴다. 후두둑, 낱알이 발등 위로 떨어진다. 발 위로는 낱알이 점점 쌓여 간다. 벼를 훑는 손놀림이 점점 빨라진다. 쌓인 나락은 갈퀴로 긁어 내고,

홀태에서 떨어진 검북데기를 갈퀴로 긁는다. 그리고 낱알은 가마니에 담는다. 하루종일 하는 반복 작업이라서 노랫가락이 흘러나온다. 낮에 들판에서 볏단을 나르던 남자들은, 저녁에는 알곡만 가마니에 담아 처마 밑에 차곡차곡 쌓아 올린다. 수확이 끝나면 햇빛에 나락을 말려야 하기 때문이다. 말린 나락은 저장고를 별도로 만들어 저장한다. 몇 날 며칠을 집안 식구는 물론 동네 사람들 일손까지 도움을 받아 일을 해도 일손이 모자라긴 매한가지다.

농사일이 끝나도 여자들은 더 바쁘다. 베 짜는 일은 여자들의 몫이다. 틈날 때마다 교대로 베를 짜야 한다. 베틀방 앞에서는 난동댁이 물레를 돌려 실을 뽑아내고 있다. 경자가 천변댁에게 베 짜는 기술을 꼼꼼하게 가르친다.

덜거덕 탁 덜거덕 탁 탁탁….

몸을 놀리는 솜씨가 제법 빠르다. 젊어서인지 천변댁은 베 짜는 몸놀림에 힘이 있다. 밤이 늦도록 베틀에 앉아 베를 짠다.

결혼을 한 인영이네를 분가시켜야 한다. 결혼한 자식을 한집에서 계속 같이 살게 할 수는 없는 노릇이다. 분가는 이왕이면 새집을 번듯하게 지어서 내주고 싶은 마음이다. 이대길이 오포대가 있는 동산으로 올라왔다. 동산에서 주재소 쪽을 바라다본다. 뒷문을 나서기만 하면 주재소까지의 모든 전답이 이대길의 소유다. 그야말로 문전옥답이다. 주재소 옆에 최근에 지은 진료소가 눈에 들어온다. 진료소 뒤편 마을 쪽으로 붙여서 집터를 잡는 것이 좋을 듯싶다. 집을 지으려면 먼저 풍수를 봐야 한다. 집터 방향은 어디로 향해야 할지, 남향이 좋을지 서향이 좋을지? 이대길이 혼자서 결정할 일이 아니다. 집을 새로 짓는 일은 간단한 문제가 아니다. 김 서방을 시켜서 풍수를 알아보게 한다. 김 서방이 이 고을에서 유명한 지관의 도움을 받는다. 김 서방이 지관의 풍수에 대한 견해를 소상하게 이대길에게 알린다. 아들을 분가시킬 집터는 본가보다는 낮게 지어야 한다. 집터는 본가에서 북쪽으로 한 발짝이라도 나가면 안 된다는 것이다. 본가를 기준으로 북쪽으로 한 발짝이라도 나가면, 해가 미친다는 것이다. 집터는 본가를 따라서 서향으로 앉혀야 할지? 햇빛이 잘 드는 남향으로 앉혀야 할지? 집터는 남향으로 앉혀야 된다는 결론을 얻었다. 대문은 어느 방향으로 내야 하는지? 뒤쪽으로 나서기만 하면, 곧바로 진료소와 면사무소, 주재소가 곧바로 연결된다. 관공서 앞 광장 마당으로 바로 연결이 되는 북향으로 해야 할지, 마을 골목과 연결이 되는 남향으로 해야 할지? 지관에 의하면, 북쪽은 쪽문이라도 내면 해가 미친다는 것이다. 집터를 기준으로 북쪽은 담벼락을 높게 만들어야만 액운이 달려들지 않는다. 그래야 해가 없고, 그 집에 들어가서 살 위인의 자손이 계속 번성하고, 재물운도 따르고, 장수를 누릴 수 있다고 한다. 남쪽으로 대문을 내기로 한다.

집을 짓기 위해 터를 닦기 시작한다. 문중 산에서 아름드리 소나무를 베어다 나른다. 이대길이 뒷짐을 지고 공사장을 매일매일 찾아간다. 인철과 인영, 인석, 명일까지 모든 식구가 달려들어 일손을 보탠다. 동네 사람들도 힘을 보탠다. 큰 바윗돌을 사각형 모양으로 만들어 중간에 홈을 파고 질긴 줄로 묶는다. 사방으로 끈을 매달고 반복해서 내리친다. 집터를 닦는 소리가 들려온다.

쿵 쿵 쿵 쿵….

"어덜럴러 상사뒤야…."

함께 소리를 맞춰 나가니 신이 난다. 서로 얼굴을 마주 보며 힘껏 내리치면 힘이 덜 든다. 힘든 노동의 시간이 흐를수록 흥미진진한 노랫가락이 울려 퍼진다.

어덜럴러 상사뒤야 어덜럴러 상사뒤야

상사소리를 맞아 주소 어덜럴러 상사뒤야

이 방아가 뉘 방안가 어덜럴러 상사뒤야

강태공의 조작방아 어덜럴러 상사뒤야

달아 달아 밝은 달아 어덜럴러 상사뒤야

이태백이 놀던 달아 어덜럴러 상사뒤야

저 달이 장차 밝아지면 어덜럴러 상사뒤야

장부 간장을 다 녹인다 어덜럴러 상사뒤야

송백수양 푸른가지 어덜럴러 상사뒤야

높고 높게도 그네 메고 어덜럴러 상사뒤야

민정이 외가를 다녀오는 길이다. 하얀 무명 저고리에 검정 치마를 입고, 신발은 검정 고무신을 신었다. 제법 처녀티가 난다. 보통학교를 졸업하고서부터는 집안의 큰살림을 배우고 거드느라 쉴 틈 없었다. 외출할 기회가 거의 없었지만, 오늘은 집안 어른들의 허락을 받고 대산리 외가를 다녀오는 길이다.

마을 입구 당산나무 앞에 사람들이 모여 웅성거리고 있다. 무슨 일이지? 민정이 호기심 가득 사람들이 모여 있는 곳으로 다가간다. 일본으로 갈 여자아이들을 모집한다는 얘기가 오고 간다. 민정이 그 소리에 귀를 기울인다. 일본 공장에 취직시켜 돈을 벌게 해 주고, 공장 기숙사에서 잠도 재워 주고, 본인이 원하면 상급 학교 진학도 시켜 준다는 얘기다. 민정이 호기심 어린 눈으로 설명을 듣는다. 주위의 사람들이 고개를 끄덕이며 대화를 나눈다. 민정이 그 소리를 듣고 고개를 함께 끄덕인다. 그 사람들과 헤어져 집으로 돌아온다.

민정이 일을 하다가도, 잠시 일을 멈추고 멍하니 생각에 잠긴다. 아버지를 본 지가 기억도 가물가물하다. 민정이 어렸을 때, 집을 떠나시는 아버지께 엄마와 함께 손을 흔들어 보낸 후로는, 일본에 계신다는 아버지를 본 적이 없다. 엄마가 돌아가신 후에도 아버지는 민정 앞에 나타나지를 않았다. 무슨 이유에서일까? 아버지는 일본에 잘 계시는지? 어렸을 때 신사 양복에 중절모를 쓰고, 멋지게 차려입은 아버지의 모습이 생생하다. 그런 아버지가 민정이가 큰집에 들어온 후로는 한 번도 민정을 찾아온 적이 없다. 소식을 들은 적도 없다. 아버지는 어디서 무얼 하고 계실까? 이번 참에 내가 일본으로 건너가면 아버지를 만날 수 있을까? 아버지는 날 알아보실까? 아버지가 보고 싶다. 일본에 건너가면, 공장에 취직하여 돈도 벌고, 상급 학교도 다닐 수 있다는데… 마음 한구석에는 아버지를 만날 수 있다는 기대감이 잔뜩 부풀어 있다.

솥에서 김이 모락모락 난다. 민정이 아궁이에 불을 지피다가도 멍하니 있다. 난동댁이 깊은 생각에 잠겨 있는 민정을 바라본다.

"애기씨는 요즘 무슨 고민이 있당가요?"

난동댁이 민정을 바라보며 묻는다.

"아, 예… 저…."

멍하니 있던 민정이 머뭇거린다.

"그렇다니까. 내가 애기씨 얼굴만 봐도, 뭔 일이 있는 거 다 안당께. 분명히 뭔 일이 있어도 있당께… 얼굴에 그렇게 딱 쓰였다니까. 귀신 눈은 속여도 내 눈은 못 속인당께로…."

민정이 고민을 말하고 싶은데, 쉽게 말이 떨어지지가 않는다. 밥상을 챙겨야 할 시간이라서 모두가 바쁘게 움직인다. 경자가 부엌으로 들어와 밥상 차리는 일을 서두른다.

"애기씨, 얼릉 상 좀 봐줘요."

"예, 새언니."

경자의 재촉에 민정도 바쁘게 밥상을 차린다. 안방 밥상을 별도로 준비하고, 겸해서 두 개의 밥상을 올려 보낸다. 사랑방 일꾼들에게도 밥상이 준비되어 나간다. 부엌에서 여자들이 쪼그리고 앉아 식사를 서두른다. 식사를 마친 후 설거지를 끝내자마자 천변댁, 난동댁과 점말은 찬거리를 수확하러 채마밭으로 나간다. 경자와 민정이 부엌에서 마지막 정리를 한다. 민정이 마른행주로 그릇을 닦다 말고 멍하니 앉아 있다. 경자 눈에 민정의 모습이 보인다. 경자가 그 모습을 보면서, 민정에게 고민이 있음을 알아차린다. 무슨 고민이 있을까? 그동안 민정이 저런 모습을 보인 적은 없었다. 민정에게 무슨 말 못 할 고민이 생긴 게 분명하다. 경자는 대산리댁이 죽고 나자, 큰집으로 들어온 민정을 계속해서 챙겨 왔다. 그래서인지 민정이 표정만 봐도 기분이 어떤지를 알 수 있다.

"애기씨?"

경자가 민정을 가만히 부르자 얼굴을 돌린다.

"예, 새언니."

말소리에 힘이 없다. 경자가 민정의 얼굴을 다시 한번 더 찬찬히 들여다본다.

"애기씨, 요즘 무슨 고민이 있어요?"

민정이 고개를 숙인 채 검정 고무신을 만지작거린다.

"…"

무슨 고민이 있어도 단단히 있음을 짐작한다. 민정이 먼저 말을 할 때까지 잠시 기다려 준다. 잠시 침묵이 흐른다.

"애기씨가 말을 머뭇거리는 걸 보니까, 무슨 큰 고민이 있는 것 같네요. 말해 보셔요."

"예… 저…."

민정이 다시 머뭇거린다.

"애기씨! 무슨 일인데요?"

경자의 재촉에 민정이가 말문을 연다.

"새언니, 저 요즘 고민이 있어요. 사실은 며칠 전에 외갓집에 다녀왔잖아요. 외갓집을 다녀오는 길에 사람들을 만났어요. 일본에 갈여자아이들을 모집한다는 소리를 들었어요. 일본에 가면, 공장에취직도 시켜 주고, 기숙사에서 잠도 재워 주고, 본인이 원하면 상급학교도 보내 준다는 조건이래요. 좋은 조건이라서 어른들께 말씀드리고 갔으면 합니다. 그동안 말을 꺼내기가 쉽지 않아 고민을 해왔어요. 이번 기회에 일본으로 가고 싶어요. 일본에 계신다는 아버지도 찾아보고 싶고… 어디서 뭘 하고 계시는지 꼭 알아보고 싶은데…."

"그런 고민이 있었어요?"

"예, 새언니."

민정이 아버지를 들먹이며 말을 흐리는 것을 본 경자는 민정이 일본으로 가고 싶었으리라는 짐작을 한다. 공장에 취직도 취직이지만, 아버지를 만나고 싶은 마음이 간절함을 느낀다. 부모도 없이 큰집에 들어와서 벌써 많은 세월이 흘렀다. 아무리 큰집 식구들이 잘해준다고 해도 민정이가 그동안 눈칫밥을 먹으면서 버텨 냈으리라 여긴다. 그런 민정을 경자가 누구보다도 잘 챙겨 줬다. 그동안 표현은못 했어도, 늘 아버지가 있는 일본을 동경했으리라 본다. 부모 자식 간은 떼려야 뗄 수 없는 천륜이지 않은가? 누구 하나 마음을 알아주는 사람도 없고, 갈 곳도 없는 신세가 얼마나 외로웠을까? 어떻게 해서라도 민정이를 도와주고 싶은 마음이 발동한다. 피붙이 하나 없이, 홀로 큰집에서 들어와 지내는 인석이 도련님과 민정이 애기씨가 같은 마음일 것 같아 늘 신경이 쓰였다. 아무리 신경을 쓴다고 해도 당사자들의 마음속 깊은 곳까지는 헤아리지 못했다.

"애기씨가 그렇게도 일본에 가고 싶다면 어른들께 말씀드리셔요. 더군다나 애기씨는 아버지가 일본에 계시잖아요? 이 기회에 아버지를 만나러 일본으로 간다는데…. 그동안 마음속으로 아버지를 얼마나 보고 싶었겠어요?"

"어른들께서 허락하실까요?"

민정은 경자를 쳐다보며 새언니의 호의적인 답변에 기분이 들뜨기는 하지만, 그래도 걱정이다. 집안 어른들이 어떻게 생각할까, 허락을 해 줄까 걱정이다.

"일단 어른들께서 말씀드리셔요. 더 이상 고민하지 말고…."

"그래야겠죠."

"그럼요. 더 이상 고민하지 말고 말씀드리셔요. 애기씨가 말하기 어려우면 내가 대신 말해 줄까요?"

"저…."

민정은 경자의 물음에 또다시 머뭇거린다. 경자는 민정이 군소리 한 번 안 하고, 힘든 일을 잘 하고 있어서 기특하기까지 하다. 본인이야 눈칫밥 안 먹으려고 애쓰는 걸 보아 왔던 터다. 아버지를 어렸을 때 보고, 감감무소식이니 얼마나 보고 싶으랴.

"애기씨가 혼자서 일본에 간다는 게, 어른들은 걱정이 될 거여요. 아직 나이도 어리고, 여자 혼자 몸으로 일본을 간다는데, 허락해 주실지는 모르겠어요. 공장에 취직도 시켜 주고, 학업을 계속할 수 있게 해 준다니, 조건은 좋은 것 같아요. 문제는 아버지께서 몇 년째 연락도 두절되고 있는 상황이라서, 집안 어른들께서 어떻게 받아들이실지 모르겠네요."

경자 또한 민정이 일본을 간다고 해도 걱정되는 게 한두 가지가 아님을 안다. 우물 안 개구리로 집안일만 하다가 어느새 훌쩍 커 버린 민정이 애틋하기만 하다. 상급 학교에도 진학한다는데 얼마나 좋은 기회인가? 어디에 계신지도 모르고, 연락도 안 되는 아버지를 찾으러 머나먼 일본까지 간다는 게 쉬운 일은 아닌 듯 싶기도 하다. 아버지가 얼마나 보고 싶으면 저럴까? 아버지를 만나러 가고 싶은 심정을 이해한다. 가지 말라고 막아설 일도 아니다. 어른들께 잘 말해 주는 수밖에 없다.

절골댁과 경자와 민정이 마주 보고 앉아 있다. 민정의 고민을 절골댁에게 알리고, 허락을 받기 위해서다. 어른들의 승낙이 떨어져야만 일본에 갈 수 있다. 민정이 아무리 가고 싶어도 혼자서 결정할 문제는 아니다. 경자가 민정을 대신해서 절골댁에게 자초지종을 털어놓는다. 절골댁이 알았다며 고개를 끄덕인다. 절골댁도 민정의 일만큼은 혼자 결정할 문제가 아니다.

"애기씨! 우리 장터에 구경 좀 댕겨옵시다."

"예, 새언니."

민정은 장터를 구경하자는 소리에 신이 난다. 장터에 구경 가는 일은 언제나 신나는 일이다. 경자와 민정이 광의 장터에 들어선다. 장터는 사람들로 붐빈다. 오랜만에 시장 구경하는 재미가 쏠쏠하다. 포목전에 옷감이 화려하게 진열되어 있다. 민정이 화려한 옷감에 눈을 뗄 줄 모른다. 시장을 나온 사람들은 물건을 흥정하느라 시끌벅적하다. 경자가 민정이 손을 잡아당긴다. 시장 구경에 신이 난 민정은 경자의 손에 이끌려 신발이 진열되어 있는 점방으로 간다. 신발이 짝을 맞추어 나란히 진열되어 있다. 그 모습이 황홀하다. 가지각색의 신발들이 주인을 기다리고 있다. 민정이 신발 구경에 푹 빠졌다. 꽃신에 눈이 멈춘다.

"어머! 이쁘다!"

경자는 민정이 신발에 정신이 팔린 모습을 보며 미소를 짓는다. 경자가 민정과 장터 구경을 온 목적은 일본으로 떠나는 민정을 위해 예쁜 꽃신을 신겨서 보내고 싶은 마음에서다. 다행히도 민정이 꽃신을 보며 즐거워하는 모습에 절로 웃음이 나온다.

"애기씨 맘에 드는 걸로 골라 보셔요. 애기씨가 일본에 가는 기념 선물로 내가 신발 하나 사 주려고 장터에 온 거여요."

"정말이어요? 새언니!"

"그렇다니까요. 제일 맘에 드는 걸로 골라 보시라니까요."

"와! 신난다!"

그러잖아도 일본에 간다는데, 변변한 신발이 없었던 차다. 검정
고무신이 전부였다. 신발까지 챙겨 주는 새언니가 고맙기만 하다.
새 신발을 사 준다니 기분이 날아갈 것만 같다.

　"애기씨, 그동안 우리 애들을 업어 키우다시피 했는데, 내가 예쁜
꽃신 한 켤레라도 사 줘야 덜 서운할 것 같아서요."

　민정에게 꽃신을 신겨 본다. 꽃신이 민정의 발에 꼭 맞는다. 민정
이 얼굴에는 웃음꽃이 떠나질 않는다. 경자가 신발값을 흥정하고,
민정에게 신발을 건넨다.

　"새언니! 고맙습니다!"

　민정이 꽃신을 받아 들고 가슴에 꼭 껴안는다. 얼굴은 함박웃음
으로 피어난다.

　"아이고, 내 새끼! 아이고, 불쌍한 거."

　절골댁이 눈물을 글썽이며 고개를 숙이고 있는 민정이 얼굴을 쓰
다듬는다. 민정도 눈물을 흘린다. 일본으로 떠나는 민정을 향한 애
틋한 감정이 솟구친 것이다.

　"어쨌든 몸조심해야 한다 잉!"

　"예."

　민정도 슬픔에 젖어 울먹인다. 고개를 끄덕이며 작은 소리로 대답
한다.

　"아이고! 조상님도 무심하시지… 저 에린 것이 혼자서, 그 먼 길을
어떻게 갈꼬!"

여태까지 딸처럼 키워 온 자식을 타관으로 떠나보내는 마음이 오죽하랴. 절골댁이 슬픔을 억제하지 못한다. 어려서 엄마를 잃고, 오갈 데 없는 어린 것을 데려다 자식처럼 키워 왔는데… 일본에서 살고 있다는 아버지는 연락도 없고, 죽었는지 살았는지도 모를 일이다. 민정을 생각하면 생각할수록 불쌍하여 눈물이 앞을 가린다. 민정의 신세가 가엾기만 하다. 집안의 모든 식구들이 민정을 배웅하느라 함께 눈물을 흘린다.

"일본에 가거든 도착하는 즉시 편지하거라. 느그 아부지도 꼭 찾아야 한다. 느그 아부지를 만나면, 어디서 어떻게 지내고 있는지, 집안 식구들이 모도 궁금해한다고 꼭 전하 거라 잉! 작은집 서방님도 무심하시지…. 마누라 죽었다고 고향에 발길을 끊는 사램이 어디 있당가? 편지라도 해 주면 덜 걱정을 할 텐데, 요렇게 딸 민정이가 어엿한 처녀가 다 되어 가는데, 딸 얼굴이 보고 싶지도 않은가?"

절골댁이 작별 인사를 하는 민정을 향하여 푸념을 늘어놓는다. 민정이 집안 식구들에게 작별 인사를 한다.

"애기씨. 조심해서 가셔요. 몸조심하시고요."

경자도 눈물을 글썽이며 민정에게 작별 인사를 건네며 손을 꼭 잡는다.

"예, 새언니."

민정이 신은 꽃신이 유난히 반짝거린다. 큰집에 들어온 후로, 큰어머니와 더불어 제일 많이 함께했던 새언니다. 부모님 이상으로 많은 걸 챙겨 줬던 새언니다. 새언니와의 각별했던 기억들이 한꺼번에 몰려온다. 눈물이 멈추지 않는다.

천변댁, 난동댁과도 작별 인사를 나눈다. 난동댁도 눈물을 훔치며 민정의 등을 쓰다듬어 준다.

"애기씨 어쨌든 몸 건강해야 헙니다…. 불쌍한 우리 애기씨…."

난동댁은 떠나는 민정이 불쌍해서 눈물이 쏟아지는 걸 막을 수가 없다. 눈물을 훔쳐 가며 민정이를 배웅한다. 민정도 눈물을 멈출 수가 없다. 점말이도 울먹이며 민정을 배웅한다.

"애기씨…."

민정도, 점말도 한없이 쏟아지는 눈물을 주체할 수가 없다. 민정이 울면서 걸어가다가 뒤를 돌아다본다. 또 한 걸음을 뗀 후 뒤를 다시 돌아다본다. 민정은 아쉬움과 슬픔에 발길이 떨어지지 않는다.

민정이 일본으로 가는 처녀들과 함께 트럭에 오른다. 트럭에는 앳된 처녀들이 미리 와 있다. 모두가 호기심 많은 어린 처녀들이다. 흰옷에 검정 치마를 입은 단정한 옷차림이다. 모두가 일본에서 공장에 취직도 시켜 주고, 본인이 원하면 상급 학교에 진학을 시켜 준다고 하여 모인 여자아이들이다. 처녀들을 태우고 트럭이 출발한다.

배가 파도에 출렁인다. 배 안에는 민정이 나이 또래의 조선 여자아이들로 꽉 차 있다. 열다섯 살 정도의 앳된 여자아이들이다. 배에는 민간인 남자 몇 명과 총을 든 군인들만 함께 탔다. 공장에 가서 돈을 벌어 부모님께 드리고, 상급 학교에 진학한다는 부푼 꿈을 가지고 배를 탄 아이들이다. 배가 출렁일 때마다 몸도 함께 출렁인다. 뱃멀미가 심하여 구토에 시달리는 사람들이 점점 늘어 간다.

공중에는 비행기들이 쌩쌩 날아간다. 간혹 폭격 소리가 멀리서 들린다. 전쟁을 하느라 들리는 소리인지, 훈련을 하느라 나는 소리인지 전혀 알 수가 없다. 빨리 이 배가 일본 땅에 도착했으면 하는 바람뿐이다.

배가 섬에 도착하였다. 타고 있던 여자들 절반을 내려놓았다. 여기가 일본 땅인가? 호기심 가득한 눈으로 밖을 살핀다. 사람들이 많이 사는 도시 항구가 아닌 허허벌판의 항구다. 항구에는 군인들만 눈에 띄고 민간인들은 보이지 않는다. 여자들을 내려놓기 바쁘게 배가 다시 출발한다. 민정은 두 번째 섬에 도착해서야 배에서 내린다. 민정이 내린 섬도 도시 항구가 아니다. 항구에는 거대한 군함들이 정박해 있다. 군인들만 간혹 보인다. 배에서 내리자마자 트럭에 올라탄다. 차량 밖의 풍경은 정글 숲이다. 정글 숲속을 달리던 트럭이 멈춘다. 숲속을 달려 도착한 곳은 철조망이 쳐진 군부대 안이다. 일장기가 펄럭이고 있다. 민정이 온 곳은 일본에 있는 공장이 아니라 군부대임을 알아차린다. 군부대에 뭐 하러 데리고 왔을까? 군부대 안에 상급 학교가 있는가? 무슨 일을 시키려고 데리고 왔을까? 군부대 안에 군수 공장이 있는가? 아니면 군인들에게 밥과 빨래를 해 주려고 데리고 왔을까? 별별 생각이 다 든다.

군부대 안에 도착하자 민간인 복장을 한 나이 든 남자가 다가온다. 트럭을 타고 온 여자들을 맞이한다. 이곳 관리인이다. 뱃멀미에 시달리고, 트럭을 타고 오면서 지칠 대로 지친 여자들은 숙소에 오자마자 기운이 없어 쓰러진다. 며칠 동안 제대로 먹지도 못하여 기운이 없다. 우선 배가 고프다. 한참 먹성 좋은 나이에 제대로 먹지를 못해서 먹을 거라도 줬으면 하는 바람이다. 날이 어두워지자마자 군인들이 여자들만 모여 있는 숙소에 들이닥친다.

저벅저벅, 저벅저벅.

오와 열을 맞춘 군인들이 행진하여 숙소 가까이 다가온다. 군인들이 관리인 남자와 말을 주고받는다. 관리인이 군인들에게 고개를 끄덕인다. 오늘 도착한, 조선에서 온 처녀들임을 확인하는 것이다. 처음 부대에 도착한 여자들을 먼저 장교들에게 상납하기 위해 온 졸병들이다. 군인들은 여자들이 모여 있는 곳으로 다가온다. 숫기가 없이 앳된 처녀들이다. 보따리를 가슴팍에 보듬고 무슨 영문인지도 모른 채 여자들은 고개를 숙이고 있다. 군인들이 여자들을 한 명씩 찬찬히 훑어본다.

"야! 고개 똑바로 들어!"

군인들의 호령에 움찔한다. 살며시 고개를 들어 올려 군인들을 쳐다본다. 군인들이 여자들의 얼굴과 몸매를 훑어본다. 민정과 군인의 시선이 마주친다. 민정이 얼른 시선을 피한다.

"고개 들어!"

고개를 숙이고 있던 여자의 머리채를 낚아챈다. 인정사정없다.

"아!"

갑자기 머리채를 낚아채 올리며 얼굴을 확인할 때마다 소리를 지른다.

"너, 이리 나와!"

"너도 나와! 너, 너, 너…."

민정도 차출된다. 군인들에 의하여 열 명의 여자들이 선택된다. 얼굴이 통통하고 키가 큰 여자들이다. 무슨 영문인지도 모른 채 군인들에 의하여 차출된 여자들이 앞으로 불려 나와 엉거주춤하고 서 있다.

"따라와!"

강한 어조로 명령을 한다. 그 광경을 보고 있던 관리인 남자가 달려온다. 군인들을 따라가라고 떠민다. 관리인 남자가 여자들을 급하게 떠밀자, 마지못해 군인들 뒤를 천천히 따라 나간다. 뒤에서 칼이 장착된 총을 멘 군인들이 여자들 뒤를 따라붙는다. 겁에 질린 여자들이 군인들의 지시를 따라, 군부대 안쪽으로 한참을 걸어 들어간다. 군부대 한쪽에 별도로 지어진 군인 막사가 나타난다. 여러 칸으로 구분 지어 놓은 막사다. 칸칸이 구분 지어진 막사 문을 연다. 군인들이 여자들을 한 명씩 데리고 막사 안으로 들어간다. 민정도 군인을 따라 막사 안으로 조심스럽게 들어선다.

"꼼짝 말고, 다음 명령이 있을 때까지 이 안에서 대기하기 바란다."

민정은 한쪽 벽에 기대서서 군인의 눈치를 살핀다.

"밖에는 군인들이 총칼을 들고 보초를 서고 있으니까, 명령이 있을 때까지는 절대로 밖으로 나와서는 안 된다. 알겠나? 명령을 어기면 바로 총살이다."

함께 들어왔던 군인이 겁을 주며 명령을 한 후 나가버린다. 막사 안이 쥐 죽은 듯이 조용하다. 민정이 방 안을 찬찬히 훑어본다. 전쟁 중의 군인 막사는 별다른 것도 갖추어진 게 없다. 바닥은 나무판으로 되어 있고, 막사 한쪽에는 침구류가 놓여 있다. 여기가 어딜까?

저벅저벅, 저벅저벅….

군홧발 소리가 들린다. 누군가 숙소 안으로 다가오고 있다. 문이 확 열린다. 군인이 숙소 안으로 성큼 들어선다. 민정은 고개를 푹 숙인 채 쪼그리고 앉아 있다. 군인이 들어서자마자 민정을 바라본다. 다소곳이 고개를 숙인 채 앉아 있는 민정을 발견하자 야릇한 미소를 띤다. 민정도 막사 안으로 들어온 군인의 행색을 힐끗힐끗 본다. 이번에 들어온 군인은 종전에 보았던, 후줄근한 차림의 졸병의 모습이 아니다. 제복을 차려입은 군인이다. 계급장도 달고 있다. 각이 진 반듯한 모자를 쓰고 긴 칼을 차고 있다. 민정은 숨죽이고 방 한쪽에 쪼그리고 앉아 있다.

"조센징! 이리와!"

군인은 날카로운 소리로 조센징이라 부른다. 민정은 일본 말을 알아듣지만, 군인이 부르는 소리에 대답하지 않는다. 무슨 영문인지도 모른다. 여기가 어디인가? 저 군인은 왜 나를 부르는 걸까. 민정은 움직이지 않는다. 군인이 다시 소리를 지른다.

"조센징! 내 말 안 들려? 이리 가까이 오란 말이야!"

이번에는 신경질적으로 큰소리를 낸다. 아무 대꾸가 없자, 민정이 앞으로 군인이 성큼성큼 다가온다. 민정은 더럭 겁이 난다. 웅크리고 앉아 있는 민정의 손목을 낚아챈다. 살아오면서 남자에게 손목을 잡혀 본 적이 한 번도 없는 민정이다. 남자가 무슨 이유로 손목을 낚아채는지 무섭기만 하다. 민정은 갑작스러운 군인의 행동에 겁을 먹고 힘을 주면서 저항한다. 군인은 억센 팔로 민정을 침구가 있는 쪽으로 끌고 간다. 민정은 끌려가지 않으려고 버텨 보지만, 힘없이 끌려가 버린다. 민정이 반항을 하자 군인이 민정이 손을 놓는다. 민정이 다시 벽 쪽으로 달아나 웅크리고 있다.

철커덕.

군인이 차고 있던 칼을 빼어 든다. 칼을 보자 민정은 겁에 질려 벌벌 떤다.

쉭 쉬익.

칼을 꺼내서 허공에 휘두르며 민정이 앞으로 다가선다. 민정이 겁에 질려 뒤로 물러선다. 군인이 칼을 허공에 한 번 더 휘두른다. 민정의 목을 당장 벨 기세다. 칼을 보여 줬으니 순순히 반항하지 말고, 자신이 하자는 대로 하자는 표시다.

철커덕.

칼집에 칼을 도로 넣고 벌벌 떨고 있는 민정에게 다시 다가와 손을 낚아챈다. 겁에 질려 있지만, 민정은 끌려가지 않으려고 발버둥을 친다. 인정사정도 없이 억센 군인의 손에 질질 끌려간다. 가지고 있던 보따리도 어느새 놓쳐 버린다. 보따리가 방바닥으로 굴러간다. 민정이 끌려가면서 꽃신이 벗겨진다. 꽃신이 바닥에 나뒹군다. 군인은 힘을 가하여 침구 위에 민정을 쓰러트린다. 민정이 겁에 질려 다시 일어나려고 하자, 순식간에 군인이 민정에게로 달려든다. 민정은 군인이 겁탈을 하려는 것을 순간적으로 알아챈다. 이대로 당할 수만은 없다. 평생 지켜 온 목숨과도 같은 순결을 이놈에게 빼앗길 수는 없다. 민정이 있는 힘을 다해 반항해 본다. 민정이 몸부림칠수록 군인의 힘은 더더욱 억세다. 민정이 벌벌 떨면서도 이 상황을 모면하려고 발버둥을 친다. 민정이 눕힌 상태에서 군인을 밀어내려고 발악을 해 보지만, 꿈쩍도 하지 않는다. 힘으로 안 되겠다는 것을 알아차린 민정이 순간적으로 군인의 팔을 물어뜯는다. 이렇게 해서라도 목숨같이 지켜 온 순결을 지켜 내야만 한다. 당장 군인이 칼로 몸을 찌른다 해도 순결을 빼앗길 수는 없다.

"아악!"

민정이 입으로 팔을 물어뜯는 순간 군인이 소리를 지른다. 군인이 동작을 멈추고 몸을 일으킨다. 민정도 일어나려고 하는 순간, 군인이 억센 손으로 민정의 얼굴을 강타한다.

퍽 퍽 퍽!

민정이 군인의 주먹질에 고꾸라진다. 온몸에 기운이 빠져 버린다. 민정이 방바닥에 쓰러지자 그 위로 군인이 달려든다. 군인은 누워 있는 민정의 옷을 잡아당긴다. 무지막지한 군인의 손에 옷이 찢어진다.

저고리와 치마까지 순식간에 찢겨 버린다. 속옷만 입은 민정이 다시 있는 힘을 다해 저항해 보지만, 군인은 민정에게 또다시 주먹을 날린다.

　속옷 차림의 민정은 다시 방바닥에 쓰러진다. 얼굴은 피투성이가된다. 군인은 쓰러진 민정의 속옷까지 북 찢어 버린다. 민정은 알몸상태가 되었다. 알몸인 상태의 여자를 보자 군인은 흥분을 감추지못한다. 군인도 서둘러 옷을 벗고 민정을 덮친다. 민정은 힘이 쭉 빠져 버렸다. 저항할 힘도 없다. 군인이 민정 위를 덮치자 마지막으로군인을 힘껏 밀어제쳐 보지만, 군인의 억센 힘을 당해 낼 수가 없다. 민정의 가랑이 사이로 군인이 인정사정없이 힘을 가한다.

　"악!"

　민정이 고통을 못 이겨 소리를 지른다. 알몸이 된 군인은 알몸이 된민정이 위로 올라타서 계속 요동을 친다. 군인은 인정사정없이 성욕을 발산하는 데만 집중을 한다. 군인이 요동을 칠수록 고통을 견딜수가 없다. 군인을 밀어내려고 하지만 고통은 점점 더 심해진다.

　"아!"

　민정은 군인을 당해 내지 못하고 정신을 잃어버린다.

　시간이 한참 지났다. 정신을 차린 민정이 눈을 뜬다. 알몸인 상태그대로다. 깜짝 놀라 일어나 앉는다. 속옷을 챙긴다. 아직까지도 아랫도리가 욱신거리고 통증이 밀려온다. 막사 안에는 민정이 홀로 누워 있다. 군인이 폭력을 행사하며 민정을 눕혀 놓고, 순결을 짓밟았던 악몽 같았던 순간들이 떠오른다. 미칠 지경이다.

　"엄마!"

서러움이 북받친다.

"흑 흑 흑…"

고개를 숙이고 눈물을 쏟아 낸다. 슬픔은 점점 커져 주체할 수가 없다. 어깨를 들썩이며 눈물을 쏟아 낸다. 일본 군인에 의하여 순결이 망가져 버린 것이다. 아! 하늘이 무너지는 일이 벌어진 것이다. 슬픔이 하염없이 몰려온다. 눈물이 멈출 줄을 모른다. 이제 순결을 잃어버린 몸이다. 나는 죽은 몸이 되어 버린 것이다. 내 몸은 이제 더럽혀진 몸이 되어 버렸다. 공장을 다니면서 상급 학교도 진학하고, 일본 어딘가에 계실 아버지를 만나리라는 부푼 희망도 송두리째 무너져 버렸다. 참을 수가 없다. 미쳐 버릴 것만 같다. 머리가 터져 버릴 것만 같다. 정신이 혼미해진다. 이제 어떡하란 말인가? 이제는 죽어 마땅한 몸이 되어 버렸다. 머릿속에 혼미해지고 고통이 밀려온다.

"아아악—!"

머리를 감싸며 소리를 지른다. 소리를 지르자 남자 관리인이 막사 안으로 달려 들어온다.

"아아아악—!"

민정은 소리를 지르며 막사 밖으로 뛰어나간다. 몸에는 아무것도 걸치지 않았다. 맨발로 미쳐 날뛰는 민정을 누구도 통제하지 못한다. 민정이 막사 밖을 소리를 지르며 돌아다닌다.

호로로 호로로—!

군인들이 민정을 잡으려고 호루라기를 요란하게 불면서 달려온다.

군인들이 미쳐 날뛰는 민정을 붙잡아 보지만, 소리를 계속 지르며 몸부림친다. 머리는 산발이 된 채 악을 쓰는 민정을 군인들도 통제하기 힘들다. 길길이 날뛰는 민정을 군인이 주먹으로 때린다.

군인의 주먹질에 민정이 바닥에 피를 흘리며 쓰러진다. 정신을 잃고 몸이 축 늘어져 버린다.

한바탕 소란을 벌인 후, 민정이 숙소에 의식을 잃고 누워 있다. 숙소에는 여기저기서 여자들이 울고 있다. 졸지에 일본 군인들에게 순결을 잃어버린 여자들의 슬픔은 금방 사그라들지 않는다.

"아아아아악…."

미쳐 버린 여자들이 계속 늘어난다. 여자들의 분노가 가라앉지 않는다. 순결을 짓밟힌 충격으로 자살을 하는 여자들도 생겼다. 죽은 여자 시체를 군인들이 들것을 가져와 싣고 나간다. 주위의 여자들이 애처로운 눈빛으로 물끄러미 쳐다본다. 남의 일이 아니다. 민정이 정신을 차린다. 숙소에 많은 여자들이 눈에 띈다. 조선 여자들만이 아니라, 외국인 여자들도 있다. 외국인 여자들이 누구인지 궁금하다. 차차 그 여자들이 필리핀 여자들임을 알게 된다. 저 필리핀 여자들도 일본 군인들에게 강제로 잡혀 와 있음을 알게 된다. 민정의 일행이 와 있는 장소가 필리핀 섬이라는 걸 알게 된 것도 필리핀 여자들을 통해서다.

밤만 되면 군대 안에 있는 위안소로 여자들이 끌려 나간다. 민정도 함께 끌려 나간다. 매일 밤 군인들의 성 노리개가 된다. 나중에 안 일이지만 군부대에 도착한 첫날 밤에는 장교들의 성 노리개가 되었고, 그 이후에는 사병들의 성 노리개가 되었다. 군인들은 수시로 위안소로 여자들을 끌고 간다. 민정도 끌려간다. 이제는 장교들만을 상대하지 않고 일반 병사들까지 상대해야 한다. 위안소 밖에는 군인들이 한 줄로 서서 시끌벅적하게 떠든다.

"히히히!"

위안소 주위에 군인들의 웃음소리가 요란하다. 위안소로 들어가기 위해 줄을 서서 순서를 기다리고 있는 것이다. 하룻밤에도 수십 명씩 군인들이 교대로 위안소 안으로 들어온다. 위안소 안으로 들어오자마자 군인들은 급하게 옷을 벗는다. 군인들은 굶주린 짐승들처럼 오로지 성욕을 발산하는 데만 혈안이 돼 있다. 조선에서 끌려온 여자들은 아무런 저항도 하지 못하고 군인들에게 성 노리개가 되어 버린다. 민정은 하룻밤 사이에 얼마나 많은 군인들을 받았는지 셀 수도 없다. 아랫도리가 뻐근하여 움직일 수도 없다. 몸이 말을 듣지 않고 굳어 버린다. 매일 밤 수십 명의 군인들이 아랫도리에 성욕을 발산하고 나가면, 몸과 마음은 만신창이가 되어 버린다. 지옥도 이런 지옥이 있을까 싶다. 죽은 목숨이나 다름없다. 억울하고 분해도 헤어 나올 수 없는 상황이다. 차라리 죽는 게 편하다는 생각을 하게 된다.

매일 밤 군인들을 받아 내던 민정이 숙소에서 꼼짝도 못 하고 누워 있다. 몸이 점점 쇠약해져 간다. 얼굴도 창백해졌다. 관리인 남자가 약을 가져다준다. 몸이 회복되는 약도 약이지만, 생리를 멈추게 하는 약과, 임신을 막는 수은이 들어 있는 무서운 약도 있다. 임신이라도 되는 날에는 쥐도 새도 모르게 죽여 버린다는 소문이 더 무섭다. 민정은 누워 있다가도 살기 위해 일어나서 약을 받아먹는다.

새집이 완성되었다. 네 칸으로 된 기와집으로 곱게 단장이 되었다. 담벼락을 높게 쌓아 올렸다. 새집으로 인영이 내외가 분가를 하여 새살림을 차렸다. 신혼살림이 뒤늦은 감은 있지만, 인영과 천변댁은 기분이 좋아 날아갈 것만 같은 신혼살림이다.

천변댁이 아들을 낳았다. 분가를 하면서 별도의 몫으로 전답이 주어졌지만, 인영과 천변댁은 수시로 본가에 올라와 종전에 하던 일을 계속해서 해야만 한다. 인영이 본가의 집안 살림살이를 관리하는 역할이 크기 때문에 이것저것 챙겨야 할 일이 많다.

경자가 아들을 낳았다. 대문간에 금줄이 쳐진다. 이번에는 금줄에 고추가 달렸다. 딸이 아닌 아들이어서 집안 어른들의 얼굴에는 함박웃음이 넘쳐난다. 이대길은 집안의 종손이 태어나자 기뻐서 어쩔 줄을 모른다. 장차 이 집안의 종손이 될 손자 이름을 지어야 한다. 족보에 오를 이름이다. 손자 이름을 이철원이라 지었다. 이대길과 절골댁이 손자를 바라보면서 함박웃음을 짓는다.

16
—
도벌

띵 뚜둥 뚱 띠딩 띵 띵….

한복을 곱게 차려입고 진옥과 화진이 가야금을 뜯는다. 가야금
소리에 후지하라가 눈을 뗄 줄 모른다. 진옥의 가야금 타는 손놀림
에 넋이 빠진다. 박진만도 후지하라 반대편에 앉아서 가야금 소리
에 귀를 기울인다. 간간이 후지하라의 표정을 살피며 가야금 타는
진옥과 화진을 바라본다. 후지하라가 눈을 지그시 감고 미소를 머
금는다. 박진만은 후지하라의 눈치를 살피는 일이 중요하다. 흡족해
하는 후지하라를 보며 안도한다. 가야금 소리가 점점 경쾌해진다.
후지하라가 눈을 크게 뜨면서 얼굴에 웃음이 번진다. 후지하라의
웃음 띤 얼굴을 보고 박진만도 만족해한다. 진옥과 화진의 가야금
연주가 끝나자 박수를 친다.

송죽관 안채에는 음식이 푸짐하게 차려졌다. 술상 앞에 후지하라

와 박진만이 마주 앉아 있다. 한복을 곱게 차려입은 진옥과 화진이 술상 앞으로 다가온다. 두 손을 맞잡고 공손하게 절을 한다. 후지하라는 가야금 소리의 여운에 아직도 미소가 가시지 않은 얼굴이다. 진옥은 후지하라 옆으로, 화진은 박진만 옆으로 다가와 앉는다. 송죽관은 고급 음식점으로, 오랫동안 기생들이 가야금을 타고 북과 장구를 치면서 풍류의 명맥을 유지해 왔던 곳이다. 박진만이 후지하라를 위해 특별히 마련한 자리다.

"야! 너희들 오늘 우리 소장님 잘 모셔야 한다. 알았어?"

박진만이 진옥에게 눈을 흘기면서 말한다. 진옥도 박진만과 눈이 마주치자 알아들었다는 듯이 눈을 깜박거린다. 박진만이 후지하라를 잘 모셔야 된다는 걸 후지하라가 들으라고 일부러 큰 소리로 말한 것이다.

"그럼요! 박 사장님도 참! 우리 소장님이 어떤 분이신데 제가 소홀히 하겠어요? 또 박 사장님 분부이신데 저희가 어련히 알아서 할라구요. 잘 모시고말고요."

진옥이 박진만의 의도를 알아차리고 눈을 흘기면서 한마디 더 거든다. 진옥이 후지하라 곁으로 바짝 다가가 앉는다. 진옥은 후지하라에게, 화진은 박진만에게 술을 따른다.

"자, 소장님 한 잔 쭉, 하셔요! 자, 자, 쭉!"

박진만이 후지하라 소장을 잘 모셔야 된다는 호령에 진옥이 바짝 다가가 코맹맹이 소리를 낸다. 교태를 부리며 술을 권한다.

"아이 소장님, 한 잔 쭉 하시라니까요."

후지하라는 진옥이 권하는 술잔에 기분이 좋아진다.

"어, 그래, 그래."

못 이기는 척하며 후지하라가 술잔을 마다하지 않고, 진옥의 야릇한 눈빛과 목소리에 흡족해한다. 진옥도 때를 놓치지 않고 한쪽 눈을 찡긋하며 후지하라에게 유혹의 눈빛을 발사한다. 후지하라도 진옥의 눈빛에 만족해한다.

"자, 가득 따라 봐. 더 더 더."

진옥이 술을 가득 채워 주자, 후지하라는 술잔을 단숨에 받아 마신다.

"캬! 술맛 좋다!"

술이 한 잔 들어가자 후지하라는 기분이 좋아진다. 후지하라가 술잔을 놓자마자 진옥이 술잔에 술을 다시 가득 따른다.

"자, 소장님 한 잔 더 하셔야죠! 잉!"

진옥의 목소리는 점점 야릇해진다. 진옥의 술시중에 기분이 더 좋아진 후지하라는 연신 기분이 좋은 듯 술을 받아 마신다.

"그래, 그래. 이거 진옥이 따라 준 술을 마시면, 우리 오늘 밤 합방을 하는 거야?"

후지하라가 술김에 진옥에게 수작을 걸어온다.

"아이, 그럼요! 소장님이 술을 잘 드시기만 하면, 합방뿐이겠어요? 그 이상도 해 드려야죠!"

진옥도 후지하라의 야한 농담을 능청스럽게 받아 준다.

"그래, 그래, 그럼 한 잔 더 따라 봐!"

진옥이 따라 준 술을 연거푸 마시자 취기가 오른다. 합방에 대한 이야기에 진옥이 응해 주자 한층 기분이 좋아진 후지하라는 진옥이 따라 준 술을 계속 받아 마신다.

"아이, 이렇게 좋은 날, 박 사장님도 한 잔 더 하셔야죠!"

화진이 박진만에게도 술을 계속 권한다. 박진만이도 화진이 아양을 떨면서 따라 준 술을 연거푸 받아 마셨더니 술기운이 올라 기분이 좋아진다.

"그래, 그래. 나도 오늘 기분이 좋은 날인데, 한 잔 더 해야지!"

박진만도 화진이 따라 준 술잔을 연거푸 마신다.

"자, 나는 한잔했으니, 오늘은 나보다도 저 소장님께 최대한 써비스를 보여 줘야 한다. 알았어?"

화진이 고개를 끄덕인다. 박진만이 화진에게 귓속말을 건넨 후 후지하라 옆으로 자리를 옮기란 눈치를 준다. 화진이 알아들었다는 듯 자리에서 일어난다. 반대편으로 가기 위해 술상 모서리를 돌아서 후지하라 옆으로 옮겨 앉는다. 후지하라 양 옆에는 이제 진옥과 화진 두 여자가 시중을 든다. 화진과 진옥이 서로 눈을 마주친다. 화진이 한쪽 눈을 찡긋하며 신호를 보내자 진옥도 알았다는 듯이 한쪽 눈을 찡긋한다. 후지하라의 기분을 최대한 높여야 한다. 일이 성공하면 박진만이 용돈을 두둑이 준다고 했으니, 둘이 마음을 맞춰 나가야 한다. 박진만에게 미리 술자리에 들어오기 전에 부탁을 받았던 일이다. 화진이 자리에 앉자마자 후지하라에게 가까이 다가가 앉는다.

"아이, 소장님도. 제가 따라 준 술도 한잔하셔야죠 잉!"

자리를 옮긴 화진이 후지하라에게 아양을 떤다. 화진의 코맹맹이 소리에 후지하라는 고개를 화진에게로 돌린다. 음흉한 눈빛으로 화진과 눈을 마주친다.

"어! 이게 누구야?"

"누구긴요? 화진이죠!"

"그래, 그래. 화진이도 그동안 잘 있었어?"

"그럼요! 아이, 제가 따라 준 술도 한잔하셔야죠!"

"그래."

"그럼 제가 술 한 잔 올리겠습니다."

화진이 후지하라에게 술을 따른다. 후지하라는 화진이 따라 준 술을 단숨에 받아 마신다.

"아이, 소장님 오늘 기분이 좋으신가 보네요?"

"그래, 그래. 한 잔 더 따라 봐!"

후지하라는 진옥에 이어 화진이까지 바짝 다가와 술을 따르니 기분이 더 좋아진다. 양쪽에서 기생들이 술을 따라 준다. 후지하라는 기분이 날아갈 듯하다. 연거푸 술을 받아 마시다 보니, 술기운이 점점 올라온다. 술기운이 오른 상태에서 화진이 술 따르는 모습을 바라본다. 화진의 가녀린 손등에 눈빛이 머문다. 그 눈빛은 손등을 타고, 가녀린 어깨를 따라 가슴골까지 따라간다. 음흉한 눈빛이 입가로 몰려온다. 괜히 기분이 좋아지고 심술을 부리고 싶은 마음이 생겨난다. 화진이 술을 따를 때까지 화진에게 빼앗겼던 마음이 누그러지지가 않는다.

"그래, 너 아까 보니, 엉덩이가 많이 예뻐졌더라. 그동안 뭘 했길래 엉덩이가 더 예뻐진 거야?"

"아이, 소장님도. 제 엉덩이를 언제 봤대요? 제 엉덩이 이쁜 거 소장님도 잘 아시잖아요. 소장님이 자주 찾아와서 예쁜 엉덩이를 자주 두드려 주시지 않으니까, 내 엉덩이가 요새 간질간질 하당깨요!"

"그래! 화진이 엉덩이가 간질간질하다고? 그럼 내가 자주 와서 화진이 엉덩이를 두드려 줘야겠구나!"

"그럼요! 앞으로 자주 오실 거죠? 소장님이 자주 안 오시니까 요즘 엉덩이가 간질간질하다 못해 한쪽으로 쏠려 버렸당깨요. 내 엉덩이는 누가 자주 주물러 줘야만 정상으로 돌아온다니까요. 히히히! 내 엉덩이는 누가 주물러 주기만을 기다리는 엉덩이라니깐요!"

화진의 아양 떠는 소리에 후지하라가 술을 단숨에 벌컥 마신다.

"그래, 그럼 내가 오늘 화진이 엉덩이를 원 없이 주물러 줄 테니까, 한 잔 더 따라 봐!"

후지하라의 질펀한 화답에 신이 난 화진이 후지하라에게 술을 다시 따른다.

"자, 한 잔 쭉 드셔요!"

"어? 그래, 그래. 화진이도 내가 이 술을 마시면 오늘 밤에 같이 합방하는 거야?"

"그럼요! 그럼, 소장님만 원하시면 언제라도 합방을 하고말고요. 내 엉덩이를 주물러 주셔야죠. 오늘 밤에는 주물러 주실 거죠?"

화진이 기다렸다는 듯이 후지하라에게 찰싹 달라붙는다.

"그럼, 그럼. 화진이 엉덩이를 내가 오늘 밤에 주물러 줘야지!"

"아이 좋아라!"

화진은 후지하라의 제안에 기분이 좋아 호들갑을 떤다.

"소장님, 제가 따라 준 술을 한 잔 더 쭉 드셔야죠?"

"그래, 그래."

술잔을 받은 후지하라는 화진에게 야릇한 눈빛을 보내며 웃는다. 옆에 있는 진옥과도 눈을 마주치자 다시 웃는다. 진옥도 후지하라가 더 술을 마시도록 화진이 따라 준 술잔을 향하여 팔을 뻗는다. 술 마시기를 재촉한다. 진옥이 닭다리를 집어서 후지하라 입에다 가까이 댄다.

"아이, 소장님. 뭐여요? 아까는 나와 함께 합방한다고 해 놓고선, 이제 와서는 화진이와 합방한다니, 뭐 하시는 거여요!"

진옥도 질세라 후지하라의 팔을 잡아당기며 질펀한 농담에 샘을 내기 시작한다.

"어? 그래, 그래. 내가 그랬던가? 아, 그러면 진옥이와도 합방을 하고, 화진이와도 합방을 하고, 그럼 우리 셋이서 합방을 해도 좋지! 안 그래! 하하하하하!"

"소장님? 그럼 오늘 저녁 우리 셋이서 합방하는 거여요?"

진옥이 후지하라에게 눈웃음을 치며 교태를 부린다. 진옥과 눈이 마주친 후지하라는 눈을 찡그린다.

"그래, 그래. 오늘 저녁에 화진이와 진옥이는, 요 앞, 남원여관에 가서 이불 깔아 놓고 기다리는 거야. 알았지?"

화진과 박진만의 눈이 마주친다. 박진만이 화진에게 한쪽 눈을 찡긋한다. 후지하라가 하라는 대로 빨리 맞장구를 치라는 눈치다. 박진만의 눈짓을 알아차린 화진이 후지하라 곁으로 바짝 다가간다.

"그럼요, 소장님. 누구 명이신데… 남원여관에서 이불 깔고 기다려야죠. 그럴려면 제 술잔을 한 잔 더 받아야지요?"

"오, 그래! 한 잔 더 해야지! 자, 한 잔 가득 더 따라 보라고!"

진옥이 후지하라에게 술을 따른다. 후지하라는 송죽관 양쪽에서 두 여자가 합방을 해 준다니 기분이 좋아 계속해서 술과 안주를 받아먹고 연신 즐거운 표정이다. 박진만도 웃음과 술잔이 오고 가는 자리가 마냥 즐겁기만 하다. 화진과 진옥이 후지하라를 기분 좋게 해 줘서 덩달아 기분이 좋다. 후지하라의 웃음소리가 점점 커진다. 후지하라의 웃음소리가 커져 갈수록 박진만은 속으로 쾌재를 부른다. 벌목 사업 초기에는 후지하라가 하도 깐깐하게 굴어 말을 붙이기도 힘들었다. 시간이 지나고 벌목 사업이 자리를 잡아 갈수록 후지하라도 차차 박진만에게 누그러지고 있다. 웃음소리가 넘쳐나기 망정이지, 후지하라가 정색을 해 가며 술도 안 마시고, 점잖만 빼고 있으면 박진만은 사업상 애로 사항이 있어도 말하기가 곤란하다. 술판의 분위기가 무르익자 박진만이 진옥과 화진에게 눈짓을 한다. 자리를 비켜 달라는 눈짓이다. 미리 얘기가 되어 있었던 터라, 진옥과 화진은 후지하라가 기분이 상하지 않도록 술과 안주를 더 가지러 간다는 핑계를 대고, 한 명씩 자리를 뜬다. 두 여자가 자리를 뜨고

둘만 남게 되자 박진만이 입을 연다.

"소장님, 그동안 감사합니다. 소장님 덕분에 벌목장 일이 잘되고 있습니다."

"그래?"

후지하라가 술잔을 입에 대고, 마시다 만 술을 다시 마신다. 술잔을 내려놓으며 몸을 잠시 흔들거린다. 다시 몸의 중심을 잡고, 눈을 흘기면서 박진만을 쳐다본다.

"그래, 박 사장! 앞으로도 무슨 일이 있으면 나한테 몽땅 얘기하라고. 내가 다 알아서 해결해 줄 테니까. 알았어?"

"예, 예."

"구례구역에서 천은사까지 철도 문제도 상부에 잘 보고 해 놨다고… 철도도 금방 깔릴 거야. 암… 모든 게 잘될 거니까, 걱정 안 해도 된다고. 알았어?"

"예, 예."

술이 거하게 취한 후지하라가 말을 더듬거린다. 아직 소문만 무성한 구례구역에서 천은사 입구까지 철도가 금방이라도 깔릴 것처럼 말한다. 그러자 박진만은 이를 놓치지 않고 천은골 벌목에 대하여 캐묻는다.

"철도까지 깔리면… 천은골의 나무를 몽땅 베어 낼 셈입니까?"

박진만이 후지하라의 의도를 떠본다.

"어? 그래, 그럼. 그렇지! 천은골의 나무를 몽땅 베어 내야지. 암, 몽땅 베어 내고말고… 그 대신 벌목은 박 사장이 알아서 모든 걸

해야 된다니까."

"철도는 언제쯤 깔리나요?"

"철도? 걱정 말라니까. 철도는 상부의 지시에 따라 측량도 이미 마쳤고, 곧 시행될 거야. 암 되고말고. 걱정 말라고."

"곧 철도가 깔린다고요?"

"그럼, 그럼. 철도가 깔릴 일만 남았다니까…."

소문으로만 듣던 철도가 깔린다고 하니 박진만은 가슴이 벅차오른다.

"그동안, 박 사장은 준비를 단단히 해 놓으라고. 알았어?"

"그럼요, 여부가 있겠습니까? 명령만 내리십시오!"

"철도만 깔리면, 박 사장은 나무를 몽땅 베어서 기차에 올려 주기만 하면 되는 거야. 그렇게만 된다면, 실적은 말할 것도 없고, 상부에 보고해서 내가 표창을 받는 거라고. 안 그래? 하하하하하!"

술기운이 점점 오른 후지하라는 천은골에 철도가 깔린다는 얘기를 하면서 마냥 기분이 좋은 모양이다.

"예, 소장님. 걱정하지 마십시오."

박진만은 후지하라가 술기운에 하는 말이지만 기분이 날아갈 것 같다. 천은골 나무를 박진만의 진두지휘하에 모두 베어 나를 생각을 하니 기분이 좋아진다. 그렇게 원 없이 나무를 베어 나르면, 또 얼마나 많은 돈이 굴러 들어온단 말인가? 상상만 해도 입이 다물어지지 않는다. 적당히 공출로 가져가고 남은 나무는 얼마든지 빼돌릴 수가 있다. 돈을 왕창 벌어들일 수가 있다. 상상만 해도 기분이 좋다. 금방 부자가 된 기분이다. 후지하라가 술기운에 기분이 좋아진 걸 알아차린 박진만이가 머뭇거린다.

"저…."

박진만이 말을 하려다 만다. 후지하라가 박진만이 머뭇거리는 걸 본다.

"박 사장! 속 시원히 말해 보라고!"

박진만이 머뭇거리자 후지하라가 재촉한다.

"말해 보라니까! 내가 뭐든지 다 들어줄 테니까."

후지하라가 다시 박진만을 다그친다. 이 기회에 천은골 벌목 사업에 방해가 되는 사람들을 보고 해야 한다. 벌목 사업이 원활하게 이루어지도록 다짐을 받아 내야 한다.

"저, 강진태랑… 구례 지역 유지들이 모이기만 하면 저에 대해서 떠벌리고 다닌다고 합니다. 제가 하는 일이 대일본 제국의 천황 폐하를 위하는 일이고… 특별히 소장님의 분부라서 일을 열심히 하고 있는데, 불편한 게 한둘이 아닙니다. 대일본 제국의 벌목 사업에 조금이라도 지체가 될까 봐 걱정돼서 드리는 말씀입니다."

박진만이 천황 폐하를 들먹거릴 땐 자리에서 벌떡 일어나서 열변을 토한다. 후지하라에게 충성을 보이기 위한 태도다.

"뭐야? 어떤 놈이야? 어떤 놈이 박 사장이 벌목하는 일을 놓고 시비를 건다는 거야. 그런 놈들이 있으면 나에게 즉각 보고하라고. 벌목 사업은 천황 폐하의 명령이라고, 알겠어? 내가 당장에라도 그놈들을 잡아다가 감옥에 처넣어 버릴 테니까. 알겠어?"

"예, 예."

후지하라는 벌목 사업에 박진만을 내세워 일을 빠르게 성사시켜야 한다. 상부의 지시는 강했다. 전쟁에 필요한 군수물자를 공출하는 일은 만만치가 않다. 특히 쌀은 조선 사람들의 식량을 뺏다시피 해야 한다. 강압적으로 밀어붙이지 않으면 실적을 올릴 수가 없다. 농민들을 상대하는 일이 호락호락하지 않다. 그러나 도벌을 하여 벌목 실적을 올리는 일은 훨씬 더 쉬운 일이다. 제재소 업자에게 지시만 내리면 되는 일이다. 천은사까지 철도를 깔아 신속하게 운반하여 실적을 올릴 수가 있다. 철도까지 깔아 준다는 상부의 약속이 있었던 터라, 제재소 업자만 잘 독려하면 되는 일이다. 상부로부터 받은 지시를 머뭇거리다간, 후지하라 자신이 오히려 무능한 자가 되어버리기 십상이다. 강압적으로라도 밀어붙여야만 한다. 벌목 현장에는 일본인 감독관을 배치하여 도벌을 독려하고 있다. 그래서 박진만에게 엄포를 놓기도 하고, 어르기도 하면서 일을 계속해 나가는 것이다.

박진만도 후지하라가 버럭 화 내는 모습을 보면서 안도의 숨을 쉰다. 벌목 사업을 하면서 누군가 시비라도 걸어오면, 고자질하여 순사들이 당장 잡아들이도록 해야 한다. 걱정할 필요가 없다. 이 기회에 한탕 크게 벌어서 떵떵거리고 살고 싶다. 조선 사람들이 손가락질하는 거야 얼마든지 감내할 수 있다. 돈 버는 일이 더 중요하지, 손가락질이 대수인가? 박진만은 항상 잘난 체하며 양조장을 크게 경영하는 강진태가 부러웠다. 강진태에 비하면 별 볼 일 없지만, 이

기회에 벌목 사업으로 큰돈을 벌어 강진태의 코를 납작하게 만들어
놓을 속셈이다. 이 지역의 최고 부자는 강진태가 아니라, 박진만이
라는 것을 보여 줄 셈이다. 벌목 사업만 순조롭게 진행되면 이 지역
에서 최고의 부자가 되는 일은 시간문제다. 그 일만 생각하면 기분
이 날아갈 것 같다.

"그래, 박 사장 애로 사항 내가 잘 알고 있다고. 그렇지만 이 일은
천황 폐하를 위하는 일이고, 멈출 수 없는 일이라고. 알겠나?"

후지하라가 천황 폐하를 위하는 일이라고 강조한다.

"예, 잘 알고 있습니다."

"다른 애로 사항은 없어?"

"저… 애로 사항이 또 있긴 합니다만…"

박진만이가 망설이면서 말끝을 흐린다.

"할 얘기 있으면 다 해 보라고. 문제가 있으면 해결해 줄 테니까."

후지하라의 독촉에 박진만이 입을 연다.

"천은골 벌목장에서 천은사 중놈들과 가끔 실랑이가 있다는 보고
가 들어옵니다. 매번, 그 중놈들과 같이 싸울 수도 없는 일이고…"

"뭐라고?"

후지하라는 취했지만, 벌목장 중놈들이라는 말을 놓치지 않는다.
큰 소리로 다시 묻는다.

"박 사장! 지금 뭐라고 했어? 다시 한번 자세히 얘기를 하란 말이야."

"벌목 사업이 워낙 중대한 사안이라서, 그 중놈들을 무시해 버리
고 있기는 합니다만, 들리는 소문에 의하면 나무를 베는 사람들과

실랑이가 자주 있다고 합니다. 천은사 중들과 다툼이 있다고 자꾸 소문이 나면… 단지 저는 황국신민으로서 천황 폐하의 명령에 따를 뿐인데, 천은사 쪽에서 벌목을 못 하게 하려고 나까지 싸잡아서….”

박진만이 다시 넋두리를 늘어놓는다.

“뭐야? 그 중놈들이 겁대가리 없이 그런단 말이야?”

후지하라의 언성이 높아지고 얼굴이 험악해진다. 당장에라도 무슨 사달이 날 기세다. 벌목장에서 천은사 중들과 현장 인부들이 부딪히는 일이 있다. 천은골 계곡 전체가 천은사 경내나 마찬가지라 하더라도, 진목이 돌아다니면서까지 떠벌리고 다닌다는 건, 그냥 지나칠 일이 아니다. 박진만에게 무언의 압박을 가하는 거나 매한가지로 다가왔기 때문이다.

“그래? 그 중놈들이 떠벌리고 다닌다 이거지… 감히 그 중놈들이 그런단 말이야? 박 사장! 그 일이라면 걱정하지 말라고, 내가 알아서 다 처리해 줄 테니까. 아, 지금 때가 어느 때인데, 그 중놈들이 방해를 해? 지금은 전시체제란 말이야. 천은골의 나무를 베어다 군수물자로 써야 하는 판국이란 걸 모른단 말이야? 그 중놈들이 정말로 모른다 이거지. 내 이놈들을 당장에 박살을 낼 테니까, 박 사장 걱정 말라고. 내가 다 알아서 해 줄 테니까.”

후지하라의 얼굴이 술기운에 벌겋게 상기됐다. 화가 가라앉지 않아서인지 후지하라의 목덜미까지 벌겋게 달아올랐다.

“아, 예, 예. 그렇게만 해 주신다면야… 그럼 저는 소장님만 믿고 열심히 벌목을 진행해 나가겠습니다.”

"그래, 그래. 박 사장이 대일본 제국에 충성할 수 있는 좋은 기회야. 알겠어?"

"그럼요! 이 시기에 나무를 많이 베어 일본으로 보내는 게 당연한 일임을 알고 있습니다. 모든 일을 저에게 맡겨만 주신다면 임무를 충실히 완수하겠습니다. 소장님만 믿겠습니다."

"그래, 그래. 걱정 말라고."

후지하라는 몸도 제대로 가누지 못하면서, 하던 말을 계속해서 반복하고 있다. 어떤 조치를 취해 준다는 말도 없이, 걱정하지 말라는 말만 되풀이하고 있다. 박진만은 후지하라에게 수시로 술을 사 주고 뒷돈을 챙겨 준다. 후지하라의 빽을 이용하여 대놓고 벌목을 하고 있는 셈이다. 허가받은 벌목이지만, 이건 도적질이나 마찬가지다. 박진만은 허가 면적보다 훨씬 많은 면적의 나무를 베어 실어 날랐다. 일부분은 목재로 가공하고, 원목을 빼돌려 이익 챙기기에 바쁘다. 그래서 제재소는 날로 번창하고 있다. 후지하라에게 입막음을 철저히 하고 있는 것이다. 대동아전쟁을 일으킨 일본 놈들은 조선의 병참기지화를 내걸고 식량을 수탈해 가더니, 이제는 무슨 무슨 공출이다 하여 오만 잡것들까지 닥치는 대로 공출해 간다. 이제는 천은골의 수백 년 된 아름드리 소나무까지 도벌을 한다. 박진만의 제재소에는 벌목한 나무가 산더미처럼 높아져만 간다.

똑 똑 똑 똑 똑….

진목이 목탁을 두드리다 말고 멈춘다. 요즘 들어 천은골에서 벌목하는 소리가 점점 크게 들려온다. 천은골은 전체가 천은사 경내인 셈이다. 천은사와 여러 개의 암자가 차일봉 꼭대기까지 들어서 있기 때문이다. 천년 사찰이 버젓이 있는데도 불구하고, 천은골의 수백 년 된 아름드리 소나무를 몽땅 베어 내겠다고 하니, 몸을 던져서라도 막아야 하는 일이다. 군수물자를 조달하라는 상부의 명령이 있다지만, 이대로 당할 수만은 없다. 진목이 몸을 던져서라도 막고 나서야 할 때임을 안다. 들리는 소문에 의하면 천은계곡 전체를 벌목하려고 구례구역에서 천은골까지 철길을 깐다고 한다. 도대체 얼마나 많은 나무를 벌목하려는 것일까? 벌목장을 박살 내는 일이 우선급하다. 진목은 후지하라를 쥐도 새도 모르게 암살하는 일을 상상해 본다. 박진만이 후지하라의 앞잡이가 돼서 벌목 사업을 벌이는 일이 매국노가 되는 일임을 알려야 한다. 별별 생각으로 마음이 싱숭생숭하다. 이 난리통에 불공을 드리는 것도 대충이다. 마음을 잡으려고 해도 혼란스럽기만 하다. 밤을 꼬박 새웠다. 어스름한 새벽, 진목이 불상 앞에서 다시 목탁을 친다.

똑 똑 똑 똑 똑 똑 똑….

목탁 소리는 그칠 줄 모른다. 언제부터 시작된 목탁 치기인지도 잊어버렸다. 번민 속을 헤어 나오지 못하고 있다. 혼돈의 연속이다. 한참이 지났는데도 목탁을 놓을 수가 없다. 혼란스러움을 벗어나기 위해 다시 목탁을 치면서 염불을 한다.

"나무아미타불 관세음보살, 나무아미타불 관세음보살, 나무아미타불 관세음보살…."

산사가 조용해졌다. 얼마나 목탁을 두드렸을까? 나무아미타불은 또 얼마나 중얼거렸을까? 시간이 얼마나 흘렀는지도 가늠할 수 없다.

목탁을 치다 말고 멈춘다. 더는 목탁을 칠 수가 없다. 멍하니 허공을 바라보다가 눈을 감는다. 지난밤에도 뜬눈으로 밤을 뒤척였다. 잠을 편하게 잘 수가 없다. 다시 정신을 가다듬고 기운을 차린다. 새벽 공양만이라도 정성을 들여야 한다.

"나무아미타불 관세음보살…."

다시 목탁 소리가 새벽공기와 함께 절간에 울려 퍼진다. 불경을 암송하고 합장을 한다. 칠흑 같은 어둠 속에서 일어나 시작된 새벽 공양에 어느새 날이 훤하게 밝아 온다. 오랜 시간 동안 드린 공양이었다. 진목이 자리를 털고 일어선다.

새벽 공양을 마친 진목이 삿갓 모자를 눌러쓴 채, 바랑을 메고 절을 나선다. 인적이 없는 새벽이다. 방광리 마을 삼거리에 다다른다. 연파리 쪽이 아닌 지천리 쪽으로 향한다. 절에서 목탁만 두드리고 앉아서 이대로 당할 수만은 없는 노릇이다. 서시천 둑길을 따라 섬진강에 다다른다. 시야가 확 트인 섬진강은 모든 번뇌를 받아 줄 듯하다. 시원한 강바람이 불어온다. 압록에서 흘러온 물길이 찬수역 전 나루터에서 동서로 물길을 바꾸느라 수태극의 완만한 곡선을 만든다. 강폭이 훨씬 넓어진 강은 유속이 느려진다. 섬진강은 고요 속에 유유히 흐르고 있다. 요란하지도 않다. 천은계곡의 요란한 물소리와 대조적이다. 뭐가 그리 급했던지 천은계곡은 요란한 소리를 냈다. 물소리마저 심기를 불편하게 할 때가 종종 있었다. 경사진 계곡을 통과하느라 급했으리라. 천은계곡의 물길을 돌려 모든 물이 천은천으로 흘러들지 못하게 보를 만들고, 계곡 중턱으로 물길을 돌려 방광리, 대산리, 지천리의 모든 들판까지 적시게 해 주었다. 대전리 안뜰 들판을 지나면서 곡식을 살찌우기 위해서 때로는 느리게 구석구석을 적셔 준다. 서시천으로 나와서는 곳곳에 보를 만들어 구례 들판을 적셔 준다. 서시천 물길이 섬진강과 합수한다. 진목이 섬진강을 바라보며 상념에 잠긴다. 진목이 눌러쓴 삿갓 모자를 반쯤만 들춘다. 노고단을 바라본다. 오늘따라 노고단은 구름 속에 숨어 있다. 잔잔한 운무 속에서 얼굴을 드러내지 않으려 구름 속에 갇혀 있다. 그 모습이 진목의 마음과 같이 답답하다. 사람의 힘으로는 풀려고 해도 풀 수 없는 안갯속이다. 진목은 노고단을 오를 때마다, 서양인 선교사들의 별장을 보면 눈엣가시처럼 분노가 치밀어 올랐다. 수천 년 동안 나라에서 천제를 올렸던 민족의 영산인 노고단 봉우리는 망가질 대로 망가져 버렸다. 일본 놈들이 서양선교사들에게 각종 시설이 들어서도록 허락해 준 일에 화가 날 뿐이다. 울분을 참을 수가 없다. 한술 더 떠 이제는 천은사와 천은계곡 전체를 유린하려고 한다. 가슴속에는 천불이 날 지경이다. 섬진강은 그런 울분을 모두 안아 주고 있다. 한없이 평온하기만 하다. 서늘한 바람이 분다. 섬진강 물결이 은빛이 되어 살랑거린다. 그 빛이 찬란하여 눈이 부시다. 백사장의 모래밭과 어울려 한없이 그 속으로 마음까지 빨려들게 한다. 강바람을 맞으며 말없이 걷고 또 걷는다. 강바람은 사람의 마음을 다독거리게 하는 마력이 있다. 그 바람을 타고 걷다 보면

시름도 잊는다. 그저 살갗에 스치는 바람만으로도 울적했던 기분이 좋아진다.

섬진강 쪽으로 강진태가 걸어온다. 강진태도 모자를 눌러쓰고 허름한 차림으로 변장을 했다. 인기척이 아무도 없는 곳이다. 둘은 강변에 앉아 흐르는 섬진강을 바라다본다. 둘이서 귓속말로 은밀한 대화를 나누고 헤어진다. 사람들 눈에 띄어서는 안 될 일이기 때문이다. 박진만이 운영하는 제재소에 불을 지르든지, 박진만을 쥐도 새도 모르게 없애든지, 후지하라를 없애 버리는 일을 도모하고 있는 것이다. 천은골 벌목장은 진목의 주도하에 박살을 내고, 제재소와 박진만은 강진태 주도하에 박살을 내기로 하였다. 진목이 삿갓 모자를 깊게 눌러쓴 채, 사람들로 혼잡한 구례장터로 향한다. 장날이라서 장터는 사람들로 인산인해다. 장터를 한 바퀴 돌고 구례장터를 빠져나온다. 마산면 냉천리로 향한다. 화엄사로 가는 길목이다. 수십 리 길을 움직이는 여정이다. 화엄사에 있는 명학과도 대책을 세워야 한다. 천은사가 쑥대밭이 되어 가는 일은 꼭 막아야 한다. 벌목은 천은골의 모든 미물까지 살생하는 일이다. 부처님의 가르침에 역행하는 일이다. 도저히 용서할 수가 없는 일이다. 진목의 발걸음이 점점 빨라진다.

달빛에 비친 절간은 고요 속에 풀벌레의 합창 소리와 함께 깊은 어둠 속으로 질주한다. 바람 소리와 물소리가 스산하다. 어두움 속에서 달빛을 불빛 삼아 명학과 진목이 합장을 한다.

"스님, 먼 길을 오시느라 수고 많으셨습니다."

"화엄사가 지척인데도 자주 찾아뵙지 못해 송구스럽습니다."

"어딜? 다녀오시는 길인가요?"

"글쎄요? 세상이 하도 뒤숭숭하니 내가 가는 발걸음이 어디인지, 어디를 갔다 왔는지조차 분간이 안 갈 만큼, 마음까지 뒤숭숭합니다."

명학은 진목의 번민을 헤아린다.

"스님, 너무 걱정하지 마십시오. 마음에서 오는 걱정과 번뇌는 내려놓아야 합니다. 그러면 부처님의 보살핌으로 별 탈이 없을 겁니다."

명학도 요즘 천은골 벌목이 장안의 화제임을 알고 있다. 천은사에 여러모로 피해가 갈 텐데, 눈앞에 보이는 일이 아니다 보니 잊어버리고 있었다.

"천은골은 요즘 어떻습니까?"

명학이 소문을 들어서 알고 있지만, 궁금해서 천은골 벌목에 대해 묻는다.

"…"

진목이 명학에게 속마음을 다 얘기해야 할지, 아니면 가슴속에 묻어 두어야 할지 잠시 망설인다.

"…"

온갖 풀벌레들의 합창이 어우러진 밤의 소리가 요란하다.

"하루라도 편안할 날이 없습니다. 벌목장을 보고 나면 일이 손에 잡히지도 않습니다. 벌목장에서 나는 소리 때문에 가시방석에 앉아 있는 기분입니다. 그 소리는 이명耳鳴이 되어 나를 허공중으로 솟구치게 합니다. 하도 뒤숭숭하여 마음을 가다듬으려고 해도 안정이 되지 않습니다. 목탁을 아무리 쳐도 목탁 소리로 들리지 않을 때가 많습니다."

"…"

잠시 침묵이 흐른다. 명학도 잠시 침묵에 잠긴다. 진목의 말을 들으니 걱정이 앞선다. 침묵은 자연 속에 파묻히기에 좋은 순간이기도 하다. 그래야 자연의 소리를 들을 수 있다. 평소에 들리지 않던 자연 본래의 소리들이 세세하게 다가옴을 느낄 수 있다. 오늘따라 밤하늘의 별빛이 유난히 빛난다. 초롱초롱한 별들이 반짝거린다. 명학은 진목이 다시 얘기를 꺼낼 때까지 기다린다. 밤하늘의 별을 보며 진목이 입을 연다.

"스님, 거사를 준비해야 할 것 같습니다."

단호한 진목의 목소리다.

"거사라면…"

"스님도 아시다시피 천은골이 벌목으로 인하여 점점 쑥대밭이 되어 가고 있습니다. 천은사 뒤뜰 숲이 망가질 대로 망가지고 있습니다. 천은사를 기점으로 천은골 계곡 전체가 천은사의 경내나 마찬가지인데…. 곳곳에 노고단의 정기가 서려 있고, 풀 한 포기, 나무 한 그루라도 가벼이 여기면 안 되는 것들입니다. 숨 쉬고 있는 모든 미물까지도 부처님의 은공이 서려 있는 곳입니다. 그 정기가 천은골 곳곳에 면면히 숨어 있습니다. 벌목으로 인하여 그 정기가 끊어지고 있습니다. 또 수많은 동식물이 몰살당하고 있습니다. 그 아우성이 모두 내게로 밀려오는 듯합니다."

"나무아미타불 관세음보살…."

진목의 말에 명학은 나무아미타불 소리가 저절로 나온다. 명학도 걱정과 함께 서서히 몸이 뜨거워진다. 의협심이 불타오르고 있다.

"…"

명학의 합장에 진목은 멍하니 밤하늘의 별만 쳐다본다. 명학도 듣고 보니 보통 일이 아님을 짐작한다. 진목의 침묵이 길어진다. 숲에서는 풀벌레 소리가 요란하다. 개구리의 울음소리가 점점 크게 들린다. 어둠 속에서도 살아 있는 것들은 저마다 아우성이다. 낮은 움직임과 색깔로 생명이 살아 있음을 보여 주지만, 어두운 밤은 소리로 만물이 약동함을 보여 준다. 들리지 않던 소리까지 들리니, 어둠 속이 경이롭기만 하다. 진목이 말하는 거사가 무슨 말인지 명학도 금방 알아듣는다. 도벌을 막아야 한다. 목숨을 던져서라도 도벌을 막아야 한다. 부처님의 가르침을 거역하고서라도 최후에는 살생까지도 각오해야 한다. 내 조국, 내 강산을 지켜 내야 하는 일이다. 목숨을 던져서라도 도벌을 막아야 한다. 부처가 가르치는 살생 금지를 핑계로 눈을 감아 주는 것은 비겁한 일이다. 비겁하게 눈을 감아 버릴 수는 없는 일이다.

"스님, 저도 함께 나서겠습니다. 우리 함께 힘을 모아 봅시다. 도울 일이 있으면 말씀해 주십시오."

명학이 단호하게 함께하겠다고 나선다. 진목은 말을 아낀다. 그동안의 번뇌를 어떻게 다 설명할 수가 있단 말인가. 내 몸 하나 던져서라도 얼마든지 거사를 치르고야 말겠다는 각오가 이미 서 있는 이상, 명학에게까지 부담을 줄 수는 없는 일이다. 강진태를 비롯하여 여러 사람이 준비한 일을 발설하지 않은 게 좋을 듯싶어서다. 명학에게 일을 알리고, 모든 후사를 맡기려고 온 것이다. 거사를 행하면 천은사는 어떻게 돌아갈지 불을 보듯 뻔하기 때문이다. 어떤 회오리가 들이닥칠지, 감옥에 붙잡혀 가는 걸 각오해야 한다. 그래도 그걸 손 놓고 보고만 있을 수는 없지 않은가? 절간이 화마에 휩싸일 수도 있다. 그 어떠한 시련이 닥치더라도 도벌을 멈추게 해야 한다.

"아닙니다. 스님."

진목이 명학의 말을 사양한다.

"…"

"스님은 거사 후에, 천은사를 보살펴 주셔야죠?"

"아니라니요? 그럼 천은사 스님들끼리만 거사를 하겠다는 말인가요? 아닙니다. 저희 화엄사 스님들도 함께하겠습니다. 우리 모두의 일입니다. 나라를 위한 일입니다. 함께해야 합니다. 기회를 주십시오. 임진왜란 때 화엄사 스님들이 어떻게 했는지 잘 아시지 않습니까? 이 강토를 쳐들어오는 왜적을 무찌르기 위해 승복을 입고 목탁 대신 칼을 들지 않았습니까? 목숨까지 기꺼이 내놓지 않았습니까? 승복을 입은 스님들은 언제라도 죽음을 두려워하지 않습니다. 언제라도 각오가 되어 있다는 거 모르십니까? 그런 중대한 일이라면 모두 발 벗고 나서야 되지 않겠습니까?"

거사 후, 후일을 부탁하려고 온 진목이 명학의 강력한 동참 의지에 힘이 솟는다. 하지만 진목은 명학의 도움이 필요하고 고맙기는 하지만 후사가 걱정된다.

　"스님, 이 일은 우리가 목숨을 내놓고 벌이는 일입니다. 후사는 누가 챙깁니까?"

　"후사라니요? 이렇게 나라도 없어지고, 국토가 유린당하고 있는 마당에, 후사가 무슨 소용이 있습니까? 이건 천은사 경내를 훼손하는 일 아닙니까? 천인공노할 일입니다. 부처님도 화가 단단히 나 있을 겁니다. 그런 거사를 모른 체하라니… 말이나 되는 소리입니까?"

　명학의 강한 의지에 진목도 잠시 침묵에 잠긴다.

　"…"

　밤하늘의 어둠은 소리를 더욱더 키우게 한다. 화엄사에는 온갖 풀벌레 소리로 요란한 소리의 세계가 펼쳐진다. 계곡의 물소리도 점점 더 커진다. 진목은 소리가 잦아질 때까지 숨을 크게 들이마신다.

　"스님, 고맙습니다. 여럿이 힘을 합치면 반드시 천은계곡 숲을 지켜 낼 수 있을 겁니다. 저놈들을 박살 내야 합니다. 벌목이 중단되게 목숨을 바쳐서라도 막아 내야 합니다."

　진목이 명학의 손을 굳게 잡는다. 어둠 속에서 눈빛을 주고받는다. 마음의 빛이 서로를 관통한다. 서로 믿음만 있으면 어둠은 장애가 못 된다.

　"스님, 그럼 수도암 계곡에서 뵙겠습니다. 그쪽으로 오셔야 조금이라도 안전할 듯합니다. 그쪽이 인적이 드물고 계곡이 깊습니다."

"여부가 있겠습니까? 당장 달려가겠습니다."

진목이 명학에게 합장을 한다. 명학도 함께 합장을 한다. 진목이 발길을 돌려 화엄사에서 다시 길을 나선다. 명학은 진목의 모습이 사라진 곳을 향하여 합장을한다.

"나무관세음보살."

똑 똑 똑 똑 똑….

진목은 목탁을 치면서도 머릿속에는 온통 천은골 거사에만 집중되어 있다. 승복을 벗어 던져서라도 내 나라는 스스로 지켜야 한다. 어느 누구도 대신할 수 없는 일이다. 인근 사찰의 승려들을 모두 불러 모아야 한다. 천은골 벌목장을 습격하는 일은 몇 명만으로 해결될 일이 아니다. 진목이 바랑을 둘러메고 나선다. 인근 절에도 신속하게 연락을 해야 한다. 좀 더 치밀하게 많은 인원을 동원해야 할 일이다. 연곡사 계곡에 들어선다. 연곡사에서 스님을 만난다. 진목이 연곡사에서 돌아 나온다. 바랑을 멘 진목의 발걸음이 빨라진다. 쌍계사로 향한다. 쌍계사 경내로 들어선다. 쌍계사에서 스님을 만난다. 쌍계사에서 나온 진목은 섬진강 건너 사성암으로 향한다. 사성암 비탈 계곡을 향해 오른다. 사성암에 도착한다. 절벽에 매달려 있는 암자가 아슬아슬하게 다가온다. 암자를 지나 바위 난간에 선다. 유유히 흐르는 섬진강이 눈에 들어온다. 구례 읍내와 이어진 넓은 들판이 산동골 만복대까지 이어진다. 천은골과 차일봉, 화엄계곡 위의 노고단과 지리산의 연봉이 한눈에 들어온다. 참으로 멋진 풍광이다. 절벽에 매달려 있는 암자에 앉아 눈을 감는다. 원효대사가 손톱으로 그렸다는 바위에 새겨진 마애여래입상이 점점 진목의 코앞으로 다가온 느낌이다. 암자에서 스님과 합장을 하고 사성암을 내려온다.

천은사의 밤은 달빛과 함께 숙연하다. 온갖 풀벌레 소리만이 밤의 정적을 깨운다. 검은 그림자가 천은사 경내로 들어선다. 강진태가 진목이 기거하는 방 앞에 선다.

"흠흠."

달빛에 비친 검은 그림자가 진목의 방문에 어른거린다. 인기척에 진목이 문을 열고 밖으로 나온다. 진목이 강진태를 보자 두 손을 모으고 합장을 한다. 강진태도 진목을 따라 합장을 한다. 진목이 앞장서서 걸어간다. 그 뒤를 강진태가 아무 말 없이 뒤따른다. 달빛이 비치지 않은 어두운 곳에서 진목이 멈춘다.

"스님, 저희들이 더 도울 일은 없습니까?"

"천은사, 화엄사, 연곡사, 쌍계사, 사성암 스님들과 징병, 징용을 피해 지리산 곳곳에 숨어 지내고 있는 사람들과도 연락이 닿았습니다. 천은골 벌목장은 그 인원만으로도 충분히 거사를 치를 수 있게 됐습니다. 벌목장은 걱정 마시고, 제재소나 책임지고 임무를 완수하시면 됩니다."

"예, 잘 알겠습니다."

"비밀이 누설되지 않도록 특별히 당부드립니다."

"거사일은 결정됐습니까?"

"다음 달 그믐으로 정했습니다."

똑 똑 똑 똑 똑….

진목이 목탁을 치다가 멈춘다. 허공을 바라보며 눈을 감는다. 머릿속은 온통 거사를 위한 생각에 골몰한다. 천은골을 지키고 천년 사찰인 천은사와 곳곳에 있는 암자 모두를 지켜 내야 한다. 벌목으로 국토를 유린하는 저 일본 놈들에게 타격을 가하자는 데 반대할 스님은 아무도 없다. 임진왜란 때는 의병들과 함께 섬진강 변 석주관성에서 왜적을 물리치기 위해 승병이 되었다. 목탁 대신 칼을 들었다. 수백, 수천의 왜병을 물리치기 위해 피비린내 나는 싸움에 온몸은 피투성이가 되고, 목숨까지 내놓았던 선배 스님들의 뒤를 따르자는 데는 모두가 한마음이다. 불상 앞에서 불공을 드리고 있지만, 거사를 꾸미기 위해 모두가 일심동체가 되어 간다. 어떻게 해서든 천은골은 지켜 내야만 한다. 일본 놈들이 벌인 광기 어린 전쟁을 가만히 두고만 볼 수는 없다. 천은사 스님 모두를 동원하는 일은 모닥불 속으로 뛰어든 불나방과 같다. 목숨을 걸고서라도 막아야 한다. 누구도 눈치채지 못하도록 감쪽같이 해치우고 말아야 할 일이다.

만식이가 숨어 지내는 지리산 계곡에도 연락이 닿았다. 징병, 징용을 피하여 숨어 지내는 심원계곡에 있는 사람들이 규합하였다. 만식이도 함께 벌목장 습격에 동참하기 위하여 수도암을 향하여 출발한다. 이 기회에 일본 놈들에게 본때를 보여 줄 요량이다. 하동 지역, 산청 지역, 함양 지역, 반야봉 계곡에서 징병, 징용을 피해 숨어 지내는 사람들에게도 연락이 닿았다. 비밀리에 사람들이 수도암으로 속속 모여든다. 스님들만으로 수백 명이 일하는 벌목장을 습격하기는 역부족이다. 산에서 숨어 지내는 사람들까지 모여서 훈련을 하려고 모여든다. 진목과 명학이 이끄는 스님들도 수도암으로 속속 모여든다. 수도암은 천은골 깊은 계곡에 묻혀 있다. 구불구불 험준한 산길을 헤치고 올라야만 찾을 수 있는 곳이다. 진목이 진두지휘한다. 진목이 먼저 합장을 한다. 모인 사람들이 함께 고개를 숙여 합장을 한다.

"먼 길을 오시느라 수고 많으셨습니다."

진목이 벌목장 현황을 설명하고 몇 가지 당부의 말을 전한다.

"여러분 저 산하를 보십시오."

수도암에 모인 사람들이 고개를 돌린다. 천은계곡은 짙은 운무에 휩싸여 있다. 운무가 산등성이를 향해 움직인다. 운무 사이로 보이는 울창한 숲이 순간순간 나타났다가 운무에 휩싸이기를 반복한다. 울창한 숲이다. 수백 년 동안 유지되어 온 숲이다. 천은사의 허락 없이는 나무 한 그루도 베어 낼 수 없는 지역이다.

"여러분들의 눈앞에 보이는 이 울창한 숲이, 저 악랄한 일본 놈들에 의하여 파괴되고 있습니다. 천은골 전체가 벌목으로 인해, 천은골의 모든 미물들이 함께 죽어 나가고 있습니다. 우리의 가슴 깊은 곳까지 갈기갈기 찢겨져 나가고 있습니다. 여러분! 힘을 모읍시다! 여러분! 온 힘을 다해서 이 강산을 지켜 내야 합니다!"

"와! 와! 와…"

수도암이 떠나갈 듯한 함성 소리가 울려 퍼진다.

"벌목장을 공격하여 박살 낼 것입니다. 당부드리고 싶은 것은, 부처님의 가르침을 잊어서는 안 됩니다. 살생은 최대한 자제해야 합니다. 때에 따라서는 육박전이 벌어질지도 모르지만, 그때는 할 수 없이 살생을 각오해야 합니다. 이번 한 번뿐만이 아니라, 차후에도 벌목이 계속 진행된다면, 끝까지 목숨을 바쳐서라도 천은골을 지켜낼 것입니다."

"와! 와! 와…"

수도암에 모인 사람들의 눈망울에서 빛이 솟아난다. 결의에 찬 눈빛이다.

"얍! 야!"

기합 소리가 우렁차게 울린다. 천은골을 지켜야 한다. 나무 한 그루라도 지켜 내야만 한다. 수도암에 스님들이 모여 일사불란하게 기합 소리와 함께 모였다가 흩어지기를 반복한다. 한쪽에서는 산에서 규합한 사람들이 모여서 훈련을 한다. 만식이도 일행과 함께 훈련을 한다. 기동력 있는 무술 연마만이 거사를 신속히 치르게 해 줄 수 있다. 한 치라도 빈틈이 있어서는 안 된다. 여차하면 목숨까지 내놓아야 하는 일이다. 진목이 무술 시범을 보여 준다.

"얍!" 소리와 함께 진목의 몸이 허공중으로 향한다. 허공을 향해 긴 나무 막대를 휘젓는다. 붕 뜬 몸이 멀찌감치 착지한다. 허공을 향해 막대를 휘두른다.

휙 휙 휙.

바람을 가르며, 긴 나무 막대를 자유자재로 찌르고 막는다. 스님들과 산사람들이 대오를 맞춰 섰다. 진목이 기합 소리와 함께 찌르기 자세를 취한다.

"얍!"

산사람들이 눈이 뚫어져라 진목의 자세를 바라본다. 진목의 구령에 맞추어 산사람들이 찌르기 자세를 취한다.

"얍!"

훈련생들의 힘찬 기합 소리가 천은계곡 속으로 메아리친다. 산사람들의 자세가 엉성하다. 시범을 보여 준 진목이 사람들에게 다가가 일일이 자세를 잡아 준다. 명학도 산사람들에게 다가가 자세를 잡아 준다. 모두가 땀을 흘리며 훈련에 집중한다. 진목과 명학이 대련 자세를 취한다.

"얍! 야!"

힘찬 구령 소리와 함께 긴 막대를 휘두르며 대련 시범을 보인다.

딱! 따딱! 딱!

육박전을 대비한 대련 훈련이다. 훈련받는 모든 사람들이 둘씩 짝을 지어 대련 자세를 취한다. 칼 대신, 긴 막대기로 상대를 공격하여 때려눕혀야 한다.

탁 탁 탁!

두 명씩 대련을 하면서 막대기가 부딪히는 소리가 요란하다.

"얍! 야!"

소리를 지르며 눈 깜짝할 사이에 상대를 제압해야 한다. 상대가 방어할 틈도 주지 않는다. 한쪽은 공격을 하고, 한쪽은 방어 자세를 반복해서 연습한다. 진목과 명학 두 사람의 진두지휘 아래 모두가 온몸에 땀이 흠뻑 젖도록 무술을 연마한다. 스님들과 산사람들의 훈련 강도는 짙은 운무 속에서 점점 강도가 더해진다.

검은 옷차림의 사람들이 숲속으로 신속하게 움직인다. 선발대 모두가 검은 옷에 검은 두건으로 머리와 얼굴을 감쌌다. 거사를 치르기 위한 선발대가 현장을 답사해야 한다. 그래야 실수 없이 완벽하게 벌목장을 공격할 수 있다. 변장한 진목이 먼저 숲으로 향한다. 몸놀림이 빠르다. 대원들은 숲속에 숨어 진목의 신호만을 기다린다. 먼저 주위를 살핀 진목이 뒤를 돌아보면서 손으로 신호를 보낸다. 진목의 신호에 따라 숲속에 숨어 있던 대원들이 빠르게 움직인다. 도벌 현장 가까이 왔다.

애앵—! 윙윙윙…. 탁! 탁! 탁! 탁….

"영차! 영차! 영차…."

도끼로 나무 내려찍는 소리, 기계 돌아가는 소리, 나무 자르는 소리, 인부들의 소리…, 특히 기계 소리가 요란한 굉음을 낸다. 꿍꿍거리며 나무를 옮기는 작업이 한창이다. 천은골은 기계 소리와 사람들 소리로 시끌벅적하다. 가까이 다가갈수록 소리가 요란해진다. 천은골이 엉망진창이 되어 가고 있다. 벌목장을 보고 있노라니 피가 거꾸로 솟는다. 참혹한 현장이다. 차마 눈 뜨고 볼 수 없다. 진목이 화를 가라앉히기 위해 잠시 눈을 감고 숨을 고른다.

"나무관세음보살."

진목이 다시 눈을 부릅뜬다. 현장을 꼼꼼히 봐 두어야 한다. 현장을 철저히 파악하기 위해 벌목장 가까이 다가간다.

기계 돌아가는 소리가 요란하다. 곳곳에서 나무를 자르며 나는 연기가 피어오른다. 하늘이 보이지 않을 정도로 울창한 숲에서 수백 년 된 아름드리 나무가 쓰러진다. 사람들이 달려들어 쓰러진 나무를 다듬고, 자르고, 줄로 묶어 어깨에 멘다. 나무를 운반하느라 분주하다.

"영차! 영차! 영차…."

소리를 맞춰 가며 인부들 넷이서 끙끙거리며 나무를 운반한다. 누더기 옷을 걸치고, 비지땀을 흘리는 동포들의 모습이 안쓰럽다.

도끼로 나무를 힘껏 내리친다. 계속되는 도끼질이 힘에 부친다. 이마에 흐르는 땀을 한 번 훔친 후 숨을 몰아쉰다. 힘들어하는 기색이 역력하다. 그 자리에 풀썩 주저앉아 쉰다.

호로로 호로로—!

헬멧을 쓴 일본인 감독관이 작업을 멈춘 사람들을 발견한다. 감독관은 인부들이 쉬는 꼴을 못 본다. 감독관의 눈을 피할 수가 없다. 감독관이 다가오자 힘든 몸을 다시 일으킨다. 손에 침을 뱉는다. 다시 도끼질을한다.

쓱싹 쓱싹 쓱싹….

인부들이 둘씩 짝을 이루어 톱질을 한다. 하루 할당량을 채우기

위해 눈 코 뜰 새 없이 바쁘게 돌아간다. 숲에서 벌목하는 일꾼들의
복장은 누더기 옷에 안전장치 하나 없다. 어느 정도의 인원이 동원
되고 있는지, 어떤 기계를 사용하는지, 베어 낸 나무는 어떤 경로를
통해서 운반하는지, 작업장의 경계는 어떻게 하고 있는지 파악한다.
이리저리 살펴도 경계병은 보이지 않는다. 어떻게 벌목장에 타격을
가해야 할지, 저들이 공격하면 반항을 해 올 텐데…. 저 일꾼들도 우
리 동포들인데, 적당한 선에서 타격을 해야 한다. 몸이 크게 상하지
않을 정도로만 할 작정이다. 일꾼들을 진두지휘하는 자에게만 거동
을 못 하도록 해를 입힐 작정이다. 또 어떻게 하면 기계를 못 쓰게
할지를 계산해 본다. 진목이 현장을 파악한 후, 신호를 보낸다. 일행
들이 신속하게 자리를 뜬다.

천은골이 안개에 휩싸였다. 구름이 계곡을 타고 오른다. 한 치 앞
도 분간하기 어렵다. 수도암에 거사를 치르기 위하여 일행 모두가
정렬해 있다. 모두가 검은 옷을 입고, 얼굴에 검은 복면을 썼다. 어
디에도 스님의 행색은 찾아볼 수가 없다. 스님들과 산사람들이 구별
되어 훈련했을 때와는 사뭇 다른 모습이다. 모두가 동일한 모습으
로 변장을 했다. 누가 스님인지, 누가 산사람인지 구별을 해 내기 어
렵다. 눈빛만으로 서로에게 격려를 보내고 몸짓과 손짓으로 소통한
다. 한 손에는 긴 막대기를 들었다. 눈빛은 하늘을 찌를 기세다. 훈
련했던 대로 날렵하게 움직인다. 진목의 지휘 아래 일사불란하게 거
사를 치르기 위하여 걸음을 옮긴다. 복면으로 무장한 일행들이 벌

목장 근처에 다다른다.

애—앵!

윙윙윙….

탁! 탁! 탁! 탁! 탁….

"영차! 영차! 영차…."

나무를 베는 소리가 천은골을 집어삼킬 듯이 울린다. 진목과 함께 변장한 스님들이 숲으로 모여든다. 한곳에 모여서 결의를 다지고 진목의 손짓에 따라 미리 정해진 자리로 신속하게 이동한다. 벌목장 전체를 감싸면서 공격 대형을 갖춘다. 명학도 진목의 손짓에 따라 스님들에게 손짓으로 명령을 전달한다. 한 치의 실수도 있어서는 안 되는 일이다. 벌목을 할 수 없도록 기계며 사람들에게까지 타격을 가하여야 한다. 진목이 잠시 숨을 고르고 동태를 파악한다. 손짓으로 연락을 하여 일행 모두의 걸음을 정지시킨다. 가까이 다가갈수록 기계 소리며 사람 소리로 숲속은 난장판이다.

진목과 명학이 손짓을 한다. 공격 명령이다. 검은 옷으로 변장한 스님들이 일제히 벌목 현장으로 달려든다. 그 뒤를 따라서 훈련을 받은 지리산 사람들이 함성과 함께 정신없이 일하는 사람들을 향해 달려든다. 나무를 베느라 정신이 없던 일꾼들이 검은 복면을 한 사람들에 의하여 한 방씩 걷어차이고 소리를 지르며 쓰러진다.

"악!"

막대기를 휘두를 때마다 막대기 한 방에 벌목장 사람들이 나가떨어진다.

"아!"

갑자기 달려든 검은 옷을 입은 사람들과의 싸움이 시작된다. 감독관의 호루라기 소리와 함께 여기저기서 고함 소리가 들린다.

"저놈들을 공격하라!"

"와! 와! 와…"

벌목장 인부들도 도끼와 망치, 톱, 들고 있던 벌목 장비를 들고 대항해 보지만, 검은 옷을 입은 사람들의 날쌘 공격에 상대가 되지 않는다.

"악!"

"욱!"

"아이고!"

한 방 맞은 사람들이 순식간에 고꾸라져 곳곳에서 신음소리를 내며 저항하지 못한다. 기계 소리가 요란하던 계곡이 아수라장이 되어 간다. 도망갈 틈을 주지 않고 모두 일격에 쓰러진다. 나무를 자르는 기계는 박살이 나 버린다. 기계를 더 이상 사용하지 못하도록 불을 지른다. 박살이 난 기계에서 연기가 솟아오른다.

퍽 퍽 퍽!

일본인 감독관에게 일격을 가한다. 여러 차례 가격을 당하더니 벌러덩 넘어진다.

"악!"

반신불수가 되도록 몸에 상처를 입힌다. 감독관들이 피투성이가 되어 누워 버린다. 벌목을 하던 현장은 처참하게 변해 버린다. 일격을 가한 검은 그림자들은 벌목을 못 하도록 벌목 도구를 주섬주섬 챙긴다. 신속하게 산속으로 몸을 숨긴다.

벌목장이 습격당했다는 소식이 박진만에게 전해진다. 검은 복면을 한 사람들에게 공격을 당하여 일꾼들이 쓰러지고, 기계가 박살이 나 버려 기계를 아예 쓸 수 없게 되었다는 상황이 전달된다. 박진만이 자리를 박차고 일어난다.

"뭐라고!"

인부들 모두가 피해를 입었고, 특히 감독관은 반신불수가 되어 버렸다는 보고가 전달된다.

"개새끼들!"

두 주먹을 쥐고 부르르 떤다. 박진만의 얼굴이 일그러진다.

"아! 이 새끼들을…."

악을 쓰며 욕설을 내뱉는다. 불룩한 배에 육중한 몸을 일으켜 사무실 안을 초조하게 서성거린다. 누구인지 주동자를 잡아야 한다. 담배를 입에 물고 빡빡 빨아 댄다. 의심쩍은 인물을 머릿속에 떠올려 본다. 강진태의 짓인지, 진목의 짓인지, 또 다른 누구의 사주를 받은 자의 짓인지 후지하라에게 보고하여 복수를 해야만 직성이 풀릴 것 같다. 속이 부글부글 끓어오른다. 어떤 놈일까? 이건 박진만에게 피해를 주는 것이 아니라 후지하라를 비롯하여, 대일본 제국을 향한 공격이다. 감히 상상할 수 없는 도발이란 걸 모를 리 없을 텐데…. 이 일을 알면 후지하라가 당장 놈들을 잡아들여 감옥에 보낼 텐데…. 복수심으로 눈빛이 이글거린다.

박진만이 주재소로 부리나케 향한다. 주재소에 들어가자마자 후지하라에게 보고한다. 벌목장이 습격을 당하였고, 많은 사람들이 다치고, 벌목을 할 수 없게 모든 기계가 망가져 버렸다는 보고를 한다.

"빠가야로!"

후지하라가 자리를 박차고 일어선다. 얼굴이 일그러진다.

"누구 없나?"

"하이! 부르셨습니까?"

후지하라의 명령에 박 순경이 부동자세를 취한다.

"당장 부대를 소집하라우!"

"하이!"

후지하라의 명령에 의하여 경찰들의 움직임이 빨라진다. 후지하라가 경찰 부대와 함께 벌목장에 도착한다. 부상을 당한 일꾼들이 피를 흘리며 벌목장에서 걸어 나오고 있다. 아수라장이 되어 버린 벌목장에는 불에 타다 남은 기계에서 연기가 피어오르고 있다.

"빠가야로!"

박진만도 뒤늦게 벌목장에 도착한다. 기계에서 연기가 피어오르고 있다. 비싸게 구입해 온 기계가 몽땅 망가져 버렸다. 쑥대밭이 되어 버린 벌목장 현장을 보자 화가 치솟는다. 벌목장을 보고 울부짖는다.

"아… 악…"

화를 삭이지 못한다.

후지하라가 벌목장을 습격한 무리들을 추격하라는 신호를 보낸다. 당장 지리산 속으로 숨은 무리들을 잡아야 한다. 후지하라의 지휘로 경찰 부대는 검은 옷을 입은 사람들을 추적하기 위하여 천은골을 향해 오른다. 수도암 가까이 다가가 암자를 에워싼다. 암자에는 모두가 도망을 간 후라 개미 새끼 한 마리 얼씬거리지 않는다. 수도암에 도착하여 암자 곳곳을 수색한다. 지휘관이 신호를 보내자 암자에 불을 지른다. 암자가 활활 타오른다. 경찰들이 총을 들고 서둘러 지리산 속으로 추격해 들어간다.

진목과 명학은 일행들을 데리고 지리산 깊숙이 몸을 숨긴다. 경찰들은 끈질기게 지리산 깊은 곳까지 추적해 간다. 산속에서 사람을 발견하는 대로 총질을 한다.

탕 탕 탕!

총을 맞고 사람들이 쓰러진다. 벌목장과 아무 관련이 없는 나무꾼들만 피해를 본다. 한 발 빠르게 지리산 계곡 깊은 곳으로 몸을 피한 검은 옷을 입은 스님들은 옷을 벗고 산속으로 뿔뿔이 흩어진다. 무기도 없는 상태에서 경찰 부대를 대적할 수는 없는 일이다. 진목과 명학의 진두지휘 아래 흔적도 없이 모든 일행들이 흩어진다.

징병과 징용을 피해 지리산 속에서 숨어 지내던 사람들도 검은 옷을 벗어 버렸다. 손에는 총도 들지 않았다. 나무 막대기 하나만 가지고 있다. 지리산 깊숙한 곳으로 숨어 보지만, 계속 추격하여 온 경찰에 의하여 발각된다. 수백 명의 경찰들이 산사람들을 추격한다. 경찰의 포위망이 점점 좁혀 온다. 산사람들을 향해 총격을 가한다.

총에 맞고 산 사람들이 피를 흘리며 쓰러진다. 총소리를 들은 만식이 일행은 지리산 깊숙한 곳으로 몸을 피한다.

송죽관에 술상이 차려졌다. 박진만의 양 옆에는 화진과 진옥이 술 시중을 든다. 화진과 진옥이 계속해서 술을 따른다. 박진만이 화를 삭이기 위해 술을 마신다. 벌목장의 습격이 누구의 짓인지 밝혀내야 한다. 화진과 진옥이 아양을 떨며 계속 술을 따라 준다. 박진만이 점점 술에 취한다. 몸을 가눌 수 없을 정도로 비틀거린다. 화진이 잠시 밖으로 나간다. 인사불성이 된 박진만이 진옥에게 몸을 기댄다. 진옥에게 기댄 박진만이 흐느적거리며 음탕한 눈빛을 보낸다. 헤벌쭉하게 웃으면서 다짜고짜 진옥의 옷고름 속으로 손을 집어넣는다. 진옥이 흐느적거리며 달려드는 박진만을 밀어제친다. 박진만이 중심을 잡지 못하고 바닥에 쓰러진다. 진옥이 쓰러진 박진만을 일으켜 세운다. 화진이 다시 들어와 쓰러진 박진만을 진옥과 함께 부축하여 밖으로 나간다.

박진만이 비틀거리며 송죽관을 걸어 나온다. 인철과 명일이 골목에 숨어서 박진만의 동태를 살핀다. 제재소 안으로 비틀거리며 들어가는 박진만을 확인한다.

박진만이 술에 고주망태가 되어 집 안으로 들어선다. 비틀거리는 박진만을 부인이 맞이한다. 박진만의 몸에서 나는 술 냄새가 고약하다. 몸을 가누지 못할 정도로 취한 박진만이 방바닥에 쓰러진다. 이부자리에 눕자마자 코를 드르렁거리며 잠에 빠져든다. 부인이 박진만에게 이불을 덮어 준다. 잠에 빠져 버린 박진만을 홀로 두고 부인이 방에서 나간다.

밤늦은 시각, 연파리 당산나무 뒤편 대나무숲에 검은 그림자들이 하나씩 조심스럽게 움직이기 시작한다. 검은 그림자들의 정체는 강진태와 인철, 명일이다. 대나무 숲이 우거져 더욱더 앞을 분간할 수 없을 만큼 깜깜한 곳이다. 거사를 도모하기 위해서다. 강진태의 주도로 모였다. 아무에게도 눈에 띄어서는 안 되는 일이다.

"다 모였나?"

"예."

"천은골 벌목장은 진목 스님이 맡기로 했다. 우리는 박진만이를 쥐도 새도 모르게 처단해야 한다. 맡은 임무를 차질 없이 수행하도록. 알았나?"

"예."

"오늘 낮에 천은골에서는 벌목장을 쑥대밭으로 만들었다는 연락이 왔다. 우리도 지체해서는 안 된다. 오늘 밤 안으로 해치워야 한다."

"예, 알겠습니다."

"너희들만 믿겠다."

"형님 걱정 마십시오. 저희에게 맡기십시오."

"그래. 인철이 자네 요즘 몸 상태는 어떤가?"

"많이 좋아졌습니다. 걱정 안 하셔도 됩니다."

"그럼 둘만 믿겠네. 빈틈없이 잘 처리하리라 믿네."

"예."

검은 그림자들이 당산에서 조용히 사라진다.

오늘따라 달빛도 없는 깜깜한 밤이다. 박진만의 집으로 검은 그림자가 빠르게 움직인다. 명일과 인철이 복면을 하였다. 제재소 주위를 두리번거리다 빠르게 담을 뛰어넘는다. 박진만이 자고 있는 창가에 몸을 바짝 붙인다. 인철과 명일이 몸을 낮춰 집 안으로 들어선다. 집 안에 인기척이 없음을 확인한다. 검은 그림자가 박진만이 잠자고 있는 방문을 열고 들어선다. 박진만이 코를 드르렁거리며 잠에 빠져 있다. 인철이 어둠 속에서 박진만의 얼굴을 확인한다. 명일도 확인하고 고개를 끄덕인다. 인철이 잠시 숨을 고른다. 인철이 육중한 몸으로 박진만을 누른다. 박진만이 깜짝 놀라 신음을 한다.

"음…."

박진만이 신음소리를 내면서 눈을 뜬다. 눈을 떠 보니 복면을 한 사람이다. 순간적으로 몸을 일으켜 세우려고 안간힘을 쓴다. 복면을 한 놈이 누구인지 알아내야 한다. 사력을 다해 자신을 누르고 있는 복면한 사람을 밀어제친다. 술에 취한 몸이라 힘을 쓸 수가 없다. 박진만이 꿈틀거리자 명일이 함께 박진만에게 달려든다. 박진만이 움직이지 못하도록 한다. 명일이 달려들어 재빠르게 입에 재갈을 물린다. 손과 발을 묶어 움직이지 못하도록 한다. 소리를 크게 지르지 못하도록 압박을 가한다. 피할 겨를도 주지 않는다. 그 순간에 인철이 박진만을 향해 칼로 힘껏 내리찍는다.

퍽 퍽!

"악!"

박진만이 비명을 지르며 칼에 찔린 팔을 붙잡는다. 인철이 이번에는 칼로 다리를 찌른다.

"악!"

부상을 입은 박진만이 몸부림치며 방바닥에서 뒹군다.

"음! 음…"

박진만이 피를 철철 흘리며 나뒹군다. 박진만의 팔과 다리에 부상을 크게 입힌 두 사람은 재빠르게 방을 나선다.

복면을 한 인철과 명일이 재빠르게 밖으로 나온다. 서둘러 산더미처럼 쌓여 있는 나뭇더미 쪽으로 움직인다. 박진만에게 상해를 입혔으니 집안 식구들이 깨기 전에 서둘러야 한다. 나뭇더미에 기름을 뿌리고 불을 붙인다. 불길이 서서히 올라붙는다. 나뭇더미가 활활 타오르기 시작한다. 불이 활활 타오를수록 제재소가 점점 환해진다. 시간이 지날수록 불길이 치솟는다. 주위가 활활 타오르는 불길로 환하다. 인철과 명일이 어둠 속으로 유유히 사라진다.

"불이야! 불이야!"

제재소가 활활 타오르고 있다. 큰 연기 기둥이 하늘로 솟구친다.

"불이야!"

거대한 불빛을 보고 놀란 마을 사람들이 여기저기서 "불이야!"를 계속 외친다. 마을 사람들이 하나둘 제재소로 몰려들기 시작한다. 불길이 점점 치솟는다. 거대한 불빛에 사람들이 불을 끌 엄두를 내지 못한다. 활활 타오르는 불빛은 시간이 갈수록 거세진다.

칼에 찔렸지만 가까스로 정신을 차린 박진만이 신음을 하면서 창밖이 환해진 걸 느낀다. "불이야!" 하는 소리에 제재소 나뭇더미에 불이 났음을 안다. 화마가 곧 박진만에게로 달려들 것을 알기에 공포를 느낀다. 몸을 일으켜 세우려고 안간힘을 써 본다.

"음음."

박진만이 일어나려고 하지만, 힘을 쓸 수가 없다. 부상을 당한 팔과 다리에 통증이 심하게 몰려온다. 피를 너무 많이 흘려서 몸에 기운이 빠져 버렸다. 힘을 쓸 수가 없다. 안간힘을 써 보지만 다시 방바닥으로 쓰러진다.

제재소 전체가 불길에 휩싸인다. 불길은 안채까지 타들어 오고 있다. 잠자던 가족들이 깜짝 놀라 일어난다. 일어나 거실로 나와 박진만이 자고 있는 방문 쪽을 바라본다. 방문이 굳게 닫혀 있다. 부인이 급하게 달려가 박진만이 있는 방문을 급하게 연다. 방문을 열자 피를 흘리고 쓰러져 있는 박진만을 발견한다. 방 안에 피가 흥건히 젖어 있다.

"여보!"

부인이 소리를 지르며 박진만에게 달려든다.

"사람살려! 여기 사람이 죽어 가고 있어요!"

부인의 고함 소리에 다른 식구들도 박진만에게 우르르 달려들어 온다. 박진만에게 달려들어 일으켜 세운다. 피를 흘리고 있는 박진만을 등에 업는다. 서둘러 밖으로 피한다.

강진태가 멀리서 불길을 쳐다본다. 제재소에서 불길이 치솟는다. 거사의 성공을 알리는 불길이다. 강진태의 얼굴에 미소가 번진다. 불길이 확 번져서 제재소가 몽땅 타길 바랄 뿐이다. 불길을 확인하자 조용히 자리를 뜬다.

불을 끄기 위해 마을 사람들이 양동이를 들고 제재소로 몰려든다.
"불이야! 불이야!"
"아이고, 세상에나! 어쩔끄나? 저 불을 꺼야지!"
고함을 지르며 마을 사람들이 제재소를 향하여 달려간다. 양동이에 물을 퍼 담아 나른다. 엄청난 불이다. 산더미처럼 쌓여 있는 나뭇더미에 불길이 하늘 높은 줄 모르고 타오른다. 이웃 마을 연파리 사람들도 불을 끄기 위하여 달려온다. 마을 입구에 검은 그림자가 나타난다. 길을 가로막는다. 마을 사람들이 영문도 모르고 불을 끄러 가려고 움직이자, 물을 퍼 담은 양동이를 빼앗아 박살을 내 버린다. 제재소가 훨훨 타도록 놔둬야 한다. 강진태를 따르는 무리들이 불 끄는 것을 훼방하고 사라진다. 불길은 사그라들 줄 모르고 점점 더 활활 타오른다.

"빠가야로!"
후지하라가 고함을 지르고 자리를 박차고 일어선다. 제재소가 불이 났다는 소식을 듣자 화가 치밀어 오른다. 천은골 벌목장 습격 사건에 이어 제재소까지 불이 났으니 화가 머리끝까지 치밀어 오른 것이다. 어느 놈이 주동을 했는지 주동자를 찾아야 한다. 어느 놈일까? 감히 천황 폐하의 과업에 흠집을 내다니, 절대로 용서할 수 없는 일이다. 주동자를 잡아들이고 빨리 과업을 완수해야 한다. 지금은 전시 상황이다. 벌목 사업의 성과를 올려야 한다.

후지하라가 주재소 안을 서성거린다. 화가 가라앉지 않는다. 상부에 보고할 일이 걱정이다. 이번 사건으로 인하여 문책을 받을 텐데… 부하들을 불러들인다. 신속하게 지시를 내린다. 지시를 받은 부하들이 지원부대와 함께 천은사로 향한다.

천은사에 경찰들이 들이닥친다. 경찰들의 거친 행동에 절간이 시끄러워진다. 불공을 드리던 스님들이 경찰들의 난입을 덤덤하게 받아들인다. 절간 곳곳에 있던 사람들은 강제로 절 마당으로 연행되어 나온다. 진목이 천천히 걸어 나온다. 두 손을 합장하고 공손히 고개를 숙인다.

"나무관세음보살."

후지하라가 진목의 공손함을 무시하고 소리를 지른다.

"절간을 샅샅이 뒤져서 개미 새끼 한 마리도 남기지 말고 모두 집합시켜!"

"하이!"

우당탕탕거리며 경찰들이 절간을 다시 수색한다. 스님들이 끌려 나온다. 절간 곳곳에 기거하는 보살들까지 잡혀 온다. 마당에 잡혀 온 사람들을 향하여 경찰들이 총을 겨눈다. 정작 거사를 치른 자들은 이미 자리를 피해 버리고 절간에서 수행하는 몇 안 되는 스님들만 남아 있다.

"한 놈도 남기지 말고 모두 연행하라!"

"하이!"

진목이 후지하라 앞으로 나선다. 진목은 일부러 도망치지 않았다. 일본 경찰들이 총을 들고 추격해 오는 바람에 스님들과 함께 산속으로 몸을 피했다가 다시 천은사로 왔다. 도망친다고 해결될 문제가 아니란 걸 잘 안다. 절간에 있는 식솔들이 피해를 당할 건 뻔하다. 도망갈 수가 없다. 모든 걸 혼자 주동했노라고 당당히 맞서야 한다.

"나를 잡아가시오."

진목의 행동에 후지하라가 얼굴을 찡그린다.

"모두 내가 한 일이오. 다른 스님들은 죄가 없습니다."

후지하라가 진목 앞에서 인상을 쓰며 눈을 쏘아붙인다. 진목은 전혀 주눅 들지 않고 당당히 후지하라를 노려본다. 진목의 눈빛에 오히려 후지하라가 주눅이 들 판이다. 땡중에게 무슨 얘기를 해야 할지 후지하라가 잠시 머뭇거린다. 경찰 앞에 고개를 뻣뻣이 들고 나오는 폼이 순간적으로 골치 아픈 놈이라는 걸 예감한다. 후지하라가 말을 해 봤자 더 당당해질 것 같은 진목에게 더 이상 말을 붙이지 않는다. 주위의 부하들에게 큰 소리로 명령을 내린다.

"모두 연행해!"

후지하라의 명령이 떨어지기 무섭게 부하들이 우르르 움직인다.

"하이!"

천은사에 있는 모든 스님들을 연행해 간다.

"암자도 수색하라. 천은골에 개미 새끼 한 마리도 남기지 말고 철저히 수색한다. 알았나?"

천은사만으로는 모자라 산속에 있는 암자까지 수색하라는 명령을 내린다. 경찰들이 도계암과 삼일암, 상선암까지 진입한다. 천은사 모든 암자에 기거하는 승려들을 연행해 간다.

진목은 손을 뒤로 묶인 채 탁자에 앉아 있다. 발도 묶여 있다. 맨발에 상의는 입지 않고, 하의만 걸쳐 입었다. 창문 틈으로 빛이 조금 들어오는 어둠침침한 곳이다. 진목은 고개를 세우고 눈을 감은 채 앉아 있다. 덜커덩, 철문 여는 소리와 함께 어둠침침한 곳으로 후지하라가 들어선다. 경찰 두 명도 함께 들어와 부동자세를 취한다. 후지하라 손에는 채찍이 들려 있다. 진목이 앉아 있는 탁자 주위를 맴돈다.

"이봐! 당신이 지은 죄를 알고 있어?"

"…"

"어떤 놈이 시킨 거야?"

"…"

"벌목장은 누가 시킨 거야?"

"…"

진목이 미동도 하지 않는다. 후지하라의 말에 아무런 대꾸를 하지 않는다. 그러자 후지하라의 고함 소리가 커진다. 진목은 한 치도 물러서지 않고 후지하라를 매서운 눈으로 노려본다.

"…"

"이 모든 일은 나 혼자서 주동한 일이다."

"뭐라고! 혼자 했다고? 계속 혼자서 주동한 일이라고 우긴다 이 거지."

"…"

"천은사 중놈들이 한 짓이 아니란 말이야?"

"그렇다. 스님들은 전혀 관여하지도 않았다."

"벌목장에 수십 명이 한꺼번에 공격해 왔다고 들었는데… 그 세력 은 다 어디서 데려왔냐는 거야! 다른 절간에서 온 중놈들이야?"

벌목장을 공격한 검은 그림자들이 수십 명이 넘었다는 말로 보아, 분명히 다른 세력의 도움을 받았으리라 짐작을 하는 것이다. 다른 절간의 중들을 동원했는지 의심하며 진목을 심문하고 있는 것이다. 어떤 놈들을 동원했는지 이번 기회에 몽땅 잡아들여야 한다. 진목 을 심문하여 실체를 밝혀내야 한다.

"스님들은 관여하지 않았다."

진목이 끝까지 혼자 했다고 우겨 댄다.

"그럼! 제재소는 누굴 시켜서 불을 지르게 한 거야?"

"그것도 내가 혼자서 한 일이다."

"뭐라고? 제재소에 불을 지른 것도 당신이 혼자서 한 일이라고?"

"그렇다."

진목이 모든 걸 혼자 했다고 우겨댄다. 진목의 반복되는 대답에 후지하라는 화가 솟구친다.

"뭐라고?"

진목의 대답이 수작으로 들린다. 후지하라가 화를 못 이기고 자리에서 벌떡 일어선다.

"범인들이 수십 명이라 들었는데, 혼자서 한 일이라고 계속 우길 거야?"

"그렇다. 내가 혼자 한 일이다."

"지금, 전시체제에 비상시국인데, 왜 그런 일을 저지른 건가? 후환이 두렵지도 않았나?"

후지하라가 버럭 소리를 지른다.

"내 집 안 뒤뜰에 도둑들이 들어와 주인 허락도 없이 나무를 베어 간다면, 그건 도적질이 아니고 무엇이겠는가? 당신 나라에서는 그렇게 도둑이 들어와서 도적질을 해도 가만히 있겠는가?"

어차피 잡혀 온 마당에 진목은 겁날 것이 없다. 천은골 벌목은 도둑놈들이 들어와서 행하는 도적질이라고 당당히 말한다. 네놈들이 대동아전쟁을 핑계로 천황 폐하 운운하면서 벌목을 하는 것은 도적질이라는 걸 깨닫게 해야 한다. 천은골은 통곡하고 있고, 가만히 당하고만 있지 않겠다는 결의를 보여 주고 싶은 것이다.

"뭐라고! 도적질이라고?"

"그렇다!"

"빠가야로!"

진목의 대꾸에 화가 난 후지하라는 진목에게 바로 채찍을 휘두른다.

쩍 쩍 쩍!

"음 음 음…."

진목은 몸을 비튼다. 채찍질을 참아 내며 신음소리만 낸다.

"뭐라고! 네 놈의 아가리를 가만 놔두지 않겠다."

분이 풀릴 때까지 후지하라의 채찍질은 계속 된다. 채찍에 맞은 진목을 고통에 못 이겨 소리를 지른다.

"아! 아! 악!"

채찍질 소리와 함께 진목의 몸이 움츠려지고, 채찍질 자국이 온몸에 선명하게 생긴다. 그 자국은 핏빛으로 변해 간다. 고통을 더 이상 참아 낼 수가 없다.

"아! 악! 아! 아! 아! 악!"

후지하라가 채찍질을 잠시 멈춘다. 고통 속에 몸부림치는 진목에게 다가가 소리친다.

"제재소에 누가 불을 질렀는지 빨리 말하란 말이야!"

악에 바친 후지하라의 얼굴이 벌겋게 달아올랐다. 이에 질세라 고통에 몸부림치며 다시 고개를 천천히 들어 올린 진목은 후지하라를 쳐다본다. 얼굴은 온통 피투성이가 되어 있다.

"이 땅이 온통 도적질로 유린당하고 있는데, 이대로 당하고만 있을 성싶으냐? 하늘이 두렵지도 않느냐? 이놈들… 천벌을 받을 놈들…."

진목은 핏물로 범벅이 된 몸이지만, 후지하라에게 절대로 지지 않을 기세다. 피를 흘리면서도 악을 쓰며 후지하라를 노려본다.

"누가 불을 질렀냔 말이야? 누가?"

후지하라도 점점 악에 받친 듯 소리를 지른다.

"내가 혼자서 한 일이다. 차라리 날 죽여라! 이놈들!"

"뭐라고! 이 중놈이 아직 정신을 못 차리고 있구먼!"

진목의 굽힐 줄 모르는 대구에 다시 후지하라의 채찍질이 시작된다. 진목의 뒤틀림과 고통의 신음소리는 점점 커진다.

쩍 쩍 쩍!

"아! 악! 아! 아! 아! 악…"

진목의 신음소리는 천은골 골짜기까지 날아가 스며들고도 남을 만큼이다. 후지하라가 동작을 잠시 멈추고 한 발 물러선다. 주위에 있는 부하들에게 소리친다.

"야! 이놈이 모든 걸 말할 때까지 따끔한 맛을 보여 줘!"

"하이!"

두 경관이 재빠르게 달려든다. 전기 고문 스위치를 올린다.

"아! 악! 아! 아! 아! 악…"

진목이 몸을 뒤틀고, 얼굴을 찡그리며 울부짖는다.

"아! 악! 아! 아! 아! 악…"

진목이 전기 고문에 탈진하여 축 늘어져 버린다.

강진태도 잡혀 들어온다. 후지하라에게 취조를 당한다. 큰 사건이 터질 때마다 강진태는 주동자로 낙인이 찍혀 있던 터라 이번 일도 강진태를 의심하고 있었고, 강진태를 취조하면 모든 일이 밝혀질 거라는 후지하라의 계산이 깔려 있었다.

"이봐! 강진태!"

"천은사 진목과 강진태 당신이 만나는 걸 봤다는 증거가 있는데도 아니라고 잡아뗄 거야!"

"진목 스님과는 그냥 잠시 지나쳤을 뿐입니다."

"그래? 이 모든 일이 진목 그자가 혼자서, 다 한 일이다 이거지?"

"저는 모르는 일입니다."

"당신이 천은사를 자주 들락거렸다는 정보가 들어왔는데도, 관련이 없다 이거지?"

"그렇습니다. 이번 일에 저는 아무 관련이 없습니다."

"그럼. 제재소에 불이 난 시간, 어디에 있었어?"

"그날, 저는 집에서 잠자고 있었습니다."

"그래? 당신을 그날 화재 현장에서 봤다는 사람이 있는데도… 집에 가만히 있었다고 시치미를 뗀다 이거지?"

후지하라가 현장에 있었다고 넘겨짚는다.

"잘못 봤을 겁니다. 저는 그냥 집에 있었습니다."

"제재소가 당신 집에서 지척인데, 불이 났는데도 그냥 집에서 자고 있었다. 이거지…"

"그렇다니까요. 불이 났단 고함 소리에 잠이 깼을 뿐입니다. 진목이 천은골 벌목장을 습격한 것은, 천은골 전체가 천은사 경내나 마찬가지 아닙니까? 그래서 스님들이 울분을 못 이기고 벌목장을 습격한 거 아닙니까?"

강진태가 천은골 스님들이 벌목장을 습격한 것은 당연한 일이라는 말을 하자, 후지하라는 버럭 화를 낸다. 그러잖아도 고문을 하기 전에 강진태 스스로 자백하기를 바라던 참인데, 스스로 자백하기는 틀린 걸 알아차린 후지하라가 소리를 지른다.

"뭐라고? 이놈이 지금 누구 역성을 드는 거야! 박진만이를 살해하려고 습격한 것은 당신이 주도한 것이지! 바른대로 말해!"

후지하라가 버럭 화를 내자, 강진태가 갑자기 억지웃음을 지으며 후지하라의 기분을 맞춘다.

"죄송합니다, 소장님. 제가 소장님을 화나게 했다면 진심으로 사과드립니다."

후지하라와 대적해서는 안 된다는 걸 알기에 곧바로 사과를 한다. 후지하라의 기분을 맞춰 나간다. 후지하라도 강진태에게서 혐의를 찾아내지 못하자 일단 훈방 조치한다.

진목이 "모든 걸 내가 했소!"라고 하는 마당에, 천안골 벌목장 습격은 천은사 중들이 했을 거라 단정해 보지만, 박진만에게 위해를 가하고 제재소에 불을 지른 사람은 아무래도 다른 조직이 연결됐을 거라 의심을 한다. 진목과 함께 기거하는 천은사 중들을 고문해도 범인이 나오지 않는다. 그동안 많은 일에 주도적으로 활동해 왔던 강진태를 취조해도 별 소득이 없다. 후지하라는 의심되는 사람들을 모두 떠올려 본다. 교회를 다니며 사상이 불손한 정만식이를 의심해 본다. 정만식이도 징용을 피해서 행방불명이 된 후로 아직까지 나타나지 않고 있다. 부하들을 시켜 정만식의 집을 수색하도록 한다. 이번 일과 관련하여, 혹시나 아무도 모르게 나타나서 제재소에 불을 질렀을지도 모를 일이기 때문이다.

정만식의 집에 경찰들이 우르르 들이닥친다. 남원댁이 깜짝 놀라 물러선다.

"정만식이 어디 있나?"

"아직까정 집에 오지 않고 있구만요…."

남원댁은 겁에 질린 얼굴로 겨우 대답을 한다. 경찰들이 만식이 돌아오지 않았음을 확인하고 우르르 몰려 나간다. 범인을 잡기 위해 후지하라는 많은 사람들을 잡아들인다. 천은사에서 잡혀 온 중들을 돌아가면서 고문한다. 사상에 조금이라도 의심이 가는 사람들은 모조리 잡아들인다. 인철과 명일이 여러 사람들에 휩싸여 함께 경찰서에 잡혀 들어온다.

"이인철… 강진태가 이번 제재소 화재 사건에 대해 다 자백했다. 누가 불을 지른 거야?"

후지하라가 인철을 따로 불러 취조를 한다. 강진태를 고문해서 다 알고 있는 것처럼 인철에게 선수를 친다. 인철은 강진태가 잡혀가서 어떠한 고문을 당하더라도 쉽사리 입을 열지 않으리라는 것을 믿는다. 강진태가 누구인가? 구례를 대표하여 일제 앞에 당당히 맞섰던 사람이 아닌가? 인철이 후지하라의 유도신문에 걸려들 뻔한다. 순간적으로 강진태를 의심해 보지만, 아니라고 단정짓는다.

"저는 모르는 일입니다."

인철도 모르는 일이라고 딱 잡아뗀다.

"모르는 일이라… 금방 들통이 날 텐데…. 우리 피차 신사적으로 하지. 내가 아는 이인철이는 이번 일로 요주의 인물로 분리가 됐어. 조사를 해 봤더니… 일본 유학도 중퇴라고 나왔던데… 일본에서 학교를 중퇴하고 어디를 갔다 온 거야?"

"…"

인철은 후지하라가 뒷조사를 해서 일본 유학 중에 중퇴한 일을 알아낸 것에 뜨끔하지만, 만주행은 아무도 모르는 일이다. 후지하라의 계략에 말려들어서는 안 된다. 그저 침묵으로 후지하라의 말을 무시한다. 후지하라의 심문에도 넘어가지 않고 훈방 조치된다.

이명일이 강진태의 끄나풀이란 정보가 후지하라에게 입수되었다. 제일 가난하고 형편이 어려운 이명일을 강하게 압박한다. 이명일이 행동대원으로 적격인 듯 의심이 가서다. 후지하라가 작전을 바꾼다. 우선 이명일을 잡아다가 겁부터 주자는 심산이다.

"아! 악 악 악…."

명일이 취조실에 두 팔을 묶인 채로 전기 고문을 받고 있다. 고통을 못 이겨 축 늘어진다. 이건 평생 어디에서도 겪어 보지 못한 고통이다. 숨이 금방이라도 멎을 것만 같다. 기운이 쪽 빠져 버린다. 경찰서에 잡혀 오자마자 고문을 당하니, 덜컥 겁부터 난다.

"다시 한번 말하지만 누가 불을 질렀는지 말하면 너는 당장 경찰서에서 풀려날 수 있다. 누구야? 누가 시킨 거야?"

"…"

"말을 안 한다 이거지? 야! 더 쎄게 올려!"

후지하라가 버럭 소리를 지른다.

"하이"

"아! 아! 아! 악…"

외마디 고함을 치면서 몸이 축 늘어져 버린다. 죽을 것만 같다. 이러다가 죽는 게 아닌가? 이성을 찾을 수가 없다. 극심한 고통과 공포를 이겨 낼 수가 없다.

"아! 아! 아! 악…"

"이명일이! 누가 불을 질렀는지 말하면 너는 살아 돌아갈 수 있다. 어서 말해라!"

명일이 심한 고문에 피를 흘리며 거꾸로 매달려 있다. 온몸은 피투성이다. 눈도 제대로 뜰 수가 없다. 정신이 점점 혼미해진다.

"너는 살아갈 수 있다. 바른대로 말하면 너는 살려 준다."

후지하라의 말이 귓전을 때린다.

'살려 준다. 살려 준다. 살려 준다…'

고통을 참지 못하고 명일이는 이명耳鳴에 시달린다. 고통이 점점 몸속으로 파고든다. 이 고통에서 벗어나고 싶다. 살고 싶다. 물 한 모금만이라도 먹었으면…. 심한 갈증에 시달린다. 기운을 차리고 꼼지락거린다. 고문은 죽음과도 바꿀 수 있는 건가? 모든 걸 자포자기하게 만드는 건가? 명일은 아무 생각이 없다. 누구의 얘기도 생각나지 않는다. 그저 이 극심한 고통에서 벗어나고 싶을 뿐이다.

"말하겠습니다."

후지하라의 계략이 맞아떨어졌다. 가장 졸병인 듯한 명일을 밑도 끝도 없이 고문을 해서 사건의 전모를 밝히겠다는 전략이 성공한 셈이다. 강진태의 주도로 이인철과 이명일이 박진만을 공격하여 부상을 입혔고, 제재소에 불을 질렀다는 자백을 받아 낸다.

이명일에게 자백을 받아 낸 후지하라가 고개를 끄덕인다. 부하들에게 눈짓으로 지시를 내린다. 부하들이 후다닥 움직인다. 인철이 결박되어 다시 경찰서로 잡혀 온다.

"아! 아! 아! 악…."

"누가 시켰는지 바른대로 말하면 살려 준다."

인철이 거꾸로 매달려 후지하라에게 채찍질을 당하고 있다.

짝 짝 짝!

"아! 악! 악!"

후지하라의 채찍질에 인철의 몸에는 채찍 자국에 선명하게 드러난다. 채찍 자국에서 피가 흐른다. 후지하라가 채찍질을 하다말고, 인철의 어깨에 난 상처를 발견한다. 후지하라가 가까이 다가가 인철의 어깨 부위를 자세히 들여다본다. 상처 자국이 깊다.

"이 어깨 부위는 어디서 난 상처인가?"

"…."

인철이 대꾸하지 않는다. 후지하라는 인철의 과거 행적에 의구심이 쌓인다. 일본 유학을 다니다가 중간에 유학을 포기한 인철에게 그동안 관심이 없었는데, 이렇게 잡혀 온 마당에 확실하게 과거 행적을 캐묻기로 한다. 더 심한 고문을 가해서 자백을 받아 내야만 한다.

"이명일이 자백해서 모든 사실이 알려졌다. 누가 사주한 일인가?"

"나는 모르는 일이다."

"누가 주동한 일인지도 모두 밝혀졌다. 바른대로 말하면 용서해 주겠다. 누가 사주한 일인가?"

"나는 모르는 일이다."

"강진태가 누구랑 공모를 했나?"

인철이 고문을 받으며 자백을 강요받지만, 모르는 일이라고 딱 잡아뗀다. 강진태가 주동한 일이라고 후지하라가 단정적으로 말해도 자백을 받아 내기 위한 말이라고 여겨 버린다. 고문의 고통을 못 이기고 이명일이 자백을 했을지라도 인철은 끄떡없다. 후지하라의 심문에 말려들지 않는다. 나는 모르는 일이라고 딱 잡아뗀다. 그래야 한다.

"뭐야?"

후지하라는 이명일이 자백한 이상, 이인철을 고문하면 배후에 누가 있는지를 더 밝혀낼 수 있으리라고 생각한다. 이인철이 순순히 자백할 때까지 고문을 계속한다.

"이놈이 자백할 때까지 계속 고문해!"

"하이!"

부하들이 인철에게 우르르 달려든다. 피를 흘리며 축 늘어진 인철을 의자에 앉힌다. 전기 고문 스위치를 올린다.

"아! 아! 아! 아! 아! 악…"

인철이 전기 고문에 고통을 이기지 못하고 축 늘어져 버린다.

"지독한 놈…. 자백할 때까지 계속 고문해!"

"하이!"

후지하라가 고문으로 축 늘어져 버린 인철을 바라보며 부하들에게 지시한다.

강진태가 잡혀 들어왔다. 후지하라가 강진태를 심문한다.

"제재소에 불을 지른 건 당신이 주동자라고 밝혀졌다. 천은골 벌목장은 누가 한 짓인가?"

"나는 모르는 일이오."

이명일의 자백에 의해 제재소에 불을 지른 주동자는 강진태임이 밝혀졌다. 나머지 행동 대원이 이인철, 이명일이라는 것도 밝혀졌다. 후지하라는 더 많은 사람들이 이번 일에 관여했을 거라고 추측을 해 보지만, 더 이상 드러나지 않고 있다. 강진태가 거꾸로 매달려 있다.

쫙 쫙 쫙!

"아! 아! 악!"

후지하라가 부하들에게 고개를 끄덕인다.

"하이!"

강진태가 전기 고문을 받는다.

"아! 아! 아! 아…."

고문에 지친 강진태가 피를 흘리며 축 늘어져 의식을 잃어버린다.

17
—
폭격

　　박민호는 조선에서 징용에 동원되어 배를 타고 며칠 동안 항해
를 한다. 어디로 가는지도 모른 채 배 안에서 웅크리고 앉아 있다.
조선인 수백 명을 태운 배는 바다를 건너 이오지마섬에 도착한다.
태평양 망망대해 위에 떠 있는 화산섬이다. 섬에 도착하자마자 비행
장 건설에 동원된다. 이오지마섬에는 비행장과 함께 각종 군사시설
을 곳곳에 구축하고 있다. 민호는 몇 개월을 노동에 시달리고 있다.
이오지마섬에 태양이 뜨겁게 내리쬔다. 무더운 아열대 기후로 푹푹
찌는 날씨의 연속이다.

　“으쌰! 으쌰!”

　　두 명씩 짝을 지어 콘크리트 구축물을 어깨에 메고 옮기느라 땀
을 뻘뻘 흘리고 있다. 수백 명이 조선에서 끌려온 민간인들이다. 기
합 소리에 맞춰 작업에 열을 올리고 있다. 민호가 힘에 겨워 비틀거

린다. 이마에 흐르는 땀을 닦으며 숨을 몰아쉰다.

"휴."

먼 바다를 바라다본다. 끝없는 수평선만 보인다.

호로로 호로로—!

"자, 빨리빨리 움직인다!"

칼을 찬 일본군 지휘관이 호루라기를 불며 다가온다. 큰 소리로 작업을 재촉한다.

"영차! 영차! 영차!"

힘에 부쳐 잠시 짐을 내려놓는다. 숨을 몰아쉬고 다시 힘을 쏟는다. 하루종일 뙤약볕에서 중노동에 시달리고는 겨우 주먹밥 하나로 견뎌 내고 있다. 민호는 항상 배가 고프다. 뜨거운 태양 아래 살인적인 무더위와 싸워야 한다. 그늘막 하나 없는 작업장이다. 하루 내내 뙤약볕에서 일을 하고 나면 피곤에 지쳐 막사에 쓰러져 잠이 든다. 며칠이나 지났을까? 이 중노동은 언제쯤 끝나는 것일까? 고향 땅에 살아 돌아갈 수는 있을까? 기약 없는 날의 연속이다. 매일매일 하루도 쉬지 않고 중노동에 시달린 몸은 바짝 말라 비틀어져 버렸다. 민호가 힘에 부쳐 느릿하게 움직인다.

"자! 빨리 움직여라! 뭣들 하는 거냐?"

지휘관이 호루라기를 불며 가까이 다가온다. 박민호에게 채찍질이 가해진다.

쫙 쫙 쫙!

조선인들을 감시하는 일본 군인은 인정사정이 없다.

"악!"

채찍에 맞은 박민호가 비명을 지르며 쓰러진다. 함께 일하던 조선인들의 눈이 휘둥그레진다. 조금이라도 게으름을 피우면 일본 군인이 가차없이 채찍질을 가한다. 지옥이 따로 없다. 죽을힘을 다해 노동을 해야만 한다. 박민호가 다시 기운을 내 일어선다.

군인이 다시 호루라기를 분다. 공포의 소리다. 비행장이 점점 완성되어 간다. 일본은 미군의 공격에 대비하기 위하여 방어 태세를 갖추는 중이다. 이오지마섬은 일본군 기지로서 비행기가 이착륙할 수 있는 시설을 갖추었다. 일본군이 인도차이나 지역을 점령해 나가면서, 일본 본토와 점령 지역을 이어 주는 전진기지다. 비행장 활주로에는 수백 대의 항공기도 대기하고 있다. 이오지마섬으로 수만 명의 군인과 민간인, 조선에서 공출해 온 쌀과 벌목해 온 통나무 등 각종 보급품들이 계속 공수되어 온다.

일본은 중국을 점령하여 만주국까지 건설하는 것도 모자라 난징까지 쳐들어간다. 중국 침략에 이어 프랑스령 인도차이나까지 점령해 버렸다. 미국은 그에 대한 보복으로 일본의 재미 자산을 동결시켰다. 뒤이어 미국은 일본에 석유 금수 조치를 단행한다. 석유를 수입에 의존해 왔던 일본은 미국과의 한판 전쟁을 준비한다. 석유를 확보하기 위한 일본은 동남아시아에서 석유를 조달하기 위하여 동남아시아를 점령한다. 미국은 석유에 이어 철강 제품까지 전면 금지시키고 일본산 제품의 수입 금지 조치까지 내리게 된다. 일본은 선전포고도 없이 진주만을 기습 공격한다. 하루아침에 하와이에 있는 진주만이 일본군에 의하여 폭격을 당한다. 미군 수천 명이 죽거나 부상을 당했다. 미국은 일본과의 전쟁을 피할 수 없게 되었다. 프랑스, 영국, 네덜란드, 포르투갈, 캐나다가 미국에 동조한다. 일본 놈들을 죽이지 않으면 미국 본토까지 타격을 가할 거라는 위기의식이 발동했다. 전쟁이란 적을 죽여야만 살아남는 것이다. 정복하는 자만이 살아남는 것이 전쟁이다. 미국은 어차피 전쟁의 중심에 서게 됐다. 아직도 곳곳에서 기세등등한 일본은 미군이 주둔하고 있는 필리핀까지 점령하기에 이른다. 필리핀에서 미군을 지휘하던 맥아더는 오스트레일리아로 피신한다. 미국은 연합국의 일원으로 일본에 대항한다. 난징을 점령하여 수십만 명을 잔인하게 학살한 일본군은, 중국 내륙 깊숙한 곳까지 무차별 공중폭격을 가한다. 중경, 충칭까지 공중폭격으로 수십만 명을 몰살시키는 전쟁에 광분해 있다. 이 전쟁에서 무조건 이길 거라는 일본 놈들의 과대망상을 잠재우기는 쉬운 일이 아니다. 드디어 미군은 일본 해군과의 전투에서 일본 군함을 격침시켜 해전에서 승리를 거둔다. 이후 일본은 소련에게 손을 내밀었다. 진주만 기습 후 미군과 직접 맞붙어 보니 미국은 만만한 상대가 아님을 알았다. 소련을 통하여 미군을 회유하려는 계획이었다. 그러나 미국은 가만히 있지 않았다. 미군을 주축으로 한 연합군의 반격이 시작된다. 연합군은 인도차이나, 필리핀, 티니안, 사이판 등 일본군이 주둔해 있는 곳을 차례차례 정복해 나간다.

호로로 호로로—!

"기상! 기상!"

"빨리빨리 일어나라!"

이른 아침이다. 동이 트기도 전에 기상하여 총을 들고 막사를 뛰쳐나간다. 운동장에 오와 열을 맞추어 정렬한다.

"앞으로 가."

"하나! 둘! 셋! 넷! 하나, 둘, 셋, 넷! 하나, 둘, 셋, 넷!"

군인들이 총을 들고 오와 열을 맞추어 행진을 한다.

사격 연습에 집중한다. 연합군의 기습 공격에 대비하기 위하여 군사훈련을 강도 높게 매일 실시한다.

지하 깊은 곳에서 곡괭이를 힘차게 내리친다. 동굴 안에 곡괭이질 소리가 울린다. 곡괭이로 단단한 화산암을 계속 파 내려가고 있다. 기계가 아닌 맨손으로 땅굴을 파 내려가는 것이다. 이인수의 온몸이 땀으로 범벅이 된다. 숨을 몰아쉬며 곡괭이질을 멈추지 않는다. 조선에서 끌려온 젊은 군인들이 지하 동굴을 판다. 오늘 할당된 만큼의 땅굴을 파 내려가야만 한다. 정해진 목표량을 채우지 못할 경우에는 주먹밥도 얻어먹을 수가 없다.

팍 팍 팍….

화산암 바위를 수백 수천 번 내리친다. 곡괭이질을 언제까지 해야 할지 기약이 없다. 해안가에 참호를 만드는 일은, 땅속 깊숙이 진지를 만드는 일로 변경되었다. 해안가에 포진지를 구축하는 것도 모자라, 이오지마섬 수십 미터의 지하 동굴에 비밀리에 군부대 진지가 만들어지고 있다. 지하 벙커를 구축하는 일은 몇 배나 더 힘이 드는 일이다. 연합군의 공격에 대비하는 중이다. 일본 군인들 속에 이인수도 매일 땀을 뻘뻘 흘리고 있다. 거대한 지하 벙커는 땅굴로 모두 연결되어 있다. 지하 수십 미터의 진지라서, 웬만한 포격에도 견뎌 낼 수 있다. 지하 요새 건설이 탄로날까 봐 민간인들은 배제되었다. 일본이 진주만을 기습 공격한 이후로 연합군의 공세는 점점 거세게 일본을 옥죄어 온다. 이오지마섬 전체를 요새화하느라 군인들이 총동원되었다. 미군이 쳐들어오면 이오지마섬을 사수해야 한다는 명령이 하달되었다. 겉으로 보기에는 군 시설이 전혀 보이지 않지만, 해안가에는 참호가 곳곳에 만들어져 있다.

태양이 수평선 망망대해 속으로 가라앉고 있다. 태양 주변 붉은 빛의 형상이 서서히 모습을 감추고 있다. 인수가 총을 들고 보초를 서고 있다. 해가 떨어지자 금방 날이 어둑해진다.

파도 소리가 들린다. 고향 마을이 생각난다. 해가 산으로 넘어가면 들판에서 일하던 농부들이 소를 몰고 집으로 향한다. 마을에는 저녁연기가 피어오른다. 고향 집에서는 식구들이 무얼 하고 있을까? 어머니 얼굴이 제일 먼저 떠오른다. 귀여운 동생 민정이 얼굴도 떠오른다. 색동옷을 입고 댕기 머리를 휘날리며 마당에서 널을 뛰던 민정이 모습이 아련하다. 민정이만 생각하면 저절로 웃음이 번진다. 아버지 얼굴도 떠오른다. 징병을 보내지 않으려고 사방팔방으로 돌아다니던 아버지. 인수를 안방으로 불러다 놓고, 곰방대만 빨아 대던 아버지의 초조하던 그 얼굴, 끝내 눈물을 글썽거리던 아버지의 얼굴이 생각난다. 인철 형과 인석, 인영, 인호가 또 떠오른다. 가족들이 그립다. 지금쯤 식구들 모두가 저녁 밥상에 둘러앉아 있겠지. 고향 집은 여기서 얼마나 떨어져 있을까? 고향을 생각하며 조용히 노래를 불러 본다.

아마득한 밤 바다에 해 떨어지니
언제나 고향 집에 찾아갈까요
그리워라 그리워 고향 집이 그리워
하늘 향해 불러도 그리움 잦아들까요

노랫소리는 점점 울음으로 변한다. 인수의 눈에 눈물이 그렁그렁하다.
"그—리워라 그—리워 고향 집이 그리워—."
고향이 그립다. 어머니가 보고 싶다. 어머니의 품속이 그립다. 징병 환송장에 나와서 떠나는 아들을 차마 볼 수가 없어 눈물을 찍어 대던 어머니.
"어머니!"
"…"
"어머니!"
소리 내어 어머니를 불러 본다. 어머니를 부르면 부를수록 목이 메어 온다. 인수의 눈에서 굵은 눈물이 주르르 흘러내린다.

민정이 끌려온 필리핀 섬은 미군들을 몰아내고 일본군들이 점령한 곳이다. 민정이 일행 중에는 조선에서 끌려온 여자들만이 아니라, 필리핀 현지에서 끌려온 여자들도 함께 있다. 밤이 되자 막사 밖에는 병사들이 줄을 서서 떠들고 있다. 콘돔을 서로 치켜들고 히죽히죽 웃는다. 여자들을 품을 수 있다는 것만으로도 잔뜩 들떠 있는 분위기다. 막사 안으로 군인들이 교대로 들어온다. 민정은 하룻밤동안 몇 명의 군인들을 받아 냈는지 기억도 가물가물하다. 민정이의 아랫도리는 감각이 둔하다 못해, 굳어져 가고 있다. 가끔 정신을 차리고 보면, 또 다른 군인이 알몸으로 민정이 배 위에서 일을 치르고 있다.

"아!"

민정이 소리를 지른다. 몸부림치며 민정을 누르고 있는 군인을 밀어내 본다. 군인은 정신없이 일을 치르느라 민정의 절규가 들리지도 않는 듯하다. 민정이가 꿈틀거릴수록 군인은 민정의 몸 위에서 더 힘을 주어 짓누른다.

"악!"

민정이 힘을 주어 군인을 밀어내려고 발악을 해 보지만, 억센 군인의 힘을 당해 내지 못한다. 군인이 용트림을 하며 일을 마치자마자 서둘러 막사를 나간다. 죽지 못해 이 상황을 계속해야 하는 일이 억울하고 슬프기만 하다. 계속해서 군인들은 히죽거리며 막사 안으로 들어온다. 들어오자마자 인정사정없이 성욕을 푼다. 그럴 때마다 민정은 고통을 못 이겨 내고 몸부림을 친다. 군인들을 더 이상 감당하지 못하여 몸이 뒤틀린다. 정신이 혼미해진다.

"아!"

"…"

"악!"

민정이 소리를 계속 지른다. 몸을 움직일 수가 없다. 몸이 축 늘어져 버린다. 군인이 민정이 몸 위에서 일을 치르다 말고 놀란다. 겁먹은 얼굴로 서둘러 옷을 챙겨 입고 달아나 버린다.

민정이가 눈을 떴다. 희번덕거리는 눈은 초점을 잃었다. 몸이 휘청거린다. 방향감각도 없다. 민정이가 미쳐 날뛴다. 옷을 걸치지 않은 알몸이다. 머리는 산발이 되었다. 악을 쓰며 사방팔방으로 돌아다닌다. 민정이를 잡으려고 여럿이 달려든다. 달려든 사람들을 뿌리치고 민정이는 소리를 지르며 사람들 사이를 달린다.

"아!"

군인들이 호루라기를 불며 민정이를 잡으러 달려온다.

"악!"

군인들이 달려와 민정이를 붙잡는다. 민정이를 향해 주먹을 날린다. 민정이에게 주먹을 사정없이 날린다. 군인들이 달려들어 몽둥이로 내리친다. 민정이 피를 흘리며 그 자리에서 쓰러진다.

얼마나 시간이 흘렀을까? 날이 밝았다. 민정이 꿈틀거린다. 민정이 몸을 움직이자 주위에 둘러앉아 있던 여자들의 눈이 휘둥그레진다. 민정이 겨우 눈을 뜨지만 앞이 희미하기만 하다. 정확히 무엇이 눈에 아른거린 것인지 알 수가 없다. 혼미했던 정신이 조금씩 돌아온다. 어젯밤 일은 기억나지 않는다. 민정이 눈을 뜨자 주위에 둘러앉아 있던 여자들이 웅성거린다. 여자들의 훌쩍거리는 소리가 희미하게 들린다.

"흑흑흑…"

피를 흘리며 쓰러졌던 민정이 죽은 줄로만 알고 있었다. 뻣뻣하게 굳어 있던 민정이 눈을 뜨자, 여자들이 놀라며 주위로 몰려든다. 민정과 함께 조선에서 끌려온 여자들이 견디지 못하고 계속 죽어 나가고 있다. 민정이 주위에 있던 여자들이 삼삼오오 모여 울고 있다.

"민정아! 정신 차려!"

주위에 앉아 있던 여자들이 민정이를 흔들어 깨운다.

"민정아! 정신이 드는 거야?"

민정이 몸은 천근만근이다. 눈은 떴지만 몸이 움직이질 않는다. 왜 훌쩍거리는 소리가 나지? 밤새 무슨 일이 있었지?

"흑흑흑… 민정아! 죽지 않고 살아났구나!"

계속 죽어 나가는 동료의 죽음을 나의 죽음으로 받아들이고 있는 것이다. 죽은 줄로만 알았던 민정이가 깨어나자 서러움과 기쁨에 넘치는 눈물을 민정이에게 쏟아 내고 있는 것이다. 죽고 싶어도 마음대로 죽을 수 없는 세상이다. 이 지옥 같은 생활이 언제까지 계속된단 말인가? 차라리 죽고만 싶다. 북받치듯 서러움이 밀려온다. 민정이 정신을 차리고 앉았다. 아무 의욕도 없다. 식욕도 없다. 민정은 날이 갈수록 몸이 야위어 간다. 차라리 죽어 버릴까? 어떻게 죽지? 머릿속이 복잡해진다. 마음대로 죽을 수도 없는 일이다. 죽을힘도 점점 잃어 간다. 군인들을 상대하기 위해 분주하게 움직이는 여자들을 물끄러미 쳐다보기만 한다.

며칠이 지나자, 민정이 점차 기운을 찾는다. 민정이 바닷가에 나왔다. 후덥지근한 바람이지만, 바닷바람이라도 쏘이니 기분이 한결 나아진다. 저 바다 너머, 어느 쪽이 고향 하늘인가? 고향이 그립다. 고향에 돌아가고 싶다. 죽고 싶어도 죽을 수 없는 신세가 처량하기만 하다. 일본에 가면 공장에서 돈도 벌고, 상급 학교도 다니리라는 꿈은 물거품이 되어 버렸다. 후회가 막심하다. 일본 놈들에게 속은 게 분하고 억울하기만 하다. 훌훌 털어 버리고 고향으로 돌아가고 싶다. 고향 하늘이 어느 쪽인가? 이제는 고향에도 돌아갈 수 없는 신세가 되어 버렸다. 일본군들에게 몸이 짓밟혀져 순결을 잃어버린 몸이다.

"아―리―랑, 아―리―랑, 아―라―리―요…."

민정의 입에서 아리랑 노래가 흘러나온다. 민정은 아리랑 노래를 부르면서 설움에 북받친다. 볼을 타고 눈물이 흘러내린다.

"흑 흑 흑 흑 흑…."

고개를 무릎에 묻고 울음을 쏟아 낸다.

애—앵! 애—앵!

공습경보를 알리는 사이렌 소리가 요란하게 울린다. 상공에 미군 비행기가 나타났다는 신호다. 부대 안의 사람들이 몸을 피할 수 있는 곳을 향하여 달려간다. 군인들은 포 진지나 참호 속을 향하여 달린다.

윙—윙….

비행기가 상공에 나타났다.

쾅!

부대 전체를 폭격하기 때문에 가만히 앉아 있다가는 순식간에 죽을 수가 있다. 여자들도 몸을 피해야 한다. 우선 급한 대로 아무 곳으로나 몸을 피해야 한다. 가능하면 건물이 아닌 동굴 속으로 몸을 피해야만 폭격으로부터 살아남을 수 있다. 필리핀 여자들이 현지 사정에 밝아 정글 속에서 포격을 피할 수 있는 굴을 찾아낸다. 굴속 깊은 곳으로 겨우 피신한다. 민정이 일행이 다행히 동굴 속으로 몸을 피하자마자 미군의 공습이 본격적으로 시작된다.

쾅 쾅 쾅…!

거대한 폭음이 계속 들린다. 미군의 포탄이 부대를 명중시킨다. 미처 피하지 못한 사람들은 미군의 폭격에 의하여 몸이 하늘로 솟구친다. 많은 사람들이 그 자리에서 즉사한다. 부대 주위에는 죽은 사람의 시체가 곳곳에 널브러져 있다. 부상을 당한 사람들을 부축하여 몸을 피하느라 정신이 없다. 군부대가 불길에 휩싸인다.

탕 탕 탕! 따다다다….

일본군이 진지에서 미군 비행기를 향해 반격한다. 하늘을 향해 대공포 반격을 해 보지만, 비행기를 명중시키지 못한다.

비행기가 상공을 계속 순회한다.

연속으로 포탄이 부대를 명중시킨다. 부대 전체에 거센 불길이 솟아오른다. 엄청난 폭격이다. 그동안 간간이 있었던 미군들의 폭격과는 전혀 다른 양상이다. 하루 종일 미군의 비행기가 하늘 위를 날아다닌다.

미군 비행기가 하늘 낮게 날아온다.

쾅 쾅 쾅!

포탄이 진지를 명중시킨다. 군인들의 몸이 포탄 파편과 함께 하늘로 솟구친다. 계속되는 포탄 공격에 군부대 전체를 몰살시킬 만큼 미군의 공중폭격은 계속된다.

따다다다…….

일본군의 대공포 공격이 하늘로 향한다. 낮게 날아가던 비행기에 명중한다.

펑!

대공포에 명중된 비행기가 불길에 휩싸인다. 공중에서 땅으로 곤두박질친다.

콰광!

땅에 처박힌 비행기가 폭발하며 불길에 휩싸인다.

쾅—!

비행장에 정렬해 있던 일본 비행기에 포탄이 떨어진다.

쾅 쾅 쾅…!

공중에서는 일본 비행기와 연합군 비행기가 온통 하늘 위를 날아 다닌다.

비행기들간의 공중전이 치열하다. 공중에서 명중을 당한 비행기들이 불길에 휩싸여 땅으로 곤두박질친다.

공중폭격에 이어 해안가에서도 포탄이 날아든다. 날아오는 함포 사격이 부대를 명중시킨다. 포탄 공격에 군인들과 군부대는 불길에 휩싸인다. 해안가에서 함포사격이 시작된다. 하늘과 바다에서 포탄이 계속 날아든다. 포탄이 군부대를 명중시킨다. 죽기를 각오하고 저항하던 일본군의 진지는 박살이 나고, 군인들의 시체도 사방 천지로 나뒹군다.

계속되는 포격을 피하기 위해 군인들이 서둘러 부대를 버리고 도망을 친다.

상공에는 비행기가 계속 선회하며 폭격을 멈추지 않는다.

쾅 쾅 쾅….

곳곳에서 포탄 터지는 소리는 며칠 동안 멈추지 않는다.

굴속으로 숨어든 민정이 일행은 굴속에서 귀를 막고 숨죽이고 있다. 굴 밖에서는 포탄이 계속해서 떨어진다.

쾅 쾅 쾅….

포탄이 굴 가까이에서 터질 때마다, 굴속에 숨어 있던 사람들이 몸을 움찔하며 놀란다. 그동안 간혹 적군의 폭격이 있어 왔지만, 이렇게 심한 폭격은 없었다. 연합군의 포격은 쉬지 않고 며칠 동안 지속된다. 며칠 동안 굴속에서 꼼짝하지 않고 숨죽이고 있다. 포격 소리가 나지 않는다. 굴속에서 숨어 지내던 민정이 일행이 굴 밖으로 조심스럽게 나온다. 햇살이 눈부시다. 요란하게 들리던 포격 소리는 들리지 않는다. 군부대에는 적막감에 휩싸여 있다. 인기척이 없다. 군인들의 모습이 보이지 않는다. 군인들이 미군의 포격에 몰살당했나? 군인들이 피신을 했나? 군인들이 우글거렸던 군 막사는 폭탄을 맞아 불이 난 자리에서 아직도 연기기 피어오르고 있다. 곳곳에 죽은 군인들의 시체가 참혹하게 널려 있다. 매일 밤 군인들을 온몸으로 받아 내야 했던 막사도 파괴되었다. 위안부들이 기거하던 숙소도 폭탄을 맞아 망가져 버렸다. 폭격으로 연기가 계속 피어오르고 있다. 파괴된 숙소 곳곳에도 죽은 일본군의 시체가 나뒹굴고 있다. 조심조심 발걸음을 옮긴다. 빨리 일본군들이 없어진 틈을 이용하여 이 정글을 빠져나가야 한다. 현지 사정을 조금 아는 필리핀 여자들이 앞장을 선다. 밀림을 헤쳐 나간다. 열대우림의 정글 속이다. 길도 찾을 수 없을 만큼 우거진 숲이다. 여자들은 살기 위하여 숲을 헤치고 나간다. 머리는 헝클어졌고, 몸은 상처투성이로 몰골이 말이 아니다. 숲을 가르며 길을 찾아 나간다. 총을 든 미군들이 여자들을 발견한다. 미군들이 서서히 여자들 쪽으로 다가온다. 정글 속에서 나타난 움직이는 물체가 군인도 아니고, 동물도 아닌 사람임을 확인하는 순간 서로의 얼굴을 쳐다보며 놀란다. 몰골이 말이 아니지만, 분명 사람이다. 모두가 머리가 헝클어진 여자들이다. 이들은 적군의 여자들이다. 미군들 눈에는 여자들도 모두 일본군의 일부에 지나지 않는다. 그러나 사격 자세를 취하고 있던 군인들이 사격을 멈춘다.

"사격 금지!"

사격 금지를 외친 군인들이 여자들이 있는 곳으로 다가온다. 총구를 겨눈 군인들이 가까이 다가오자 놀란 여자들이 걸음을 멈춘다. 우선 겁부터 난다. 군인들이 모두 도망친 줄 알았는데 총구를 겨누고 다가오고 있다. 겁이 덜컥 난다. 이제 죽은 목숨이나 다름없다. 여자들이 부대를 탈출하다가 발각되면 총살감이다.

"손 들어! 움직이지 마라!"

총으로 사격할 자세다. 여자들은 겁을 먹은 채 벌벌 떨고 있다. 그런데 군인들의 고함 소리는 일본 말이 아니다. 영어를 알아들을 수가 없다. 영어 말귀를 알아듣는 필리핀 여자들이 먼저 두 손을 위로 올린다. 필리핀 여자들이 손을 위로 올리는 것을 보고, 민정이와 조선에서 끌려온 여자들도 두 손을 머리 위로 올린다. 군인들이 총구를 겨누며 점점 가까이 다가온다. 총을 겨누고 소리를 지르는 군인들의 생김새가 다르다. 일본 군인이 아니다. 철모를 쓴 얼굴 모양새가 서양 사람들의 생김새다. 영어로 말하는 걸 보니 미군들이다. 여자들이 겁에 질린 채 미군들의 지시에 순순히 따른다. 여자들은 미군들에게 끌려간다. 미군들의 포로가 되었다. 미군들이 뒤에서 총부리를 겨누고 따라오고 있다. 정글 속을 빠져나온다. 곳곳에 죽어 있는 일본군의 시체가 참혹하게 뒹굴고 있다. 차마 눈을 뜨고 볼 수 없다. 한참을 걸어가도 살아 있는 일본군은 보이지 않는다. 온통 미군들만 득실거린다. 미군들에게 연행되어 간다. 여자들은 미군들의 보호를 받게 된다. 말이 통하는 필리핀 여자들이 함께 해서 천만다행이다. 말이라도 통하지 않았으면 미군들에게 숲속에서 곧바로 총질을 당하였으리라. 생각만 해도 끔찍하다. 여자들이 깔끔하게 새 옷으로 갈아입었다. 미군들에 의하여 한 사람씩 조사를 받는다. 미군들 앞에 앉아서 그동안의 일을 소상하게 밝힌다. 조사를 하는 미군들이 놀라움을 금치 못한다. 일본군들이 성적 노리개로 민간인 여자들을 조선에서 데려오고, 그것도 모자라 현지 여성들까지 강제로 잡아 왔다는 사실이 밝혀지게 된 것이다. 매일 수십 명의 일본 군인들에게 강간을 당했다는 사실에 놀라기만 할 뿐이다. 천인공노할 짓거리를 일본군들이 버젓이 행하였던 것이다. 그 이야기를 듣고 미군들이 고개를 흔든다. 여자들을 측은하게 바라보며 다독인다. 이제는 걱정하지 말라는 것이다. 악랄했던 일본군들은 미군들의 폭격에 모두 죽거나 도망을 쳤다는 것이다. 필리핀에는 이제 미군들이 상륙하여 장악하고 있다는 것이다. 당신들은 비록 미군들의 포로로 잡혀 있지만, 이제는 자유인이 될 수 있다는 소식을 알려 준다.

"너희들은 자유의 몸이다."

"와!"

필리핀 여자들이 서로 얼싸안고 기쁨의 눈물을 흘린다. 민정이 일행에게로 다가와서 얼싸안고 웃음 띤 얼굴을 보낸다. 민정이 일행도 서로 얼싸안고 기쁨의 눈물을 흘린다. 필리핀 여자들이 안심하라고 민정이 일행을 오히려 다독여 준다.

박민호가 조선에서 끌려온 사람들과 함께 비행장 건설에 땀을 흘리고 있다.

윙윙윙….

날이 밝아 오자 이오지마섬 하늘에 미군의 비행기가 나타난다. 비행기 수십 대가 편대를 이루었다. 비행기는 빠르게 섬 가까이로 다가온다.

"공습경보! 공습경보!"

비행장에서 일하던 민간인들이 방공호를 향해 달린다. 허허벌판의 비행장이라 적에게 발각되기가 쉽다. 숨을 헐떡거리며, 겨우 방공호 속으로 몸을 숨긴다. 공습경보 신호와 함께 군인들이 재빠르게 지하 벙커로 몸을 숨긴다. 군인들은 포 진지로 달려가 포격 준비를 서두른다. 대공포를 발사해 공중으로 공격해 오는 미군 비행기들을 격추시켜야 한다. 공습경보 사이렌과 함께 비행장으로 일본군들이 달려간다. 잽싸게 비행기에 올라탄다. 비행장의 비행기들이 급하게 이륙을 한다. 이오지마섬으로 다가오는 미군들과 공중전이 벌어진다.

윙 윙 윙….

공중에서 미군과 일본군이 공중전을 벌인다.

"오른쪽 10시 방향에 적군이다!"

눈앞에 일본군 비행기가 나타나자 무전기로 서로 연락을 한다. 고개를 돌리자 일본군 비행기가 보인다. 즉시 사격을 한다.

따다다다다….

명중이다. 일본군의 비행기가 총탄을 맞고 불길에 휩싸여 추락한다.

"고도를 올려라!"

공중전은 적기를 먼저 발견한 자가 유리하다. 적기 뒤를 쫓아서 포격을 하는 것이야말로 승리의 관건이다.

따다다다다….

쾅!

총탄을 맞은 미군 비행기도 불길에 휩싸이며 바다로 추락한다. 서로 먼저 적기를 추락시키기 위해 싸우는 공중전으로 이오지마 하늘은 온통 비행기로 가득하다.

미군 비행기 편대가 이오지마 활주로를 향해 날아온다. 일본군 비행기가 있는 곳을 발견하고 포탄을 떨어트린다.

쾅 쾅 쾅….

순식간에 비행장 활주로에 있는 비행기를 명중시킨다. 포탄에 명중된 비행기들이 박살이 나고 불길에 휩싸인다.

일본군들의 대공포가 불을 뿜는다. 일본인들의 대공포가 미군 비행기를 명중시킨다. 미군 비행기가 불길에 휩싸여 땅으로 추락한다.

쾅 쾅 쾅….

비행장 곳곳에 폭탄이 터진다.

공중의 비행기가 섬 아래로 점점 다가온다.

쾅 쾅 쾅….

비행기에서 섬 곳곳을 폭격한다. 미군의 공격으로 이오지마섬은 쑥대밭이 되어 간다. 민호가 방공호 속에서 몸을 웅크리고 앉아 있다. 방공호는 군인들이 숨어 있는 지하 벙커에 비해 깊이도 낮고 허술하다. 미군의 함포사격과 공중폭격은 계속된다. 조선에서 온 노동자들이 숨어 있던 방공호 속으로 폭탄이 명중된다.

"악!"

비명 소리와 함께 방공호 속에 숨어 있던 조선의 노동자들이 포탄 파편에 맞아 쓰러진다. 방공호 인근에는 폭탄에 맞은 시체가 널브러져 있다.

"사람 살려요! 아!"

곳곳에서 사람 살려 달라는 비명이 요란하다. 미군의 무차별 폭격은 계속된다.

쾅—!

다시 한번 더 방공호 인근에 떨어진 폭탄에 의하여 많은 조선인 노동자들이 죽어 나간다. 박민호도 포탄을 맞고 쓰러져 죽는다. 조선에서 온 노동자들이 한꺼번에 몰살을 당한다.

비행기가 다시 다가와 포탄을 떨어트린다. 섬 전체가 미군의 폭격에 포탄이 터진 자리에서 연기가 피어오른다.

미군은 구축함에서 이오지마섬을 향한 함포사격을 시작한다.

쾅 쾅 쾅….

이오지마섬 곳곳에 포탄이 터진다. 섬에 주둔하고 있는 일본군들은 지하 벙커로 몸을 숨긴 상태다. 일본군들의 피해는 크지 않다. 지하 벙커는 미군의 함포사격에도 끄떡없다. 일본군들은 지하 벙커 진지에서 숨을 죽이고 함포사격을 견뎌 내고 있다.

포탄이 이오지마섬에 계속해서 명중한다. 수백 발의 포격은 계속된다. 3일 동안 함포사격을 마친 미군들이 이오지마섬을 향해 서서히 상륙한다. 미군들 수천 명이 해안가로 몰려든다. 이오지마섬에 수만 명이 주둔하고 있다던 일본군들과 민간인들은 전혀 보이지 않는다. 민간인들도 방공호 속으로 모두 숨었기 때문이다. 해안가에 상륙하면 일본군이 반격해 올 줄 알았는데 반격이 없다. 그야말로 고요하기만 하다. 일본군들의 지하 벙커는 은폐물로 가려져 미군들의 시야에 보이지 않는다. 해안에 상륙한 미군들이 긴장을 늦추지 않는다. 총을 겨누며 서서히 진격해 온다. 일본군이 된 이인수도 지하 벙커 안에서 미군들의 움직임을 놓치지 않고 숨죽이며 바라보고 있다. 섬 안으로 점점 더 미군들이 가까이 다가올 때까지 기다린다. 수천 명의 미군들이 일본군들의 지하 벙커 가까이 다가온다. 미군들이 지하 벙커 가까이 다가올수록 일본군들의 긴장감은 최고조에 달한다. 숨소리를 죽이고 공격 명령을 기다린다. 일본군들이 총을 발사할 사정거리까지 미군들이 점점 다가온다.

"공격하라!"

일본군 지휘관의 공격 소리와 동시에 일본군들의 총구가 미군들을 향해 불을 뿜는다.

탕!

공격을 알리는 신호탄이다.

따다다다다다다…

지하 벙커에서는 따발총 소리가 요란해진다. 인정사정없이 미군을 향해 총이 발사된다. 인수가 겨누고 있는 따발총도 불을 뿜는다.

"악!"

미군들이 일본군들의 기습 공격에 총을 맞고 쓰러진다.

일본군들의 공격은 많은 미군을 쓰러뜨린다.

비명을 지르며 미군들은 총을 맞고 쓰러진다. 미군들은 일본군들의 갑작스런 총격에 정신을 차리지 못한다. 땅바닥에 엎드린다. 미군들의 눈앞에는 일본군들이 보이지 않는다. 일본군들은 지하 벙커 안에서 미군들을 향해 무차별 사격을 하고 있다.

쾅!

능선의 고지에서도 해안가를 향하여 포 공격이 시작된다. 해안가 미군들이 상륙해 있는 곳에 포탄이 떨어진다. 포탄을 맞은 미군들의 몸이 하늘로 솟구친다.

비명을 지르며 미군들이 죽어 나간다. 미군들은 일본군들이 어디에서 공격해 오는지 알 수가 없다. 미군들은 갑작스런 공격을 당하고 대혼란에 빠진다. 일본군에게 기습 공격을 받은 미군들이 작전상 후퇴 명령을 내린다.

"후퇴하라!"

지휘관이 큰 소리로 소리를 지른다. 총을 맞아 쓰러진 병사들이 죽거나 부상을 당하면서 정신을 차릴 수가 없다. 미군 수백 명이 피를 흘리며 쓰러져 있다. 미군들이 일단 후퇴를 한다. 일본군들이 총을 쏘고 있는 지하 벙커를 발견한 미군이 소리를 지른다.

"저쪽 지하 벙커다!"

미군들이 수류탄을 뽑아서 던진다.

펑!

미군들이 던진 수류탄은 일본군 지하 벙커 밖에서 터지고 만다. 콘크리트 벙커는 끄떡없다.

탕! 탕! 탕!

미군들도 일본군들에게 총을 쏴 보지만 지하 벙커에 숨은 일본군들을 명중시키지는 못한다.

따다다다다다다…

일본군 지하 벙커에서는 미군들을 향해 따발총 공격이 계속된다. 미군들이 일본군들의 기습 공격에 일단 후퇴를 하였다. 미군들의 시체가 섬 전체를 뒤덮는다. 참혹한 현장이다. 미군들이 잠시 물러간 틈을 타 일본군들도 전열을 정비한다. 일본군들은 피해를 많이 입지 않았다. 지하 벙커에서 미군들을 마음대로 공격하여 사상자를 많이 낼 수가 있었다.

쾅 쾅 쾅…

미군은 계속해서 함포사격을 해댄다. 섬 곳곳에 포탄이 터진다.

쾅!

산 중턱 지하 벙커에서는 일본군들이 해안가에 상륙해 있는 미군들을 향해 포 공격을 계속 퍼붓는다. 해안가에서 속수무책으로 포격을 받은 미군들의 시체가 해안가에 쌓여 간다.

일보 후퇴한 미군들은 일본군들이 지하 벙커 안에서 진지를 구축하고 있음을 파악한다. 지하 벙커 안에 있는 일본군들을 섬멸해야 한다. 미군 지휘관들이 작전을 변경하여 다시 일본군들을 향해 공격을 개시한다. 함포사격이 다시 시작된다. 공중에서는 미군 비행기들이 섬 전체를 향해 계속 폭탄을 투하한다.

쾅 쾅 쾅 쾅 쾅…!

섬 전체가 포격에 휩싸인다. 폭탄 공격을 쏟아부은 후에 미군들의 진격이 다시 시작된다.

"공격하라!"

"와!"

미군들이 일본군들 지하 벙커 진지를 향하여 공격해 오고 있다.

엄호 사격이 계속된다.

공중에는 미군들의 비행기 폭격도 계속된다.

쾅!

엄호를 받은 미군들은 일본군들이 총을 쏘고 있는 지하 벙커 가까이 접근한다. 미군들이 일본군 지하 벙커 안으로 화염방사기를 발사한다. 지하 벙커 안에 있던 일본군들이 화염방사기 공격에 맥을 못 춘다. 화염방사기 공격을 받은 일본군들의 몸에 불이 붙는다.

"아—악!"

몸에 불이 붙은 일본군들은 고통을 못 이기고 소리를 지른다. 활활 타오르는 몸을 가누지 못하고 지하 벙커 밖으로 뛰쳐나온다. 일본군들이 불에 타 죽는다. 미군들은 계속 전진하면서 일본군 지하 벙커 안으로 화염방사기를 발사한다.

따다다다다다….

따발총을 쏘고 있는 이인수가 미군들의 표적이 되었다. 미군들은 이인수가 있는 지하 벙커 안으로 화염방사기 공격을 한다. 화염방사기 공격으로 지하 벙커는 불길에 휩싸인다.

"아—악!"

지하 벙커 안에 있는 일본군들 몸에 불길이 휩싸인다. 일본군들이 지하 벙커에서 계속 뛰어나온다.

탕 탕 탕….

미군이 쏜 총에 일본군이 맞아 그 자리에 쓰러진다. 불길에 휩싸인 이인수가 지하 벙커를 뛰어나온다. 앞을 분간할 수가 없다. 이인수에게 미군이 총을 발사한다.

탕 탕 탕….

미군의 총에 이인수가 맞는다.

"악!"

이인수가 그 자리에서 쓰러져 죽는다. 일본군들이 강하게 저항할수록 미군의 폭격은 점점 강도가 세진다. 수천 명의 일본군들이 지하 벙커에서 미군들을 향해 무차별 공격을 했다. 미군들은 악이 받칠 대로 받친 상태다. 미군 동료 수천 명을 죽인 일본군들을 한 놈도 살려 둘 수가 없다. 속수무책으로 죽어 나간 동료들을 위해서라도 보복을 하고 있는 것이다. 미군들의 엄청난 폭탄 세례를 받고 일본군들 수만 명이 이오지마섬에서 전멸당한다. 일본군들 속에는 이인수와 같이 조선에서 징병으로 끌려온 수백 명의 조선 사람들도 함께 모두 죽어 나간다. 이오지마섬에서 강제 노동에 시달리던 민간인들도 함께 몰살을 당한다.

이오지마섬을 점령한 미군은 전투기가 이착륙할 수 있는 비행장을 확보한다. 미군은 이오지마섬 점령으로 오키나와와 일본 본토 공격을 위한 교두보를 확보하게 된다. 오키나와섬과 일본 본토를 향해 공격을 퍼붓는다. 결사 항전을 다짐한 일본군들은 오키나와 사수를 위해 총력을 기울인다. 미군들의 오키나와 점령은 이오지마 점령보다 더 많은 희생을 치른다. 오키나와에 거주하고 있는 민간인들까지 합세하여 미군의 공격에 강력하게 저항을 한다. 미군들에게 오키나와를 점령당하면 모두가 죽음으로 대항해야 한다고 가르쳐 왔다. 민간인들에게 얼마나 심한 세뇌 교육을 시켰으면 나이 어린 소년들까지 죽창을 들고 대항하여 온다. 여자들은 속옷에 수류탄을 감추고, 미군들에게 가까이 다가와 던지며 필사적인 대항을 한다. 오키나와 주민 전체가 죽을 때까지 반격한다. 수많은 미군들이 희생되면서 오키나와를 점령한다.

일본 본토 수십 개의 도시를 향해 공중폭격을 가한다. 미군들의 본토를 향한 공중폭격이 심해지면 심해질수록 수십만 명의 일본군들이 미군 상륙을 저지하기 위해, 일본 남쪽 규슈 지역의 해안에 철통 방어 라인을 형성해 나간다. 해안가에 지하 벙커를 견고하게 구축해 나가고 있다는 정보다. 무조건 항복을 원하는 연합군과의 휴전 협상에서 무조건 항복이 아닌 유리한 협상을 이끌어 내기 위해 결사 항전을 준비하고 있는 것이다. 그만큼 일본군들은 미군들에게 큰 피해를 입히고, 전쟁을 지연시키려 한다. 결사 항전을 다짐한 일본군들은 가미카제라는 특공대를 조직하여 폭탄을 장착한 채 전투기와 함께 온몸을 던지는 무시무시한 전쟁을 하고 있다. 수십만 명의 미군들이 피해를 각오해야 한다. 이오지마나 오키나와 점령에서 죽어 나갔던 숫자보다 몇십 배 많은 미군들의 죽음을 각오해야 한다. 연합군이 일본 본토 수십 개의 도시 폭격을 점차 늘려서 수백 개의 도시에 폭격을 가한다. 일본 본토 전역에 항공기 폭격을 가한다. 폭격에는 인정사정이 없다. 군수 공장뿐만 아니라 민간인 지역을 포함하여 도시 전체가 폭격의 대상이 된다. 일본의 모든 도시는 연합군의 공격으로 불길에 휩싸인다. 일본의 무조건 항복을 위해서는 본토 폭격의 고삐를 늦출 수가 없는 일이다.

웡—웡….
하늘 저 멀리에서 비행기가 소리를 내며 다가온다. 도시 위를 선회한다. 비행기 소리가 점점 가까워진다.
애—앵—! 애—앵—! 애—앵!
사이렌 소리가 히로시마 도시 전체에 요란하게 울린다. 사이렌 소리는 도시를 공포 속으로 몰고 간다. 한번 울리기 시작한 사이렌 소리는 숨도 쉬지 않는다.
"공습경보! 공습경보!"
"방공호로 대피해라! 빨리빨리 뛰어라!"
빨리 피하라고 소리를 지른다. 사람들이 방공호를 향하여 촌각을 다투어 뛴다. 정기훈도 공장에서 일을 하다 말고 사람들과 함께 방공호를 향해서 전속력으로 달린다. 포탄이 떨어지기라도 하면 곧바로 죽음이다.

비행기가 머리 정면 쪽으로 날아온다.

쾅!

비행기가 포탄을 떨어뜨리자 굉음을 내며 여기저기서 폭발한다. 정기훈이 빠져나왔던 공장에 포탄이 떨어져 폭발음을 낸다. 폭발음과 함께 공장은 불길에 휩싸인다.

"불이야! 불이야! 불!"

불이야, 하는 고함 소리가 들려도 사람들은 뒤를 돌아보지 않고 계속 달린다. 이런 상황에서 포탄 세례를 받지 않으려면 방공호를 향해 죽어라고 달려야 한다. 이대로 공장 근처에 있다가는 언제 또 포탄이 떨어질지 모를 일이다. 워낙 큰 폭발과 함께 일어난 불길이라 엄두를 내지 못한다. 폭격을 받은 공장은 거세게 타오른다. 불을 끄지도 못한 채 공장은 계속 불길에 휩싸여 있다. 정기훈이 일하던 공장뿐만 아니라 인근의 공장들도 불길에 휩싸여 계속 타오른다.

쾅 쾅 쾅!

비행기는 공격을 멈추지 않는다. 그나마 민가가 있는 곳은 폭격을 피해간다. 군수물자를 생산하는 공장은 폭격을 피할 수 없다. 도시는 매캐한 연기 속에 활활 타오른다. 사람들은 소리를 지르며 달린다. 도시는 아수라장으로 변한다.

많은 사람들이 시모노세키下關로 가기 위한 기차표를 구하러 역전으로 몰려든다. 양손에 무거운 짐을 들고 등에는 짐을 지었다. 피난 행렬이다. 대부분 조선의 동포들이다. 연합군의 비행기가 매일같이 폭격을 가하고 있어 공장도 문을 닫았다. 히로시마를 빠져나와 한적한 시골로 피해 보려고 고민도 하고, 조선 동포들끼리 삼삼오오 모여서 얘기를 해 보지만 달리 방법이 없다. 매일같이 이렇게 폭격을 당하는 걸 보면, 시국 강연회에서 일본이 승리하고 있다는 선전은 순 거짓말로 여겨진다. 세계 최고라는 일본군은 어디 가고 매일같이 연합군의 폭격에 당하고만 있는지 의심을 가지지 않을 수 없다. 조선 동포들은 짐을 싸서 고국으로 돌아가야겠다는 다짐을 한다. 고국으로 돌아갈 형편이 안 되는 동포들은 히로시마에 남기로 한다. 서로 동포들끼리 악수를 하고 포옹을 한다. 손을 흔들며 작별 인사를 나눈다. 기훈도 고국으로 돌아가야겠다는 결정을 한 이상 한시도 이 도시에 머무를 수가 없다. 히로시마가 수시로 폭격을 당한 후 정기훈은 매일 역전에서 서성거린다. 빨리 고향으로 가야 한다는 생각뿐이다. 하루라도 빨리 시모노세키로 가서 조선행 배편을 알아봐야 한다. 매일 역전에 나와 서성거려도 시모노세키행 기차표를 살 수가 없다. 기차표를 며칠째 구하지 못했다. 얼마나 많은 동포들이 고국으로 돌아가는지 짐작케 한다. 웃돈을 줘도 기차표를 못 구한다고 한다. 매일매일 기차표 구하기만을 학수고대한다.

며칠만에 어렵게 기차표를 구한 정기훈은 아내와 함께 기차에 오른다. 양손에 짐을 들고 등에는 짐을 지었다. 아내도 양손에 짐을 들었다. 기차 안은 발 디딜 틈이 없을 정도로 사람들로 붐빈다. 기차가 달린다. 달리던 기차가 중간에 서기를 반복한다. 덜커덩거리며 쉬었다 가기를 반복한다. 기차는 언제쯤 시모노세키에 도착할지 짐작을 할 수가 없다.

시모노세키항에 도착했다. 항구 또한 발 디딜 틈 없이 북적거린다. 부산으로 가는 관부關釜 연락선 표를 구하는 것도 하늘의 별 따기다. 날이 갈수록 폭격을 피해 항구로 수백 명의 조선 동포들이 모여들고 있다. 거센 비바람이 몰아쳐도 개의치 않는다. 꾸역꾸역 발길은 항구로 향한다. 거센 풍랑으로 배가 뜨지 못하자 정기훈 일행도 발길을 돌린다.

시모노세키항에서 며칠 밤을 지낸 후, 관부연락선에 몸을 실었다. 연락선 안은 조선으로 귀향하는 동포들로 북새통이다. 아직 전쟁이 끝나지 않아 귀국길에도 미군 비행기가 머리 위를 지나가지만, 다행히 연락선을 폭격하지는 않는다. 아직 일본에 남아 있는 조선인들이 무사하기만을 바랄 뿐이다. 전쟁은 언제 끝날까? 고향 집에도 일본처럼 미군이 폭격을 하지는 않았을까? 어머니는 무사하신지? 걱정에 잠을 이룰 수가 없다. 정기훈은 연락선에서 망망대해를 바라다본다. 십 년 전에 여수항에서 출발하여 이역만리 타향으로 출발하던 연락선을 떠올려 본다. 십 년이면 강산도 변한다는데 고향은 어떻게 변했을까? 꿈에서도 잊을 수 없는 내 고향 연파정. 언제나 변함없이 항상 그 자리에 우뚝 서서 제일 먼저 반기는 노고단 봉우리. 매일 밤 꿈속에서만 그렸던 내 고향 땅. 꿈속에서라도 어머니가 보일 때면 그렇게도 기쁘고 좋았었는데, 어머니가 계신 고향으로 간다니 이 얼마나 가슴 설레는 일인가? 망망대해를 가르는 연락선은 파도를 헤치고 나아간다. 기훈은 긴장이 풀린 탓인지 연락선에 기대어 잠이 든다.

시모노세키항에 내린 정기훈은 기차를 타고 수백 리 길을 달리고 달려 히로시마에 도착했다. 나이도 어리고 무명 바지에 꾀죄죄하다. 공장에 취직한 기훈은 바쁘게 일을 한다. 공장의 기계는 쉼 없이 돌아간다. 공장에 직공들이 모자라 취직하기는 어렵지 않았다. 세월이 지나자 정기훈은 시골뜨기 촌놈이 아니다. 몰라보게 달라졌다. 봄이면 공원에 나가 활짝 핀 벚꽃을 구경하면서 아내와 데이트를 즐겼다. 건장한 청년으로 바뀌고 조선 동포와 결혼까지 하여 가장이 되었다. 공장을 다니면서 수많은 우여곡절 끝에 많은 조선인들과 일본인들 틈바구니에서 용케도 자리를 잡았다. 몸만 성하면 일자리는 많았다. 조선처럼 일자리가 없는 것과는 판이하게 달랐다. 일본은 전시체제였기 때문에 물자가 귀하기는 했지만, 중공업이 발달하여 공장은 계속 가동되고 있다. 일본은 태평양전쟁을 일으킨 후로 공출이다, 부역이다, 징용이다 하여 매일 사람들을 들볶아 댄다. 게다가 시국 강연회를 열어 사람들을 가만두지 않는다. 전시체제로 국민 총동원령을 내렸다. 일본군들이 홍콩, 버마(미얀마), 베트남, 필리핀, 싱가포르, 인도네시아 등 동남아시아를 대부분 점령했다고 축하연에 참석하라고 선전을 하면서, 계속 공출을 독려한다. 기세등등한 일본은 선전포고도 없이 미국의 진주만 기습을 감행하기에 이른다. 수천 명의 미군들이 몰살을 당한다. 진주만 기습을 당한 미국이 가만히 있을 리 없다. 그동안 잠잠했던 미국이 폭격기를 동원하여 일본 본토를 공격하기에 이른다. 공장에서 일을 하다가도 미군 공습기가 출현하면 사이렌이 울리고, 일을 하다 말고 방공호로 뛰어들 때가 한두 번이 아니다. 미군의 공습으로 일본은 아수라장이 되어 간다. 소문에 의하면 일본 전역이 미군의 공습으로 웬만한 군수 공장은 폭격을 당하여 몇 날 며칠 동안 불에 타고 있는 곳도 있다고 한다. 동경이 연합군에 의하여 폭격을 당해 수많은 사람들이 죽었다는 소문도 들려온다. 이대로 가다간 일본이 곧 망할 거라는 소문이 파다하다. 일본 사람들은 방공호밖에 갈 데가 없지만, 조선 사람들은 앞다투어 조선으로 들어가기 위한 기차표를 구하기에 혈안이 된다. 공습으로 아수라장이 된 본토의 군수 공장들, 공습 사이렌이 울리면 불길 속을 달리며 방공호로 피하는 사람들의 모습, 기차표를 구하기 위해 역전에 모여든 사람들, 배를 타기 위해 날만 새면 시모노세키항으로 인산인해를 이루는 풍경… 일본 놈들이 제아무리 날뛰어도 연합군은 이기지 못할 것이라는 이야기를 조선 사람들끼리 하다가 일본 경찰이 다가오는 것을 보고 슬금슬금 흩어진다. 시국 강연회에 참여하라는 일본 순사들의 군화 소리가 점점 커진다. 저벅저벅 다가오는 군화 소리에 깜짝 놀라 잠에서 깬다.

기훈이 눈을 비비고 일어난다. 그동안 일본에서 지내 왔던 일이 주마등처럼 지나간다. 멀리 부산항이 보인다. 이제야 안도의 한숨을 쉰다. 시모노세키항을 출발하여 조국 땅 부산항에 도착하기까지 그 얼마나 우여곡절이 많았던가? 부산 영도가 보이고 연락선이 부산항에 도착한다. 조선 땅은 조용하다. 연합군의 폭격이 없다. 그럼 그렇지! 미국이 일본의 침략을 당하고 있는 조선을 폭격하지 않은 것은 당연한 일이다. 정기훈의 걱정은 기우杞憂였다. 연락선에서 천천히 내린다. 거리에는 전차가 바쁘게 움직인다. 중앙로 거리의 일본 상점들은 문전성시를 이루고 있다. 사람들로 부산은 활기를 띠고 있다. 배를 타면서 지치고 힘들었다. 우선 요기라도 해야 한다. 서둘러 일본인 음식점으로 들어간다.

"이랏샤이마세(어서오세요)!"

종업원이 친절하게 맞이한다. 음식점 안에도 사람들로 북적거린다. 식당 안은 활기차다. 기훈은 메뉴판을 바라본다. 종업원이 다가오자 우동을 시킨다.

"우돈 쿠다사이(우동 주세요)."

"하이."

식당 안은 온통 일본 말만 오고간다. 음식을 맛있게 먹고 서둘러 음식점을 나온다.

"사요나라(안녕히 가십시오)."

종업원이 꾸벅 인사를 한다. 중앙로를 두리번거리다가 다가오는 전차에 올라탄다. 전차를 타고 부산역에 도착한다. 부산역도 귀향 동포들로 초만원이다. 기차표를 알아본다. 기차로 구례구역까지 가려면 경부선을 이용하다가 대전에서 전라선으로 갈아타야 한다. 집에 도착하려면 그 길이 가장 빠르고 편한 방법이다. 표를 끊어서 기차에 올라탄다. 기차 안은 발 디딜 틈 없이 사람들로 꽉 차 있다. 기차가 구례구역에 도착한다. 기훈 일행이 기차에서 내린다.

"와! 구례구역이다!"

얼마나 보고 싶었던 고향 산천인가? 집으로 가는 발걸음이 경쾌하다. 고향 집이 점점 시야에 들어오고, 연파리에 발을 들인다. 집 앞에 당도한다.

"어머이!"

아들 기훈의 목소리에 구만리댁이 버선발로 뛰어나온다.

"아이고, 우리 새끼! 아이고, 이게 꿈이냐, 생시냐?"

도착한 정기훈 일행의 갑작스런 귀국에 집안 식구들은 깜짝 놀란다. 기별도 없이 아들 내외가 십 년 만에 돌아왔으니 이게 꿈인지 생시인지 버선발로 뛰어나온 구만리댁이 아들 내외를 반긴다. 정기훈은 어머니를 보자마자 눈물샘이 터진다. 울먹이는 아들의 볼을 어루만지고 또 만진다. 그리고 떠날 때처럼 눈물바다가 된다. 이번에는 기쁨에 겨워 흘리는 감격의 눈물이다. 기훈이 눈물을 훔치고 정신을 차린다. 아내를 어머니에게 인사시킨다. 정기훈과 며느리가 어머니께 큰절을 올린다.

"그래! 오냐, 그래! 그동안 고상 많았다 잉! 거기서 여기가 어디라고 월매나 고상이 많았느냐?"

절을 받고 나서 구만리댁이 며느리의 손을 잡아 준다. 감격한 구만리댁의 눈에는 눈물이 그렁그렁하다.

"그래. 오니라고 고상 많았다."

두 손을 한참을 마주 잡고 놓을 줄을 모른다. 시어머니와의 만남에 기쁨의 눈물로 고개를 숙인다. 구만리댁의 얼굴은 햇살보다 더 밝다.

"야, 이게 누구야? 기훈이 아니야?

"인철이 형님!"

"야, 기훈이 오랜만이다."

"형님도 오랜만입니다."

"우리 얼굴 본 지가 한 십 년 넘었을걸."

"그러게요, 십 년도 더 됐을 겁니다."

"너, 일본에 있다던데… 언제 돌아왔나?"

"들어 온 지, 며칠 안 됐습니다. 형님도 일본에 유학 가셨었잖아요? 언제 들어오신 거요?"

"나도 동경에 있었지만, 유학이고 나발이고… 나는 일본에 있을 처지가 못 돼서 금방 일본에서 나와 버렸지."

"그러셨어요?"

"기훈이 너, 일본 어디에 있었지?"

"히로시마 군수 공장에 있었다 아닙니까."

"히로시마라고?"

"예, 히로시마에 있었습니다."

"우리 학길이 삼촌께서 히로시마로 간다는 연락을 받았거든… 히로시마에 가면 연락을 한다더니, 아직 소식이 없네."

"학길이 삼촌께서 히로시마에 계셨다고요?"

"그렇다는 얘기를 들었는데, 나야 동경에 있다가 만주로 가 버렸으니까, 그 후로는 학길이 삼촌이 어디에 계셨는지는 잘 모르겠어. 동경으로 연락이 왔었는지는 모르지만…."

"아, 그러셨군요. 저도 군수 공장에 취직해서는 공장이 바쁘게 돌아가니까, 누굴 만날 새도 없었거든요. 조선 사람들이 인근에 많이 살아도, 서로 잘 아는 사이가 아니면 못 만납니다."

"그러겠지. 그런데 왜 돌아왔어?"

"아, 형님 말도 마십시오. 히로시마 군수 공장은 일거리가 많아서 매일 눈 코 뜰 새 없이 바쁘게 돌아갑니다. 손이 열 개라도 모자랄 판입니다. 일본은 매일매일 전쟁터나 다름없습니다. 전시체제로 총동원령이 내려졌습니다. 그러면서 수시로 시국 강연에 동원됩니다. 싱가포르, 베트남, 버마(미얀마), 필리핀… 동남아시아를 전부 점령했다고 축하연에 참여하라고 하면서 별별 것을 다 가져오라고 공출을 독촉합니다. 전쟁에서 승리가 얼마 안 남았다고 선전을 해 왔는데, 요즘 들어서는 상공에 수시로 미군기가 나타났다고 공습경보가 울립니다. 그러는 즉시 모든 일을 멈추고 수시로 방공호로 뛰어가야 합니다. 날이 갈수록 점점 미군의 공습이 빈번해지고, 공습으로 공장이 포탄에 맞아 불타 버리고, 사람들이 포탄에 맞아 죽기도 하고… 날이 갈수록 점점 견디기 힘들어서 도망나와 뿌렸습니다. 아직도 일본 땅에는 우리 동포들이 수백만 명이 있다는 얘기를 들었습니다."

"그럴 거야. 연합군의 공세가 점점 심해질 거야. 미국이 태평양전쟁에 발을 들여놨으니까… 일본 놈들은 전쟁에서 계속 승리했다고 떠드는데… 순 거짓말이야. 내가 요즘 단파방송을 들어 보면 연합군에 의해 필리핀을 비롯해서 동남아시아 전역이 점점 정복되고 있다고 나오더라고. 미국이 일본을 가만두지는 않을 거야. 일본 본토 공격도 시간문제일 것 같거든…."

"그럼, 일본 본토에 공습이 점점 더 심해진다는 얘기 아닙니까?"

"그러겠지"

"그렇다면, 내가 살았던 히로시마에도 우리 동포들이 많이 살고 있습니다. 그 동포들이 걱정됩니다. 별일이 없어야 할 텐데…."

콱 콱 콱….

수환이 탄광 동굴 속에서 곡괭이질을 하고 있다. 동굴 속은 무더위로 가만히 있어도 숨이 막힐 지경이다. 곡괭이질을 할 때마다 숨이 턱까지 차오른다. 몸에 팬티만 한 장 걸친 채 헉헉거리며 곡괭이질을 하고 있다. 하루 목표량을 채우기 위하여 잠시도 곡괭이질을 멈출 수가 없다. 수환이 조선에서 징용당하여 끌려온 것은 홋가이도(북해도)섬이었다. 날이 갈수록 전쟁은 끝날 줄을 모르고 점점 더 치열해진다. 연합군의 공습은 밤낮을 가리지 않고 계속된다.

윙윙윙….

쾅 쾅 쾅….

상공에 비행기 소리가 나더니, 섬 곳곳에서 폭탄이 떨어지는 굉음이 들려온다. 전쟁이 치열해질수록 전쟁에 필요한 석탄 채굴 강도는 점점 더 심해진다. 수년 전부터 수환을 포함하여 수백 명의 조선인들이 징용으로 끌려와 홋가이도 탄광에서 강제 노동에 시달리고 있다. 먹는 것도 겨우 보리밥 덩어리 하나밖에 먹질 못한다. 배가 고파도 먹을 것을 제대로 주지 않는다. 수환이처럼 조선에서 강제로 끌려온 동포들이 수천 명을 넘어섰다는 소문이다. 며칠 전에는 석탄을 채굴하는 작업자들이 땅속 깊은 곳까지 들어갔다가 갱도가 무너져 모두 죽었다는 소문을 들었다. 수시로 갱도가 무너지는 사고가 발생한다. 작업 인부들의 안전은 뒷전이고, 오로지 목표 달성에만 혈안이 되어 갱도 안전은 안중에도 없다.

수십 개의 탄가루 수레가 줄지어 서 있다. 사람들이 허리를 굽혀 삽질을 한다. 탄가루를 수레에 퍼 담는다. 허리 한 번 펼 새가 없다. 땀을 뻘뻘 흘리면서 삽질을 멈출 줄 모른다. 잠시 허리를 펴고 삽질을 멈추고 땀을 닦는다. 삽질을 멈추자 감독관이 호루라기를 불며 다가온다.

호로로 호로로―!

"자, 시간이 없다. 빨리빨리 서둘러라!"

감독관은 조선인들이 잠시 쉬는 것도 용납하지 않는다. 오로지 석탄 채취에만 혈안이 돼 있다. 당일 목표량을 채우기 위해 조선인 노동자들을 가혹하게 닦달한다. 감독관이 호루라기를 불며 가까이 다가오자 눈치를 보며 일사불란하게 다시 움직인다. 탄가루를 삽으로 퍼 담고 탄가루 실은 수레를 힘주어 민다. 중노동에 시달린 조선인들은 도저히 참아 낼 수가 없다. 죽기 전에는 이 섬을 벗어날 수가 없다. 살기 위해서는 이 섬을 탈출해야 하지만, 사방팔방 바다로 둘러싸인 홋가이도는 탈출하고 싶어도 탈출할 수가 없는 곳이다. 고향이 그리워 섬을 탈출하다가 물에 빠져 죽었다는 소문에 탈출을 포기한 지도 오래다. 수환이 곡괭이질을 다시 시작한다. 힘들어도 버텨 내야 한다. 끈질기게 버텨서 고향 땅에 돌아가야 한다는 일념뿐이다.

학길의 공장은 전시체제로 쉴 틈 없이 가동된다. 주문받은 군수물자 납품 기일을 맞추려면 바쁘게 공장을 돌려야 한다. 일본에 와서 사업을 하느라 우여곡절도 많았지만 지금처럼 공장이 잘 돌아가고 많은 돈을 벌 수 있었던 적은 없었다. 요즘이 공장 가동의 최고 전성기다. 이런 기회를 놓치지 말고, 돈을 벌어야 한다. 가끔 히로시마 상공에 적군 비행기가 나타나지만, 소동이 일어날 만큼은 아니다. 요즘 들어 적군의 공습이 잦아졌다. 그렇지만 학길은 공장 가동을 멈출 수가 없다.

윙—윙….

히로시마 하늘에 적군의 비행기가 나타난다.

애—앵—!

사이렌 소리가 도시 전체에 요란하게 울려 댄다.

"공습경보! 공습경보!"

"방공호로 대피하라!"

비상 상황이 연출된다. 공습경보를 외치며 사람들이 방공호로 달려간다. 코코미가 철진의 손을 잡고 방공호를 향하여 달려간다.

쾅 쾅 쾅….

방공호 안에까지 폭탄 터지는 소리가 들려온다. 방공호 안에 있던 많은 사람들이 폭탄 터지는 소리에 놀란다. 코코미가 겁에 질린 철진을 감싸 안아 준다.

쾅 쾅 쾅….

적군의 폭격에 의하여 공장 곳곳이 불길에 휩싸인다. 불이 난 공장에 사람들이 몰려들어 불을 끈다. 공장 지역은 폭격이 심하다. 연합군들이 공장 지역을 집중적으로 폭격하고 있기 때문이다. 군수 공장을 폭격하여 군수물자를 만들지 못하도록 하려는 의도로 보인다. 폭탄은 공장 지역뿐만 아니라 주택가에도 가끔 떨어진다. 목조 건물 주택가는 순식간에 불길에 휩싸인다.

"아! 악!"

비명소리가 들린다. 불탄 사람의 시체가 여기저기 나뒹굴고 있다. 화염에 휩싸인 사람들이 우선 급한 대로 뜨거워진 몸을 식히려고 바다나 강으로 뛰어든다. 건물이 불에 활활 타오르고 있다. 매캐한 냄새도 난다. 사람들이 코를 막고 인상을 쓰며 지나간다. 사람들이 불이 활활 타고 있는 도시 사이를 달린다. 가족들의 생사를 확인하기 위하여 아우성이다. 일본 도시는 연합군의 공습으로 불덩이가 되어 버렸다. 죽음의 도시로 변해 가고 있다. 연합군의 일본 도시를 향한 대공습이 점점 강도를 높여 가고 있다.

공습경보가 해제된다. 공습이 멈추면 사람들은 다시 일상으로 돌아간다. 공장 가동도 계속된다. 군수물자를 납품하려면 위험을 무릅쓰고라도 공장을 가동하여 물품을 생산해야 한다. 납품을 제때에 하지 못하면 엄한 벌이 내려진다. 그만큼 일본은 전시체제를 가동시키느라 민간인들에게도 억압을 가하고 있다.

학길이 방공호에서 나와 공장으로 돌아온다. 다행히 공장은 피해가 없다. 서둘러 집으로 향한다. 집안 식구들이 걱정이다.

아들 철진이와 코코미가 방공호에서 나와 시내를 달린다. 집에 도착하여 한숨 돌린다. 다행히 집은 폭격을 맞지 않아 다행이다. 집에 달려온 이유는, 집에 폭격이라도 맞았으면 불을 꺼야 하기 때문이다. 숨을 몰아쉬며 집 앞에 당도한다. 학길이도 달려와 집에 도착한다. 집 앞에서 서로 마주친다.

"아빠!"

"철진아!"

철진이 아빠를 보자 기뻐서 큰 소리로 부르며 달려든다. 철진의 겁먹은 얼굴이 이제야 웃는 얼굴로 바뀐다. 온 시내가 폭격으로 불길에 휩싸여서 제일 먼저 가족들이 무사한지 걱정이었다. 학길이 코코미의 손을 잡아 준다.

"어디서 오는 길인가?"

"철진이랑 공습경보 싸이렌 소리를 듣고, 반공호로 달려가 숨어 있었습니다. 공습경보 해제가 됐다길래 집이 걱정돼서 달려오는 길입니다. 우리집도 폭격을 당했는지 걱정을 많이 했습니다."

코코미가 숨을 고르며 대답한다. 코코미가 옆에 있는 철진을 쓰다듬으며 챙긴다. 겁을 잔뜩 먹었을 철진이 걱정이다. 철진을 바라보자 기운이 없어 보인다. 학길도 기운이 없어 보이는 철진의 머리를 쓰다듬는다.

"철진아, 괜찮아?"

철진은 학길의 물음에 고개를 푹 숙인다.

"어디 다친 데는 없어?"

철진이 대답 대신 고개를 끄덕인다.

"얘가 얼마나 놀랐겠어요?"

코코미가 걱정스런 눈빛으로 철진을 계속 살핀다. 학길이 고개를 끄덕인다. 철진을 보며 안타까워한다. 연합군의 폭격으로 수시로 지옥과도 같은 상황이 벌어진다. 도시는 폭격으로 불길이 치솟고 있다. 불길만 치솟는 게 아니라, 폭격을 맞은 사람들이 죽어 나가고 있다.

"여보, 당신이랑 철진이는 당장 시골 외할머니댁으로 피해 있어야겠어요. 도시에서 이대로 있다가는 모두 폭격에 몰살당할 것 같아요. 빨리 이 도시를 떠나는 게 좋을 듯 싶네요. 시골은 폭격이 없다는 소문을 들었습니다. 당분간은 시골로 피해 있는 게 안전할 것 같아요."

학길의 제안에 코코미가 고개를 끄덕인다.

"당신은?"

"나는 공장 때문에 공습경보가 울리면, 방공호로 뛰어가면서 공

장을 지켜야 할 것 같아요. 공장을 버리고 도망갈 수는 없는 일이잖
아요. 상부에서는 전쟁 물자를 만들어 내라고 수시로 집합시켜 닦
달을 하고 있어요. 공장 가동을 쉬지 말라고 현장 점검까지 나오고
있어요. 전시체제라 공장 문을 닫을 수는 없을 것 같아요. 버티는
데까지는 버텨 내야 할 것 같아요. 상황이 안 좋으면, 나도 공장 문
을 닫고, 시골로 내려가리다."

"그래도 괜찮겠어요?"

"그렇게 하는게 좋을 듯 싶습니다."

코코미가 학길의 제안에 고개를 끄덕인다.

"빨리 서두릅시다."

"예."

코코미가 서둘러 짐을 챙긴다. 짐을 챙기자마자 철진의 손을 잡
고 집을 나선다. 학길이 집을 나서는 코코미와 철진을 향해 손을
흔든다.

이른 아침부터 공장을 가동하느라 학길 일행이 바쁘게 움직인다.

미군 비행기가 히로시마 상공에 떠오른다. 미군 비행기에서 육중
한 원자폭탄을 떨어트린다.

쾅….

굉음과 함께 구름 기둥이 하늘 높이 솟구친다. 히로시마는 순식
간에 불길에 휩싸인다. 학길도 폭발과 함께 몸이 공중으로 솟구친
다. 공장의 파편과 함께 학길의 몸이 산산조각이 되어 흩어져 버린

다. 원자폭탄의 대폭발로 불기둥이 하늘로 치솟자 도시는 생지옥이 되어 버린다. 십만여 명이 그 자리에서 즉사하고, 수십만 명이 부상을 당한다. 도시 반경 10킬로미터 이내가 쑥대밭이 되어 버렸다. 하루아침에 잿더미로 변한 히로시마는 차마 눈 뜨고는 볼 수 없는 세상이 되었다. 남아 있는 것이라곤 하나도 없는 검은 도시가 되었다. 검게 탄 시체가 도시 전체에 나뒹군다. 죽지 않고 살아 있는 사람들은 살아남기 위해 악을 쓰며 몸부림친다.

히로시마에 원자폭탄을 투하했는데도 무조건 항복을 하지 않은 일본을 향한 공습은 계속된다. 미군은 연이어 나가사키에도 원자폭탄을 투하한다. 나가사키 상공에도 구름 기둥이 하늘로 솟구친다. 나가사키도 히로시마처럼 순식간에 불바다가 되어 도시 전체가 잿더미로 변한다. 검게 타 버린 시체가 도시 전체에 나뒹군다. 원자폭탄 한 방으로 도시 전체가 마비된다. 원자폭탄의 위력은 일본 전역을 죽음의 공포에 휩싸이게 만들었다. 총으로 일어난 자는 총으로 망한다. 전쟁을 일으킨 일본 놈들은 전쟁으로 망해야 한다. 전쟁을 일으켜 아시아 전역의 수백 만명을 학살시켰듯이, 일본 놈들도 똑같이 학살당해 봐야 한다. 일본 스스로가 일으킨 전쟁이다. 미군은 일본이 무조건 항복을 할 때까지 계속해서 원자폭탄을 투하할 계획이다. 일본이 짐승만도 못한 악랄한 전쟁을 다시는 할 수 없게 만들 작정이다.

정기훈이 신문을 본다. 히로시마에 원자폭탄이 투하되어 쑥대밭이 되었다는 소식이다. 나가사키에도 원자폭탄이 투하됐다는 소식이 실려 있다.

"천벌을 받을 놈들! 일본 천황도 이젠 견딜 재간이 없겠구먼!"

정기훈은 신문을 보면서 중얼거린다. 하늘을 쳐다본다. 일본에 남아 있는 조선 동포들을 생각한다. 하늘에는 비행기가 날고, 공습경보 사이렌 소리에 방공호를 향해 달리는 사람들의 모습. 쾅 쾅 쾅, 폭발음과 함께 공장 건물이 폭파되고 불이 활활 타오르고 아수라장이 된 광경이 선명하다. 기훈의 눈앞에서 생생하게 벌어지는 일만 같다.

"…"

"일본 놈들은 죽어 마땅하지만, 수백만 조선 동포들은 어쩐다냐? 별일 없어야 할 텐데…"

밤이 되어도 기훈은 일본 땅에 남아 있는 동포들의 생각에 잠을 이룰 수가 없다. 집 안을 계속 서성인다. 밤하늘을 올려다본다. 수많은 별이 반짝거린다. 수많은 별과 함께 일본에서 오고 가는 동포들의 얼굴이 아른거린다.

3권에서 계속